D1197126

VERMILLON
LA TERREUR

VERMILLON
LA TERREUR

LAURENT CHABIN

ÉDITIONS
MICHEL
QUINTIN

Catalogage avant publication de Bibliothèque et Archives
nationales du Québec et Bibliothèque et Archives Canada

Chabin, Laurent

  La Terreur

  (Vermillon)

  ISBN 978-2-89435-374-5

  I. Titre. II. Collection: Chabin, Laurent. Vermillon.

PS8555.H17T47 2008   C843'.54   C2008-941134-X
PS9555.H17T47 2008

Révision linguistique : Sylvie Lallier, Éd. Michel Quintin
Infographie : Marie-Ève Boisvert, Éd. Michel Quintin
Illustration de la couverture : Jacques Lamontagne
Illustration de la carte : Claude Thivierge

 Le Conseil des Arts du Canada
The Canada Council for the Arts
 Patrimoine canadien — Canadian Heritage

La publication de cet ouvrage a été réalisée grâce au soutien
financier du Conseil des Arts du Canada et de la SODEC.

De plus, les Éditions Michel Quintin bénéficient de l'aide
financière du gouvernement du Canada par l'entremise du
Programme d'aide au développement de l'industrie de
l'édition (PADIÉ) pour leurs activités d'édition.

Gouvernement du Québec – Programme de crédit d'impôt
pour l'édition de livres – Gestion SODEC

ISBN 978-2-89435-374-5

Dépôt légal - Bibliothèque et Archives nationales du Québec, 2008
Dépôt légal - Bibliothèque et Archives Canada, 2008

Éditions Michel Quintin
C.P. 340, Waterloo (Québec)
Canada J0E 2N0
Tél.:   450 539-3774
Téléc.: 450 539-4905
www.editionsmichelquintin.ca

0 8 - G A - 1

Imprimé au Canada

Nous ne faisons pas la guerre à des individus,
nous exterminons la bourgeoisie en tant que classe.
Dzerji

ux Blanches
es en hiver)

Les
Siwars

Camps
de l'exil

SIWR

Trajet de la
Grande Caravane

Île
des
Makakis

ge
nce

rritoires de Mongot

PROLOGUE

Garance, une jeune Damnée des plaines orientales de l'empire de Vermillon, n'a connu dans son enfance que faim et misère, oppression et violence. À la suite de l'incendie qui a détruit son village et ses habitants, elle s'enfuit vers Petra, la capitale de l'empire.

Sur sa route, elle rencontre Efi, un personnage inquiétant doté de pouvoirs étranges qui la prend sous sa coupe. Très vite, elle se rend compte que, si elle est sa prisonnière, Efi ne s'intéresse pas tant à elle qu'à son sang, dont il la vide petit à petit d'une manière ignoble.

Ayant réussi à lui échapper, Garance rallie la rébellion qui, sous la houlette des Meneshs et des Boleshs, menace Roman, l'empereur de Vermillon. Elle pense un moment s'introduire au palais par le biais d'Efi – qui entretient des relations particulières avec l'impératrice –, dans le but d'assassiner le tyran. Mais elle doit déchanter. L'ignoble personnage est trop rusé et elle retombe sous son emprise.

Après avoir été livrée à l'empereur par Efi et exilée dans les confins glacés de Siwr, Garance s'évade et rejoint son amant Tcherny ainsi que les Boleshs, qui tentent de prendre la tête de la révolte et de conduire le peuple des

Damnés vers sa libération. Les violences éclatent, Efi est tué et l'empereur déposé.

Mais plusieurs groupes – dont celui de Keren, un ancien Menesh – se disputent les restes du pouvoir, s'affaiblissant mutuellement. La tyrannie menace de nouveau.

Ulia, le chef des Boleshs, déclenche alors l'offensive finale. Tcherny est chargé de prendre le palais impérial, dernier bastion des ennemis des Damnés. L'assaut est un succès et les Boleshs obtiennent enfin le pouvoir.

Cependant, malgré le bonheur que semble connaître enfin Garance à l'heure de la victoire des Damnés, Tcherny ne peut dissimuler son inquiétude...

UN

Des jours qui ont suivi la prise du palais d'hiver ne sont restées dans ma mémoire que des bribes de souvenirs confus. Nous étions tous à ce point épuisés par les veilles, la tension et la faim – Ulia et Terzio eux-mêmes avaient organisé l'insurrection pratiquement sans manger ni dormir pendant trois jours – que nous avions l'impression de flotter comme des fantômes au milieu des événements déchaînés.

Je me souviens pourtant avec netteté de l'intense bonheur qui m'avait envahie lorsque j'avais embrassé Tcherny sur un des balcons du palais que nous venions de libérer, mais aussi de son inexplicable tristesse au moment même où nous venions enfin d'obtenir la victoire.

Au lendemain de la prise du palais, curieusement, la ville était calme. Je m'étais attendue à voir les Damnés danser toute la nuit par milliers dans les rues, laisser éclater leur joie en comprenant qu'ils étaient enfin devenus leurs propres maîtres, que plus jamais un tyran ne les exploiterait comme des animaux, que plus jamais ils n'auraient à courber la tête devant personne.

Au contraire, les rues étaient presque désertes. Je me rappelais les fêtards insouciants entrevus la veille, faisant la queue devant un théâtre pour assister à la représentation d'une pièce en vogue alors que nous nous dirigions, les armes à la main, vers le palais encore occupé par les derniers ministres fidèles à Keren. C'était incroyable. Personne n'était donc au courant de ce que le monde venait de basculer?

À l'intérieur du palais, en revanche, toute une faune de Damnés – marins, soldats ou simples passants surgis de la nuit – avait envahi les innombrables couloirs et commençait à s'emparer des richesses abandonnées par la famille impériale. Richesses insignifiantes pour Roman et les nantis de sa cour, sans aucun doute, mais trésors inouïs pour ces pauvres créatures qui n'avaient parfois jamais rien porté d'autre aux pieds que des chiffons usés jusqu'à la trame ou de la paille grossièrement attachée par des boyaux de chèvre.

Bottes, poignards, miroirs, pendules, plumes d'oiseaux étranges venues de je ne savais quels pays lointains, tout un bric-à-brac dérisoire défilait entre les mains de Damnés dépenaillés et hilares qui erraient dans les corridors en serrant leur maigre butin contre leur poitrine, sans parvenir à retrouver la sortie.

Tcherny s'était énervé. Était-ce là tout ce que l'insurrection leur apportait? tentait-il de leur expliquer. Ce pillage lamentable et méprisable? Allaient-ils se contenter de s'en retourner dans leurs foyers avec le produit de leurs minables chaparderies en abandonnant là leurs véritables acquis – la liberté et la paix promises par Ulia –, laissant le champ libre à leurs ennemis pour rétablir l'ordre ancien?

Les Damnés le regardaient, incrédules et penauds. Ils avaient l'air, malgré leurs visages ridés et leurs mains noueuses, d'enfants pris en faute. Alors, un à un, ils ont commencé à redéposer les objets qu'ils avaient volés et Tcherny a chargé un des gardes, qui savait écrire, de recenser tous les biens du palais, désormais propriété de tous et non de chacun.

Puis il a laissé l'édifice sous la garde des Escadrons rouges et nous nous sommes mis en route pour Somolny, où l'état-major des Boleshs devait déjà être en train d'organiser le nouveau régime de Vermillon.

Tcherny paraissait soucieux et je ne comprenais toujours pas pourquoi. Tandis que nous nous hâtions le long des immenses perspectives encore sombres et quasi désertes de Petra, il a tenté de m'expliquer ses réserves.

— Tout s'est passé très vite, Garance. Trop vite, peut-être. Ulia et les Boleshs ont déclenché l'insurrection armée au nom des Damnés, et je crois que c'était la seule chose à faire. Mais il faut à présent que ceux-ci l'approuvent par eux-mêmes, c'est-à-dire par le biais du conseil qu'ils ont élu et qui siège en ce moment à Somolny. Ce n'est qu'à cette condition que ce que nous avons réalisé cette nuit pourra être considéré comme légitime par tous.

— N'est-ce pas déjà acquis?

— Non, malheureusement. Les Boleshs ne représentent pas tous les Damnés, loin de là. Ils sont très présents à Petra et dans quelques villes comme Mossburg ou Ekateri, près de la Barrière de l'Ours, mais ils sont pratiquement absents des campagnes, où vit pourtant l'immense majorité des Damnés. Ces derniers sont plutôt représentés par les Meneshs, nos vieux compagnons d'armes, mais les Meneshs ne sont pas d'accord avec la manière d'Ulia d'envisager l'exercice du pouvoir.

— La différence n'est pas énorme : il suffira de s'entendre. C'est à ça que servent les conseils, non?

Tcherny a souri.

— Oui, il suffira de s'entendre, a-t-il repris d'un ton dans lequel j'ai senti une certaine amertume. Mais Ulia n'est pas quelqu'un avec qui on peut s'entendre aussi facilement. Lorsqu'il a une idée en tête, il la suit jusqu'au bout et rien ne peut le faire changer d'avis. Il n'est d'accord qu'avec ceux qui se rangent derrière lui. C'est d'ailleurs ce qui fait sa force et c'est pourquoi il était le seul à pouvoir nous conduire à cette victoire.

— Et c'est bien pour ça que tu l'as soutenu jusqu'ici, n'est-ce pas?

— Oui, jusqu'ici, comme tu dis. Mais à présent, c'est lui qui détient le pouvoir et il ne le lâchera pas facilement. Ulia est rusé et obstiné. Et redoutablement intelligent. Il veut ce que nous voulons tous, bien sûr, mais je crains qu'il ne manipule les autres à son profit, y compris les Boleshs dont les opinions divergent parfois avec les siennes.

— Les Meneshs ne se laisseront pas faire. Eux aussi ont l'habitude des combats de l'ombre, eux aussi ont un idéal à défendre. N'oublie pas que, plus que tous les autres, ils ont contribué à miner le pouvoir de Roman. Ils ne sont pas nés de la dernière pluie, ils sont passés par des dangers et des difficultés autrement plus graves.

— C'est vrai, mais la proximité du pouvoir est terriblement destructrice. Vois ce qui est arrivé à Keren – qui était pourtant un Menesh –, lorsqu'il en a fait l'expérience. Il en est devenu le pantin et il a été broyé. Le pouvoir attire et rend fous ceux qui y parviennent. Pour s'y maintenir, même au nom des Damnés, même pour leur bien ultime, Ulia sera tenté d'utiliser les mêmes armes que l'empereur ou que Keren. Il y sera même sans doute obligé. Il n'y a guère d'autre moyen.

— Tu veux dire que le pouvoir est toujours du mauvais côté?

Tcherny s'est tu un moment, puis il a pris ma main et a murmuré :

— Le pouvoir est la pire des infections, Garance. Il n'y a de vérité que dans l'opposition. Seule l'opposition nous garantit la liberté de penser. Or, le pouvoir ne tolère pas l'opposition.

— Que comptes-tu faire, alors?

Il a hésité un peu, puis il a conclu, d'une voix fatiguée :

— Rien pour l'instant. Attendre et observer. C'est pourquoi il est important d'aller à Somolny. C'est là que se joue notre avenir en cet instant crucial. Il faut être vigilant.

Les rues, dans lesquelles nous marchions d'un pas vif, me semblaient grises et froides. Jusqu'alors, elles m'avaient paru tour à tour pleines de danger, de fureur ou de joie, mais je n'avais jamais remarqué à quel point elles pouvaient également être tristes.

Je ne savais que penser de l'attitude de Tcherny. Ses réticences vis-à-vis d'Ulia me rappelaient celles qu'avait exprimées Kollona deux ans auparavant, bien avant mon départ en exil à Siwr.

« Ulia est le seul capable de mener les Damnés à la victoire, il est l'unique espoir », avait-elle déclaré. Mais elle avait aussitôt ajouté : « Même s'il porte en lui les germes de sa propre destruction. »

Je n'y avais guère prêté attention sur le moment, mais cette remarque me revenait à présent, lourde de menaces. Qu'avait-elle voulu dire, exactement?

J'étais perplexe. Cette victoire qui était la nôtre était-elle donc vouée à l'échec dès le départ? Je me refusais à l'admettre. Plongés dans nos pensées respectives, nous nous sommes tus et avons poursuivi notre chemin en silence, dans la pâle lumière de l'aube naissante.

Tout à coup, d'une rue donnant dans l'immense perspective menant au palais, nous est parvenue une rumeur sauvage. Cris et hurlements rauques, bruits de verre brisé et de meubles fracassés, rires déments et frénétiques… Nous nous sommes arrêtés net.

Vers le milieu de la rue, près de la porte cochère d'une ancienne maison de maître, l'ouverture d'une cave vomissait un flot de Damnés hilares et tonitruants.

Tenant à peine debout, ces créatures aux rictus effrayants pissaient sur la chaussée en exhibant leurs parties velues et obscènes, frappaient les rares passants qui s'étaient risqués dehors ou s'effondraient dans leur propre vomi après être demeurés un instant pliés en deux, en proie à des secousses irrépressibles et douloureuses, comme s'ils allaient brusquement se désintégrer et disparaître entre les pavés inégaux.

Ils avaient vraiment l'air de démons jaillissant d'une gueule d'ombre, comme sur ces images que les prêtres de Rus montraient autrefois aux villageois pour leur faire craindre l'enfer.

Soudain, une troupe de matelots armés a fait irruption à l'autre extrémité de la rue. J'ai reconnu des marins de l'île de la Couronne. La fierté de la rébellion. Une immense colère semblait les animer. Les Damnés, en les apercevant, ont éclaté d'un rire de hyène et ils ont sorti leurs armes.

Hurlant des imprécations, les marins se sont alors précipités sur eux. L'affrontement était inégal. Entre les marins déterminés et les Damnés frappés de folie, même si un certain nombre de soldats figuraient parmi eux, la comparaison n'était pas possible.

Très vite, après avoir tenté de résister à l'assaut, les Damnés se sont repliés vers le sous-sol de la vaste maison de pierre d'où ils étaient sortis. Les marins ont hésité à les suivre. Puis leur chef, un colosse, a saisi un flambeau qu'un de ses hommes tenait encore à la main et il a disparu dans l'ouverture béante.

Des cris furieux et hystériques sont de nouveau montés des profondeurs, comme si la lutte aveugle et désespérée se prolongeait dans l'obscurité. Au bout d'un moment, le grand marin est ressorti en courant, puis il a refermé les battants de l'entrée de la cave et il a fait placer ses hommes en cercle autour de celle-ci. Le flambeau avait disparu.

Bien qu'assourdis, les beuglements effrayants des Damnés enfermés continuaient de nous parvenir. Soudain, les battants de la porte ont explosé et une gerbe de flammes orange et vertes a jailli dans la rue. Presque aussitôt, des Damnés enflammés comme des torches ont surgi à leur tour, mais les marins les ont refoulés aussitôt à grands coups de sabre et de pique.

Certains ont réussi à s'échapper et je les ai vus s'enfuir comme des pantins disloqués et misérables, cheveux et vêtements en flammes, mais la plupart des autres n'ont pas réussi à s'extraire de la fournaise dans laquelle ils étaient prisonniers. J'entendais leurs hurlements de brûlés vifs, et je me suis rappelé en frissonnant, l'espace d'un instant, cette famille que les Centuries noires avaient livrée aux flammes un jour où je me rendais chez Kollona.

Un des marins s'est alors tourné vers nous et il nous a aperçus. Il nous a jeté un œil noir.

— Fichons le camp! a grommelé Tcherny en m'attrapant vivement par la main.

Je ne me le suis pas fait dire deux fois. Nous sommes partis au galop, longeant les murs encore à demi noyés dans l'ombre, sans oser nous retourner. Nous avons couru longtemps et nous n'avons ralenti notre course que lorsque nous avons été sûrs que les marins ne nous avaient pas pris en chasse.

Bientôt, la silhouette austère de l'ancien couvent de Somolny est apparue au bout de l'avenue.

Contrairement au reste de la ville – à l'exception de la rue où nous venions d'assister à cette horrible scène –, l'endroit bruissait d'une activité de ruche. Au fur et à mesure que nous en approchions, je distinguais les soldats et les marins armés aller et venir d'un pas fier, tandis que des Damnés aux traits tirés, venus de Siwr et encore vêtus de peaux à peine travaillées, pénétraient à pas lents dans le bâtiment avec des regards ébahis. Ils avaient l'air de venir d'un autre monde. Le peuple de l'ombre...

Au moment où nous nous engagions dans le vaste escalier menant à l'entrée principale, un marin gigantesque au visage mangé par une barbe hirsute s'est interposé en pointant son sabre sur Tcherny.

— Halte! a-t-il déclaré d'un ton menaçant.

— Laisse-nous passer, a répondu Tcherny d'un ton pressé. Nous venons de prendre le palais d'hiver. Terzio nous attend.

À ces mots, le colosse a éclaté de rire. Puis, prenant ses compagnons à témoin, il a répliqué :

— Vous entendez ça, vous autres? Ces deux tourtereaux viennent d'enlever le palais de Roman. Des héros! J'ai peur!

Puis, changeant brusquement de ton, il a ajouté avec un mauvais sourire :

— Vous m'avez plutôt l'air de sales petits espions de Willem. Qui me dit que vous ne venez pas dans l'intention d'assassiner Ulia?

Aussitôt, malgré nos protestations, deux de ses comparses ont commencé à nous fouiller et ils ont sans peine découvert mon vieux couteau de pierre ainsi que, à la ceinture de Tcherny, un long et fin poignard.

Trois autres marins se sont immédiatement jetés sur nous tandis que le géant hurlait :

— Des traîtres! Emmenez-les à la Mygale! Et s'ils se noient en passant le pont, personne ne versera une larme!

Tcherny a tenté de se défendre et d'appeler à l'aide, mais les marins l'ont violemment frappé à la tête et l'ont rapidement entraîné vers le fleuve Nevki, la bouche ensanglantée. Un autre m'a giflée à toute volée et m'a chargée sur son épaule, comme si je n'avais été qu'un vulgaire sac de navets.

Je me suis évanouie.

DEUX

Je me suis réveillée sur une jonchée de paille humide et nauséabonde. J'avais mal à la tête et mes membres endoloris me faisaient terriblement souffrir, comme si on avait continué de me battre après que j'avais perdu connaissance.

L'endroit était sombre et mes yeux étaient encore à demi fermés, mais il m'aurait été impossible de ne pas le reconnaître immédiatement : cette odeur infecte de moisi, de déjections et de peur presque animale, cette angoisse qui suintait des murs... Aucun doute possible. De nouveau, je me trouvais dans un des innombrables cachots de la Mygale!

L'horreur s'est abattue sur moi. Le cauchemar de mon incarcération précédente, avant mon départ pour l'exil, est revenu me hanter. Les ténèbres nauséabondes, le froid, la faim, les rats. La solitude...

Tout ce que nous avions entrepris pour secouer le joug de l'empereur avait donc été réduit à néant? Tous ces espoirs de liberté et de paix n'étaient-ils qu'une illusion à laquelle je n'avais cru que parce que je n'étais qu'une gamine naïve?

Je n'ai pas pu retenir mes larmes. Une fois encore, j'avais tout perdu. Une fois encore, je me trouvais séparée de Tcherny, l'unique amour de ma vie, Tcherny qui croupissait peut-être dans un autre cachot, à un autre étage de la forteresse ou de ses souterrains, ou, pire encore, noyé dans les eaux noires du fleuve après y avoir été jeté vivant avec des poids aux pieds et la peau arrachée par les séances de fouet...

Du long chapelet de misères qui avait constitué ma vie, j'en venais à me demander si les rares moments de bonheur – l'amour avec Tcherny, les marches triomphales des Damnés dans les avenues de Petra ou la prise du palais de Roman – n'avaient pas été que des rêves mensongers. La réalité, la seule, la vraie, s'exprimait ici, dans ces murs noirs, dans ce silence de caveau et dans l'espérance à jamais détruite.

À quoi bon lutter? C'était inutile.

Je me suis recroquevillée sur la paille puante et me suis laissée aller à mon malheur, seul compagnon fidèle. Pas un bruit ne filtrait des murs épais, hormis l'incessant et obsédant grignotement des rats.

C'est ce silence qui, finalement, m'a ramenée à un semblant de vie. Un silence inattendu. Pas le moindre hurlement, pas même un gémissement. Étrange... On ne torturait donc plus à la Mygale? Ou bien étais-je la seule prisonnière dans la forteresse?

Et si, à la suite d'une nouvelle émeute, les gardiens avaient tous été massacrés et qu'on m'avait oubliée ici, dans cette cellule perdue? Qui savait que je m'y trouvais? Je n'aurais plus alors qu'à crever de faim et de froid, lentement, atrocement, jusqu'à ce que les rats fassent disparaître pour de bon la dernière parcelle de ma peau...

Non! Je devais me ressaisir! Je me suis assise et j'ai tenté de calmer mon cerveau en ébullition. En premier lieu, je voulais comprendre une chose : *qui* nous avait expédiés en prison, Tcherny et moi, sans procès ni avertissement? L'empereur et ses sbires avaient disparu de Petra, j'en étais certaine. Le pouvoir appartenait à Ulia et aux Boleshs, même si une opposition virulente venait encore des Meneshs. Mais ceux-ci étaient, malgré tout, du même bord que nous. Ou presque…

Les Meneshs avaient-ils renversé Ulia et entrepris d'emprisonner ceux qui l'avaient aidé à s'emparer des centres vitaux de la ville? C'était improbable, à la réflexion. Même si les Meneshs demeuraient sans doute encore majoritaires au sein des conseils des Damnés à l'échelle du pays, les soldats et les marins révoltés à Petra étaient largement en faveur des Boleshs et ils soutenaient aveuglément Ulia, qui leur avait promis la paix et la terre.

De plus, les marins qui nous avaient arrêtés avaient ri de Tcherny lorsque celui-ci leur avait annoncé qu'il venait de prendre le palais d'hiver. Il ne s'agissait donc pas pour eux d'empêcher de nuire les auteurs d'un présumé coup d'État qu'ils réprouvaient. De plus, ce n'étaient guère leurs méthodes. Non, les Meneshs étaient hors de cause.

Était-ce alors Ulia lui-même qui, pour évincer ceux de son propre groupe qui risquaient de lui porter ombrage et de lui ravir une part de pouvoir, maintenant qu'il l'avait acquis, nous avait fait arrêter et mettre au secret?

C'était aberrant. Le pouvoir corrompt, m'avait dit Tcherny, oui, peut-être, mais pas si rapidement. Et puis, la situation des Boleshs était encore beaucoup trop précaire pour qu'Ulia ampute ses forces vives de ses éléments les plus fidèles. Il avait besoin de nous tous, et il aurait besoin de nous longtemps encore. Sans l'ombre d'un doute, Ulia également était hors de cause.

Qui, alors? Qui avait donné cet ordre insensé? La révolte avait-elle à ce point dérapé que toutes les factions qui avaient lutté côte à côte pendant les années de clandestinité s'entredéchiraient à présent?

Je revoyais ce groupe de marins ivres de fureur se jetant sur les Damnés pris de folie, peu avant notre arrivée à Somolny, puis les faisant griller tout vivants dans les caves où ils les avaient enfermés.

Je revoyais aussi, beaucoup plus loin dans le temps, mon propre village incendié, non pas par les hommes de l'empereur mais par des Damnés rendus fous par la misère et la haine. Nous n'avions même plus besoin d'un tyran sanguinaire pour nous entretuer et nous torturer : nous y réussissions sans l'aide de personne. C'était absurde. Je ne comprenais pas le sens de tout cela.

Tout à coup, un bruit de pas a retenti dans le couloir. J'ai sursauté, le cœur agité de sentiments contradictoires. Venait-on pour me tourmenter, pour m'enchaîner? Venait-on au contraire me tirer de ce cachot?

Mais, dans ce cas, était-ce pour me libérer, pour m'interroger ou... pour me faire disparaître dans une cave plus obscure encore ou dans les profondeurs du fleuve?

Des voix se sont fait entendre. C'est bon signe, ai-je voulu me forcer à croire en dépit de la terreur qui me serrait le cœur. Les bourreaux n'échangent pas de paroles inutiles...

Méfiante, malgré tout, je me suis tapie au fond de ma cellule, prête à m'élancer toutes griffes dehors à la figure du premier qui tenterait un geste déplacé. Si je devais mourir, que ce soit comme une louve et non comme une agnelle...

Les inconnus se sont arrêtés devant la porte. Ils étaient au moins trois, à en juger par les voix qui me parvenaient, étouffées, à travers l'épais battant de bois. Ces voix... L'une d'elles, tout au moins... J'ai ressenti un profond frisson dans tout le corps.

La serrure a émis son cliquetis sinistre et la porte s'est ouverte violemment. Un homme est entré d'un pas décidé. Dans l'obscurité, je ne pouvais pas distinguer son visage. Lui non plus ne devait pas me voir, accroupie que j'étais contre le mur du fond. Il s'est immobilisé.

Une voix coupante et ironique a brisé le silence :

— Où te caches-tu, maudite gamine? On ne peut donc pas te laisser seule une seconde sans que tu te colles aussitôt dans le pétrin?

Dzerji!

Le deuxième individu, le geôlier, s'est alors avancé en élevant une torche. Le profil dur de Dzerji s'est découpé dans l'ombre. Ses yeux brillaient de cet éclat vif qui, chez lui, indiquait l'amusement ou l'excitation.

J'ai hésité un instant, puis je me suis levée et me suis approchée de lui, tendue comme un arc.

— Allons, Garance, a-t-il repris avec son sourire crispé. Dépêche-toi, je n'ai pas que ça à faire. Sortons d'ici.

LAURENT CHABIN

Sans attendre, il m'a tourné le dos et il est ressorti de la cellule, se plantant devant le troisième personnage, un grand marin armé que j'ai reconnu immédiatement comme l'auteur de notre arrestation. Celui-ci avait l'air penaud.

Tandis que je sortais à mon tour, sans toutefois abandonner une certaine prudence, Dzerji l'a désigné d'un geste et a déclaré :

— Ce grand nigaud te doit des excuses, bien sûr, mais il ne faut pas trop lui en vouloir. Il n'a fait qu'appliquer les consignes. Il faut dire que tu n'avais pas l'air de quelqu'un qui vient de donner l'assaut à un palais.

— Mais…

— Terzio ne vous voyait pas arriver et il allait envoyer quelqu'un à votre recherche quand ce brillant défenseur des Damnés est venu se vanter d'avoir arrêté deux espions. Ce sont des choses qui arrivent dans une période de désordres comme celle que nous traversons en ce moment. Mais tu as l'habitude, n'est-ce pas?

Je me suis souvenue de ma première rencontre avec Dzerji, dans la cave de Valenko, quand Matiush m'avait lui aussi prise pour une espionne, et j'ai enfin souri.

— Allons chercher Tcherny et fichons le camp d'ici, a poursuivi le Bolesh. Cet endroit me donne froid dans le dos.

Dzerji, qui avait séjourné à plusieurs reprises à la Mygale, avait effectivement dû y passer de sales moments…

Quelques instants plus tard, nous nous retrouvions en pleine lumière, nous hâtant vers Somolny en compagnie d'autres Boleshs qui avaient connu la même infortune que nous. Serrée contre Tcherny, je m'abandonnais simplement au plaisir de voir de nouveau le soleil et je ne songeais même pas à en vouloir à ce grand marin, qui répondait au nom de Douz et nous suivait à présent en souriant béatement, et auquel Dzerji avait ordonné de veiller à notre sécurité.

Ce dernier nous avait également donné des chiffons rouges à nouer autour de notre bras en précisant :

— À défaut de laissez-passer, puisque de toute façon la plupart de nos soldats sont illettrés, ces brassards vous permettront de circuler librement. Et dépêchez-vous de rejoindre Terzio, il a besoin de vous.

— Encore heureux qu'il se soit souvenu de nous, a maugréé Tcherny. Sinon, qui sait combien de temps on nous aurait laissés croupir à la Mygale?

— Des incidents de ce genre sont inévitables, a répliqué Dzerji sèchement. Nous avons abattu le tyran et sa police, mais nous sommes environnés d'ennemis aussi redoutables et nous ne pouvons compter sur personne d'autre que nous-mêmes. N'oublie pas que les Damnés n'ont connu que l'oppression et la misère, ils n'ont reçu aucune formation militaire pour faire régner l'ordre et assurer la protection du Conseil des Damnés de Vermillon. C'est pourtant à eux de le faire. L'éducation sera une des tâches les plus urgentes des Boleshs au cours de la période à venir, mais ce ne sera pas la mienne. Ulia m'a donné un autre mandat.

Tcherny ne lui a pas demandé quel était ce mandat. Il appréciait Dzerji pour son efficacité et son dévouement à la cause des Boleshs, mais, comme moi-même, il ressentait toujours en sa présence un sentiment de gêne ou de malaise qu'il ne parvenait pas à expliquer.

Si les Boleshs le surnommaient parfois « l'homme au cœur de colombe », ce n'était certainement pas à cause de sa candeur. Mais ce n'est que plus tard que j'aurais l'occasion de comprendre l'origine de cet étrange sobriquet.

Nous étions arrivés à Somolny. Cette fois, nous avons pénétré dans l'ancien couvent sans difficulté. Douz s'était attaché à nos pas, et si quelqu'un, à la faveur de la cohue, nous serrait de trop près, il s'en approchait avec une mine menaçante.

À un moment, alors que Tcherny discutait avec Dzerji, Douz a posé sa main sur mon bras. Je me suis retournée. Le grand marin me regardait avec une sorte de timidité. Il voulait me dire quelque chose, manifestement, mais il ne savait pas comment s'y prendre. J'ai souri face au malaise de ce géant qui aurait pu me broyer dans une seule de ses mains.

Alors, avec une grimace qui pouvait passer pour un sourire gêné, il a tendu sa main ouverte. Minuscule, perdu entre ses doigts immenses et boudinés, reposait mon couteau de pierre, cadeau des Siwars.

— C'est à toi, petite sœur, a-t-il bredouillé. Excuse-moi. Je ne savais pas qui tu étais.

— Et tu le sais, maintenant ? ai-je fait, un brin moqueuse.

Douz a rougi jusqu'aux oreilles, puis il a bégayé de nouveau :

— Je ne le sais toujours pas, mais je sais que je te suivrai là où tu iras.

J'ai hoché la tête et nous nous sommes remis en route, Tcherny, Douz et moi. Dzerji avait disparu et nous parcourions les couloirs à la recherche de Terzio,

LA TERREUR

trébuchant constamment sur les corps de soldats, de marins ou de paysans épuisés qui s'étaient endormis là, ne trouvant pas de place ailleurs. Quelqu'un a fini par nous indiquer que Terzio et les autres se trouvaient dans la grande salle où se tenait depuis la veille le Conseil des Damnés de Vermillon.

La salle du conseil ressemblait à une marmite gigantesque où bouillait bruyamment tout ce que Vermillon avait envoyé de délégués et de représentants. Il y avait là des paysans de Siwr, engoncés dans leurs pelisses usées, des ouvriers des mines du nord, effroyablement maigres, des soldats et des marins hirsutes venant d'arriver du front de l'ouest où leurs compagnons refusaient d'obéir à leur officiers, mais également des Boleshs et des Meneshs vêtus de noir, aux yeux furieux et agités, vociférants, que les Damnés des lointaines plaines orientales regardaient avec un mélange de mépris et de méfiance.

— C'est curieux, ai-je fait remarquer à Tcherny en désignant discrètement ces derniers. On dirait qu'ils considèrent comme leurs ennemis ceux-là mêmes qui les défendent et ont agi en leur nom.

— Les Damnés de Siwr ne sont pas dans leur élément ici, et ils ne comprennent pas très bien ce qui s'y passe. Depuis la chute de Roman, ils attendent la redistribution des terres et ils n'ont encore rien vu venir. Tu les connais bien, Garance. Tu sais qu'ils sont imperméables à tout ce qui ne concerne pas directement leur maison, leur terre. Tu te souviens de quelle manière ils traitaient les jeunes Meneshs qui allaient autrefois dans leurs villages pour les pousser à la rébellion? Ils n'ont pas changé.

31

— C'est pourtant pour eux que nous avons abattu l'empereur et l'ordre ancien.

— Oui, bien sûr, mais l'empereur reste quelque chose de très symbolique dans leur esprit. Ils ne l'ont jamais vu et il appartient pour eux davantage au domaine du mythe qu'à celui de la réalité. Quant aux discours, tant ceux des Meneshs que des Boleshs, ils ne les intéressent pas. Ils n'en ont retenu qu'une seule chose : la terre doit leur appartenir. Le reste les touche autant que les coutumes vestimentaires des Makakis ou des cavaliers de Mongot.

Effectivement, à la tribune se succédaient des orateurs virulents qui, entre Meneshs et Boleshs, se lançaient des invectives et des accusations de trahison du peuple des Damnés ou de collusion avec l'empire de Willem.

Je pouvais deviner les intrigues de couloir qui soustendaient ces joutes verbales, et je comprenais à quel point les Damnés venus des immenses territoires orientaux de Vermillon pour faire entendre leur voix devaient s'en sentir exclus. Ces luttes mesquines et souterraines pour le pouvoir ne les concernaient pas.

Les Meneshs reprochaient à Ulia et à Terzio de s'être emparés du pouvoir sans l'accord du conseil. Mais Terzio, jaillissant soudain d'une masse de soldats qui le soutenaient, a répliqué vertement :

— Nous n'avons pas pris le pouvoir, nous l'avons ramassé dans la rue, où il avait été abandonné!

Les Meneshs ont néanmoins poursuivi. Selon eux, Keren ayant disparu et ses ministres se trouvant en prison, il n'existait plus à Vermillon aucune légitimité, sinon la leur. Celle du conseil. Des sifflets ont retenti, venant des Boleshs disséminés dans la salle. Puis Terzio a repris :

— La légitimité appartient aux Damnés et à ceux qui servent leurs intérêts. Qu'osez-vous prétendre? Que sont devenues vos promesses quand vous avez donné votre appui à l'imposteur Keren et à sa clique de vendus? Où est la terre promise aux paysans? Où est la paix promise aux soldats qui meurent chaque jour sans savoir ni pourquoi ni pour qui? Où est le pain que réclament les femmes et les enfants qui en manquent et qui voient approcher l'hiver avec une angoisse mortelle?

La foule s'est mise à hurler, les ovations ont fusé de toute part. Avant que l'enthousiasme ne refroidisse, Terzio et les soldats ont hissé Ulia jusqu'à la tribune. Les paysans ont considéré le petit homme avec incrédulité mais, aussitôt que celui-ci a pris la parole, le silence s'est fait.

Sans perdre de temps à faire des phrases grandioses, Ulia a balayé d'un geste les objections des Meneshs.

— Continuez de vous payer de mots, a-t-il lancé. C'est tout ce qui vous reste à présent. Le pouvoir, dorénavant, appartient au conseil des Damnés, au nom duquel nous avons agi au lieu de discuter interminablement dans des salons en buvant du thé. Et ce pouvoir, que nous sommes les seuls à représenter aujourd'hui, promulgue les décrets suivants, avec application immédiate sur tous les territoires de Vermillon :

« Abrogation de la peine de mort, qui avait été rétablie par le traître Keren,

« Abolition de la propriété de la terre, qui ira sans partage à ceux qui la cultivent,

« Négociations de paix immédiates avec l'empire de Willem et retour des soldats dans leurs foyers.

« Que ceux qui sont contre se manifestent! »

Qui pouvait s'opposer à ces mesures que tous attendaient, à la paix que les soldats et les paysans réclamaient depuis si longtemps, à la restitution de la terre qui avait été le principal cheval de bataille des Meneshs mais qui, aujourd'hui, était habilement décrétée par les Boleshs?

Une acclamation tonitruante est montée de l'assemblée. Cris et applaudissements semblaient ne jamais devoir s'arrêter. Enfin les Damnés entendaient ce qu'ils voulaient entendre depuis toujours.

Que leur importaient la prise du palais, les exécutions sommaires et les emprisonnements musclés dont pâtissaient ceux qui avaient tenté de les asservir ou de les tromper? Que leur importaient les moyens utilisés par Ulia et les bavures qui en découlaient? Celui-ci venait de leur donner ce pour quoi ils s'étaient battus : la terre et la paix.

Le reste ne signifiait rien pour eux. Tout ce qu'ils voyaient, c'était que de la confusion générale avait émergé un chef indiscuté en la personne d'Ulia. Ulia avait osé là où les autres avaient tergiversé trop longtemps. S'il se proposait maintenant d'édifier le nouvel ordre de l'empire de Vermillon, ce n'était que justice.

Pour la forme, Kamen, grimpant à son tour à la tribune, avait demandé qui appuyait les nouvelles décisions. Les Meneshs eux-mêmes ne pouvaient s'y opposer sans passer immédiatement pour des traîtres et se retrouver dans le fleuve, immolés par une foule en colère. L'autorité d'Ulia venait d'être reconnue et acceptée.

Ulcérés, les chefs des Meneshs ont annoncé qu'ils ne voulaient pas se commettre avec les « assassins » et qu'ils préféraient se retirer et quitter le conseil des Damnés. Ce qu'ils ont fait, sous les sifflets des marins et soldats. Ils sont partis sans se retourner.

Ne manquant pas l'occasion de prononcer une parole historique, Terzio leur a lancé, sous les applaudissements réitérés :

— C'est ça! Allez et retournez d'où vous venez, dans les poubelles de l'histoire!

TROIS

Les poubelles de l'histoire, malheureusement, me semblaient beaucoup plus vastes que Terzio ne voulait le laisser croire. Le pouvoir des Damnés à Vermillon, représenté par Ulia et les siens, n'était en fait tenu que par une poignée de Boleshs déterminés et fort heureusement armés, mais tout autour d'eux s'étendait une mer hostile et déchaînée.

Des bandes armées sillonnaient Vermillon de façon anarchique, sous la conduite de chefs improvisés aussitôt destitués – parfois pendus ou empalés – lorsqu'ils ne faisaient plus l'affaire des factieux.

On parlait aussi d'une sorte de culte souterrain consacré à Efi Novykh, qui entretenait l'agitation et préparait en secret l'écrasement de l'insurrection des Boleshs. Il était soutenu par certains prêtres de Rus, qui misaient une fois de plus sur le vieux fond superstitieux et toujours vivace des Damnés.

Cependant, tandis que les Escadrons rouges sillonnaient la ville pour protéger le nouvel ordre naissant, Ulia n'allait pas tarder à s'apercevoir que la menace qui planait sur lui ne venait pas tant des ennemis déclarés

– les hommes de Roman, qui n'avaient pas tous disparu, ou les grands propriétaires, qui n'entendaient pas se laisser déposséder par des « gueux » sans réagir – que de la base même qui l'avait porté au pouvoir.

Quelques voix avaient éclaté, même parmi les Boleshs, avertissant du péril qu'il y avait à abandonner tous les rênes du pouvoir dans la même main. Mais on constatait aussi que, du jour au lendemain, tout le monde se prétendait Bolesh, prenait les armes et multipliait les « expéditions punitives » contre des cibles qu'on aurait souvent eu bien du mal à définir, prêt à « venger » le peuple des Damnés!

Les Boleshs qui avaient préparé et dirigé l'insurrection étaient des Hommes ou des Damnés courageux et convaincus qui, au cours des années, avaient bravé la mort, la torture, la prison ou l'exil au nom de leur idéal. Beaucoup étaient morts pour leur cause, mais les survivants avaient quand même poursuivi la lutte dans l'ombre, au mépris des souffrances et des dangers, se méfiant de tout et de tous, ne sachant jamais s'ils seraient encore vivants le lendemain.

Aujourd'hui, en revanche, non seulement les Boleshs ne risquaient plus rien de la part des autorités, mais ils *étaient* l'autorité. Et, subitement, leurs rangs s'étaient mis à grossir comme si une pluie de justiciers s'était abattue sans discontinuer sur Petra.

D'où venaient ces nouveaux sympathisants soudainement pleins d'enthousiasme? Où s'étaient-ils cachés jusqu'alors? Que cherchaient-ils à présent?

— Des miettes du pouvoir, me confiait Tcherny avec amertume. Ou de quoi manger, tout simplement. Ce qui est encore pire. Roman nous a laissé en héritage un pays exsangue et affamé. Nous avons gagné notre liberté, bien sûr, mais nous n'avons toujours pas de pain. Les vivres n'arrivent plus à Petra et la guilde des caravaniers n'y est pour rien. Les propriétaires ou les marchands accaparent et dissimulent leurs récoltes.

— Le décret d'Ulia sur la terre va les renvoyer au néant.

— Sans doute. Les Damnés vont récupérer la terre et la gérer eux-mêmes. Cependant, il faudra attendre les prochaines récoltes. Et puis, ils se méfient encore de nous et il faudra peut-être leur forcer un peu la main pour nourrir les villes. Les Escadrons rouges sont là pour y veiller, bien sûr, mais ils n'ont jamais été formés pour ça. Et nous ne savons pas grand-chose de ces nouveaux arrivants, qui pensent parfois que notre brassard rouge leur donne simplement tous les droits. C'est ça le problème. Beaucoup d'entre eux sont honnêtes, certainement, mais il s'y mêle toute une tourbe de nuisibles qui ne sont là que pour profiter de l'occasion et piller impunément sous couvert de redistribution des biens.

— Que pouvons-nous faire?

— Veiller. Veiller sans cesse. Encadrer, diriger, informer, éduquer. Tu as entendu Dzerji. L'éducation est essentielle. Cela prendra des années, hélas. Des années pendant lesquelles nous serons aux prises avec les nostalgiques de l'ordre ancien, avec les propriétaires des mines, des forges, des filatures et des grands domaines qui ne voudront pas perdre leurs richesses sans compensation, avec les prêtres et les moines de Rus qui souhaitent nous voir disparaître dans l'enfer qu'ils ont inventé pour justifier leur existence, avec tous ceux qui s'imaginent que la disparition du tyran signifie que n'importe qui peut faire n'importe quoi et qui ne comprendront pas pourquoi on les empêche de voler, violer, piller…

J'éprouvais un certain malaise face au découragement de Tcherny. Que se passait-il en lui? Où était le garçon fougueux et intrépide qui m'avait promis le monde, où était le rebelle qui avait survécu au bagne et à la désolation glacée de l'exil à Siwr, le héros qui avait pris le palais de l'empereur avec une maestria que j'avais tant admirée? Pourquoi, au moment où nous avions presque atteint notre but, alors que les plus grands dangers étaient écartés, semblait-il tout à coup ne plus y croire?

J'ai secoué la tête pour chasser ces pensées déprimantes. L'heure n'était pas aux songes. Vermillon s'était engagé dans un processus irréversible. Il fallait agir, rejoindre Terzio, prendre nos ordres et les exécuter sans arrière-pensées. Ce dernier, cependant, avait disparu, ainsi qu'Ulia, laissant Kamen et Zino s'occuper du conseil des Damnés.

J'ignorais également où était passée Kollona, que je n'avais vue dans aucune des salles de l'ancien couvent. Dzerji et Djouga eux aussi étaient invisibles. Dormaient-ils quelque part, exténués, tandis que leurs chefs avaient tenté de s'imposer face à la houleuse assemblée, ou bien travaillaient-ils dans l'ombre, loin de l'agitation de l'assemblée, plaçant secrètement leurs pions là où Ulia leur avait demandé de le faire?

J'ai pris Tcherny par le bras et je l'ai entraîné dans les couloirs, à la recherche de la salle dans laquelle nous avions rencontré tout l'état-major des Boleshs la veille au soir, juste avant notre départ pour le palais d'hiver.

L'atmosphère y était à peine moins lourde que dans la grande salle, et l'odeur tout aussi nauséabonde. Instinctivement, j'essayais de retrouver, diluée parmi les exhalaisons de corps mal lavés et de peaux mouillées, l'odeur de la terre de Siwr que les Damnés venus de là-bas avaient peut-être apportée avec eux.

J'ai fermé les yeux pendant un court instant, puis j'ai souri intérieurement : avais-je déjà la nostalgie de ce monde qui m'avait pourtant traitée comme la dernière des créatures et dont l'agonie était pratiquement consommée?

Douz nous suivait, son sabre en travers de la poitrine, arborant alternativement un air béat d'admiration et la mine menaçante du garde du corps insensible à la pitié. Pour la première fois de sa vie, sans doute, personne ne le traitait comme un chien. Il était quelqu'un. Je crois qu'il était tout simplement heureux…

Nous avons enfin retrouvé la petite salle dans laquelle Ulia et Terzio avaient installé leur quartier général. Même si la légitimité du nouveau pouvoir résidait officiellement au sein du conseil des Damnés, c'était manifestement ici, dans ce local exigu, que s'élaborait l'avenir de Vermillon.

L'assemblée était présentement réduite au minimum. À part Ulia et Terzio, n'y participaient que Dzerji et Djouga, ainsi qu'un marin à la stature imposante répondant au nom de Dybko et un petit homme au teint jaune, ami de Terzio. Il s'appelait Boukhar et avait accompagné ce dernier sur les chemins de l'exil de l'autre côté des mers. Kollona, quant à elle, n'était visible nulle part.

Derrière Ulia, en revanche, se tenait sa compagne, Nadja, en train de prendre des notes. Elle m'a jeté un regard chaleureux mais Ulia nous a à peine remarqués.

Le débat portait sur la manière de faire cesser l'anarchie qui régnait dans Petra et de protéger les acquis de la victoire des Damnés. Si Ulia et Boukhar étaient surtout préoccupés par les divergences de vues avec les Meneshs et la répugnance qu'ils avaient à partager le pouvoir avec eux, Terzio faisait remarquer que le danger le plus pressant, pour le moment, venait plutôt des Damnés eux-mêmes, dont il devenait de plus en plus difficile de contrôler les débordements.

— Ces excès sont regrettables, mais ils sont inévitables, a commenté Ulia avec des gestes d'impatience. Les choses rentreront dans l'ordre d'elles-mêmes. Les Escadrons rouges doivent y veiller.

— Les Escadrons rouges recèlent en eux-mêmes leur propre faiblesse, a rétorqué Terzio. Leur structure convenait à la clandestinité, aux actions rapides et ponctuelles. Ils apparaissaient et disparaissaient comme des feux follets. Mais à présent ils sont débordés. Leurs effectifs sont dérisoires face à l'ampleur de leur tâche et nous devons recruter à une telle vitesse que nous en sommes réduits à accepter dans leurs rangs tout ce qui se présente. Et ce n'est pas toujours la crème… D'un autre côté, je ne peux pas déshabiller l'armée pour habiller les Escadrons rouges.

— Il t'appartient de régler ce problème, a tranché Ulia. L'armée et la marine, de toute façon, sont composées de Damnés enrôlés de force par l'empereur et qui n'ont d'autre envie que de retourner chez eux. C'est Dybko qui se chargera de cette question. En ce qui concerne les Escadrons rouges, ce sont nos troupes d'élite et tu dois t'entourer au plus vite d'hommes compétents et dévoués qui seront capables de les encadrer.

Tout à coup, Ulia a semblé nous apercevoir enfin – même si, j'en étais convaincue, rien ne lui échappait jamais et qu'il avait noté notre présence depuis le début.

— Ces jeunes gens me paraissent correspondre à ce profil, a-t-il ajouté en nous désignant d'un geste, et en me gratifiant même d'un maigre sourire.

Le rouge m'est monté au front. Ulia, le grand Ulia en personne me considérait comme une personne capable, moi la sauvageonne qu'on avait toujours rabaissée au niveau de la volaille de ferme!

Nadja m'a souri de nouveau. Dzerji, impassible, soutenait Ulia en silence. Les autres ne me connaissaient pas et me dévisageaient avec une curiosité fatiguée. Djouga, quant à lui, toujours aussi muet qu'à l'habitude, semblait chercher une catégorie dans laquelle me placer avant de me faire une place dans sa phénoménale mémoire. J'ai essayé de soutenir son regard, mais j'ai bientôt détourné les yeux.

Terzio s'est alors levé et nous a conduits dans une pièce attenante.

— Je suis heureux de vous retrouver, a-t-il dit avec sa chaleur habituelle. Ulia a raison. Ce qui vous est arrivé est navrant, mais c'est significatif. Nous ne disposons pour nous défendre contre ceux qui veulent nous écraser que des mineurs, des forgerons ou des paysans qui n'ont jamais eu à prendre la moindre initiative. Nous avons libéré les Damnés de siècles de servitude et cette nouvelle liberté les enivre. Ils ne savent qu'en faire, nous devons les guider. Leur force est immense mais ils ignorent comment s'en servir. Les Damnés sont une masse que nous devons pétrir, sculpter, façonner...

Terzio était blême de fatigue mais ses yeux brillaient. Le passage aussi abrupt de la clandestinité des luttes de l'ombre à l'exercice du pouvoir devait lui donner le vertige. « C'est grisant », devait-il en effet nous confier plus tard, reprenant – il nous l'avait avoué lui-même – une expression qu'Ulia avait utilisée au cours de la nuit précédente, alors que tous les deux gisaient à même le sol, dans une minuscule pièce de Somolny, tentant de s'offrir le luxe de quelques minutes de sommeil.

— Cette entreprise est une tâche de longue haleine, a dit Tcherny. Ça prendra des années. Mais nous avons d'autres problèmes plus immédiats. Il semble que la folie ait gagné nos forces vives. Marins, soldats et Damnés se déchirent entre eux.

Tcherny a alors raconté à Terzio l'atroce incident auquel nous avions assisté juste avant notre arrestation. Terzio a passé une main sur son visage en soupirant

— Oui, je suis au courant, a-t-il laissé tomber avec lassitude. On m'a déjà rapporté des scènes similaires, qui se sont déroulées dans plusieurs quartiers de Petra ou de Mossburg. Le madogue, bien sûr. Il ne s'agit pas vraiment d'accidents.

— Que veux-tu dire?

— Les hommes de Roman, les grands propriétaires, ainsi que tous ceux qui espéraient profiter à notre place de la chute de l'empereur, connaissent depuis longtemps les faiblesses des Damnés. Ils savent qu'il est facile de les calmer ou de les détourner de leur juste colère en leur jetant des miettes en pâture. Ils savent aussi que, l'estomac plein, ils redeviennent doux comme des agneaux.

— Eh bien tant mieux! me suis-je exclamée. Qu'ils les nourrissent, cela sera un souci de moins pour nous tous.

— Tu ne comprends pas, Garance, a répondu Terzio avec un sourire fatigué. Ce n'est pas de nourriture qu'il s'agit. Nos ennemis ont engrangé un peu partout dans Petra d'énormes réserves de madogue que les Damnés déchaînés découvrent continuellement, à leur instigation probablement.

Le visage de Terzio s'est renfrogné.

— Le madogue a toujours permis aux Damnés d'oublier l'extrême misère de leur condition, a-t-il repris, et les maîtres ont constamment veillé à ce qu'ils n'en manquent pas trop, même s'ils en limitaient les abus, nuisibles à la force de travail de ceux qui étaient leurs esclaves. À présent, la situation a changé. Les esclaves leur ont échappé et, ne pouvant pour l'instant les reprendre par la force, ils les affaiblissent en leur fournissant sans restriction la boisson empoisonnée. Le spectacle dans la ville est lamentable.

Je m'en rendrais compte de mes propres yeux un peu plus tard, mais effectivement, même les meilleurs éléments des Escadrons rouges ne résistaient pas au piège infernal et on en retrouvait dans les rues, comme nous l'avions vu en venant ici, gisant ivres morts au milieu de leurs propres vomissures, ou frappant sans discernement les passants, quels qu'ils soient, en vociférant des injures et des menaces.

— Mais les Damnés n'auront plus jamais besoin de ce genre de consolation, a-t-il déclaré en se reprenant. La madogue n'a aucune raison d'être. J'ai déjà envoyé des escadrons de marins pour détruire les stocks de poison. Le fait qu'il soit hautement inflammable arrange d'ailleurs bien les choses.

— Ils brûlent les Damnés aussi, a fait remarquer Tcherny d'un ton lugubre. Ceux qui sont dans les caves…

— Il fallait y penser avant, a tranché Terzio d'un ton sec. Ce genre de situation extrême entraîne inévitablement des dommages collatéraux.

Terzio n'avait jamais été un partisan des demi-mesures, mais il utilisait toujours un vocabulaire choisi…

— Mais ne vous inquiétez pas, nous en viendrons à bout, a-t-il repris. Nous faisons face à un autre problème plus important actuellement.

Il s'est interrompu et, se tournant vers moi, il a demandé :

— Garance, voudrais-tu aller nous chercher à boire, s'il te plaît? Je meurs de soif.

Je me suis sentie un peu vexée d'être utilisée pour une tâche aussi infime, puis je me suis dis que, de toute façon, même Terzio avait bien le droit de boire et qu'aucun privilège ne m'autorisait à mépriser une aussi humble mission. Je m'en suis donc acquittée avec résignation, tandis que Douz m'emboîtait le pas comme une ombre.

Lorsque je suis revenue avec une cruche à demi remplie, Terzio venait de griffonner un ordre de mission qu'il a remis à Tcherny. Il m'a remerciée, il a bu au goulot, puis il a fait volte-face et il a disparu. Une porte, tout près, a claqué. Tcherny semblait abattu.

Bras croisés, à quelques pas de là, Douz nous attendait placidement, un vague sourire béat aux lèvres, son grand sabre en travers de la poitrine. Tcherny a empoché l'ordre de Terzio sans prononcer une parole et nous nous sommes mis en route.

Tout en nous frayant un chemin dans le dédale de Somolny, je me demandais quel genre de mission Terzio avait bien pu nous confier. Rien de réjouissant, apparemment. Cependant, Tcherny ne semblait pas disposé à en parler maintenant et je n'osais pas lui poser la question. L'excitation qui m'avait maintenue alerte au cours des derniers jours avait disparu et la fatigue m'avait rattrapée.

Lorsque nous sommes enfin sortis du bâtiment principal de Somolny, je n'étais déjà plus que l'ombre de moi-même.

L'air frais du dehors et le pâle soleil de l'après-midi nous ont redonné un peu d'énergie. Tcherny a demandé à Douz de recruter une dizaine de compagnons armés parmi ceux qui se tenaient sur les escaliers et de prendre le commandement du peloton ainsi créé.

Le visage du gigantesque marin s'est illuminé. Il a presque rougi comme un enfant. Claquant les talons, sans un mot, il s'est éloigné pour s'acquitter de sa tâche. Cependant, j'étais étonnée. Pourquoi Tcherny ne prenait-il pas lui-même la tête du groupe?

— Les Damnés ont vu leur monde basculer en quelques jours, m'a-t-il expliqué. Toutes les valeurs qu'ils connaissaient ont disparu. Ils ne savaient qu'obéir et baisser la tête, aujourd'hui on leur dit qu'ils sont libres et qu'il n'existe plus de grades dans l'armée. Ils vont rapidement apprendre à désobéir à tout ce qui leur semble étranger.

— Tu n'es pas un étranger!

— Il y a trop longtemps que j'ai quitté la terre, Garance. Je sais lire et écrire, ma figure est rasée, je m'habille différemment. Pour eux, je suis un Bolesh, c'est-à-dire plus tout à fait un des leurs. Si je tente de m'imposer à eux en tant que chef, ils retrouveront vite les réflexes qui leur ont fait passer leurs officiers par les armes au cours des dernières semaines.

— Et tu veux envoyer Douz à ta place?

— C'est différent. Douz appartient encore à leur monde. Ils lui obéiront parce qu'ils ne se sentiront pas humiliés ou méprisés par lui. Douz, pour sa part, nous est sans doute reconnaissant parce qu'il est persuadé que nous aurions pu le faire jeter dans un cachot de la Mygale à notre place. Il nous sera dévoué. Tout particulièrement à toi.

— À moi?

— Bien sûr. Tu n'as pas remarqué la manière dont il te regarde? Tu es presque un ange, pour lui. Il pourrait te tenir dans sa main, et cependant il devine que tu es plus forte que lui. Il se ferait tuer pour toi.

— Hmmm. Et tu voudrais que j'use de ce privilège pour le contrôler ou l'utiliser?

— Non, Garance, m'a répondu Tcherny avec un sourire amer. Ce n'est pas mon genre et tu le sais. Je me contenterai de le conseiller, de l'assister. J'apparaîtrai ainsi davantage comme un guide que comme un chef. Un simple messager d'Ulia.

— Je ne comprends pas. Tu viens de me dire que les Damnés refuseront de t'obéir parce que tu es un Bolesh. Comment dans ce cas accepteront-ils les ordres d'Ulia que tu es censé leur transmettre?

— Ulia n'est pas seulement un Bolesh pour les Damnés. Il est beaucoup plus. C'est avant tout une icône. Très peu d'entre eux l'ont vu réellement, de près ou même de loin. Ulia est un mythe. Il est presque un dieu, même s'il s'en défend. Tandis que moi, je suis une personne qu'ils côtoient chaque jour, qu'ils peuvent toucher, sentir, pousser. Jeter dans le fleuve si l'envie leur en prend...

— Mais tu es un Damné, Tcherny! Tu es né parmi eux, tu as vécu avec eux, tu as souffert au village comme eux sous le joug des mêmes maîtres et des prêtres de Rus. Ils le savent.

— Peut-être, mais moi je suis parti. Ce faisant, j'ai quitté leur monde. En devenant un rebelle, j'ai pris conscience de ce que j'étais vraiment, et c'est ce qui m'a séparé d'eux.

— Je ne comprends pas. Veux-tu dire que tu n'es pas un Damné? Que tu ne l'as jamais été? Tu as été adopté?

— Non, non, rien de tout ça. C'est plus compliqué. On naît Damné, sans doute, mais on ne l'*est* pas. Comment t'expliquer? On est un Damné parce qu'on n'a pas pris conscience qu'on était autre chose, parce qu'on accepte son sort comme si c'était une fatalité. On est un Damné parce qu'on se résigne, parce qu'on ne relève pas la tête.

J'ai hoché la tête pensivement. Effectivement, le monde avait basculé et je n'avais plus guère de repères. C'était comme si toutes les catégories facilement identifiables que je connaissais s'étaient évanouies.

— Et le Bund? ai-je demandé. Est-ce la même chose, être du Bund?

— Oui, en quelque sorte. Ceux du Bund se reconnaissent comme étant du Bund, avec des rites, des coutumes, des croyances, mais ce sont ces croyances et ces rites qui font le Bund, non l'inverse. Dans le fond, nous ne sommes en rien différents des autres.

— Nous avons six orteils à chaque pied, pourtant!

Tcherny a éclaté de rire.

— Qu'est-ce qu'un orteil de plus ou de moins, Garance? Il y a des gens plus grands ou plus petits que les autres; certains ont les yeux bleus, les autres noirs; certains ont les cheveux clairs, les autres foncés. Ça ne veut rien dire. Les Atamans, par exemple, que les Damnés de Siwr considèrent comme leur plus redoutable ennemi, qui sont-ils, crois-tu? Rien d'autre que des Damnés qui se sont rebellés, il y a très longtemps, et à qui un ancêtre de Roman a dû concéder certains droits.

— Et Roman?

— C'est la même chose. Sans doute un de ses lointains ancêtres était-il un Damné qui avait décidé qu'il valait mieux que les autres et s'est proclamé leur chef. Puis il a protégé sa descendance et, de génération en génération, s'est édifiée et complexifiée cette infernale machine régnante dont Roman n'a été que le dernier bourgeon.

Tcherny s'est tu, songeur. Moi-même, je ne savais plus très bien où j'en étais. Qui étais-je vraiment, à quel monde appartenais-je?

Tcherny n'a pas eu de mal à lire cette interrogation dans mes yeux. Il me connaissait trop bien. Il m'a enlacée tendrement. J'ai eu l'impression que son regard me dépouillait de mes oripeaux crasseux, de la poussière et de la boue qui me collaient à la peau depuis ma naissance, de la misère qui m'avait salie dès que j'avais vu le jour. Ses yeux brillaient. Ses lèvres ont articulé, très doucement :

— Toi, Garance, tu es une femme. Une femme merveilleuse…

QUATRE

Le soir même, nous étions en route vers l'ouest. Tcherny avait réquisitionné une carriole branlante dans laquelle je m'étais effondrée presque aussitôt, totalement épuisée. Il s'était endormi à côté de moi tandis que Douz, avec une fierté nonchalante, conduisait l'unique cheval efflanqué que nous avions pu trouver. Le reste de la troupe nous suivait à pied.

Lorsque je me suis réveillée, il faisait déjà nuit. Les ombres des grands arbres se découpant sur le ciel nocturne m'indiquaient que nous nous trouvions déjà dans la campagne. Où allions-nous?

Je me suis relevée et me suis adossée au bord de la carriole. Le cheval avançait d'un pas lent et poussif. Ayant perçu mon mouvement, Douz s'est retourné et m'a fait un léger signe de tête, comme pour me confirmer que tout allait bien, puis il m'a tendu une pomme.

Je l'ai remercié et j'ai croqué dans le fruit avec délices, puis je me suis laissée aller à rêvasser en contemplant le corps de Tcherny allongé près de moi. Je le revoyais, ce soir d'été si lointain, au village, quand il avait relevé sa tunique pour me montrer son dos zébré de cicatrices et de traces sanglantes. Tcherny avait subi les pires sévices tout au long de son enfance, mais jamais les violences ne l'avaient détourné de ce qu'il croyait être juste. Et quand, le tenant dans mes bras, je passais mes doigts sur sa peau nue, je puisais dans le contact de ses blessures le courage qui parfois m'abandonnait.

Rien ne me semblait impossible, dans ces moments-là, et je comprenais d'autant moins, *a posteriori*, l'humeur sombre dans laquelle il paraissait plongé depuis que nous avions quitté le palais impérial. Je me demandais ce qui avait pu le faire changer ainsi.

Un cahot sur la route a secoué la carriole et Tcherny a sursauté. Il s'est vivement redressé et a porté sa main à sa ceinture, à la recherche de son couteau. Vieux réflexe de clandestin… Puis ses yeux sont tombés sur moi et il s'est calmé. Il a poussé un soupir.

— Je me demande si un jour je serai capable de m'endormir et de me réveiller en toute sérénité, a-t-il grogné.

Je lui ai caressé la joue en lui promettant que ce jour était proche, désormais, et que je ferais tout pour qu'il le soit davantage encore.

Tcherny s'est détendu. Il a regardé autour de lui, scrutant la nuit, puis il a demandé à Douz si nous étions bientôt arrivés.

— Nous y sommes presque, a répondu le marin. Nous serons au château avant le lever du jour.

— Quel château? me suis-je écriée alors que je craignais d'avoir déjà deviné la réponse.

Tcherny s'est adossé au châssis, face à moi, et a retrouvé son air sombre.

— Celui de Tsarko, a-t-il grommelé d'un ton dégoûté.

— Allons-nous tuer Roman?

— Roman n'est plus ici depuis des semaines, a répliqué Tcherny. Keren l'a fait envoyer sous bonne garde à Tobol, où il a nombre de partisans. L'empereur déchu y est détenu, avec toute sa famille et quelques serviteurs. Une prison dorée, bien sûr. Cependant, je crois que c'est plutôt pour le protéger qu'on l'a exilé là-bas.

— Je ne comprends pas. Pour quelle raison le protégerait-on?

— Les pays qui sont nos alliés dans la guerre contre Willem n'apprécieraient pas un massacre. Roman a de la parenté chez plusieurs familles régnantes de ces royaumes, et Keren ne voulait pas se les mettre à dos. Même à l'heure actuelle, ce ne serait pas prudent.

— Ulia n'a-t-il pas déclaré la paix devant le congrès?

— Oui, mais celle-ci n'a pas encore été négociée avec l'empereur de Willem. Terzio doit s'en charger mais, en attendant, la guerre n'est pas encore terminée.

J'ai laissé mon menton retomber sur ma poitrine. Les événements, qui m'avaient paru défiler à une vitesse folle depuis ces derniers jours, semblaient s'enliser maintenant.

Ulia avait pris des décisions, il les avait proclamées – ce que le peuple de Vermillon avait attendu pendant des siècles. À présent, il allait s'agir de les mettre à exécution. Et l'empire de Vermillon, immense et sclérosé, résistait de tout son poids et du poids des millions de Damnés qui, depuis toujours, se méfiaient de tout, y compris de leur ombre.

Tout à coup, la voix de Douz m'a tirée de mes réflexions.

— Tsarko, a-t-il simplement annoncé.

Je me suis relevée, aussitôt imitée par Tcherny, qui s'était remis à somnoler. Au loin, droit devant, une silhouette sombre hérissée de tours et de créneaux se détachait dans la nuit étoilée. L'aspect en était moins sinistre que celui de la Mygale, mais il ne m'inspirait que dégoût.

— Tcherny, ai-je murmuré. Pourquoi nous a-t-on envoyés là-bas?

— Pour tuer les morts, a-t-il répondu d'une voix sourde.

— Est-ce que tu te moques de moi?

— Non, malheureusement. Il y a des morts plus redoutables que les vivants. La victime d'un assassinat, même lorsqu'elle a été une crapule ignoble tout au long de sa vie, est la seule qui sorte grandie du crime, tout au moins aux yeux de la foule et surtout lorsque des agents provocateurs manipulent celle-ci. Cette victime peut alors devenir plus dangereuse encore que de son vivant.

Je venais de comprendre. Efi!

La mort d'Efi, je m'en souvenais, n'avait pas tout à fait eu l'effet escompté. Aux yeux de nombreux Damnés de la campagne, pour qui les affaires du gouvernement étaient aussi étrangères que leurs mœurs, Efi avait avant tout été un des leurs. De plus, il avait été assassiné par des nobles proches de la famille impériale et, pour beaucoup d'entre eux, il était devenu un martyr.

Peu après sa mort, l'impératrice avait continué de le consulter par médiums interposés. Son propre chef de la police prétendait prendre directement ses ordres, chaque nuit, du fantôme du Khlysty qui lui apparaissait au cours de macabres cérémonies d'évocation.

Au fil des semaines, une sorte de culte malsain s'était édifié autour du moine assassiné. On prétendait qu'Efi Novykh n'était pas vraiment mort, que son cadavre se levait chaque nuit de sa tombe pour hanter ses persécuteurs et qu'il allait bientôt reconquérir Vermillon, à la tête d'une armée de spectres invincibles.

Dans de grandes villes comme Petra, Mossburg ou Peramma, ces fables morbides n'avaient pas beaucoup de succès, mais dans les immenses territoires de Vermillon, et particulièrement dans ceux de Siwr, une sorte de contre-révolte, attisée par les prêtres de Rus et les partisans de Roman, commençait à gronder. De Tsarko, disait-on, viendrait le salut de Vermillon, et Efi ressuscité balaierait la vermine bolesh par les flammes et par l'épée.

Telle était l'origine de la mission que Terzio avait donnée à Tcherny : liquider définitivement Efi Novykh et en finir avec les superstitions. Par le feu s'il le fallait. Je comprenais donc le désenchantement de mon ami. Aller traquer les fantômes après avoir lutté pendant des années contre les armées et les espions de Roman, cela semblait pitoyable.

Je n'étais pas plus enthousiaste que lui, il faut le dire, mais, une fois encore, qui étais-je pour juger de la pertinence de telle ou telle mission? La révolte des Damnés n'était pas qu'une suite d'actions héroïques ou un poème épique. Elle comportait également des tâches plus ou moins répugnantes qu'on ne pouvait ignorer. Terzio nous avait confié celle-ci, et il s'agissait de la mener à bien sans états d'âme.

D'ailleurs, si quelqu'un avait le droit d'exprimer sa répugnance envers tout ce qui touchait Efi, c'était bien moi. L'ignoble Khlysty m'avait séquestrée et violentée, il m'avait volé mon sang et m'avait fait expédier comme une criminelle à Siwr, dans l'enfer des camps de l'exil. Il avait détruit toute une partie de ma vie et j'avais plus que tout autre des raisons de le haïr. La seule idée d'approcher de son cadavre me levait le cœur. Et pourtant…

— Tcherny, ai-je dit, je comprends que cette mission ne t'enchante pas. Crois bien qu'elle n'est pas davantage de mon goût, tu t'en doutes. Mais il faut le faire. Tu me l'as dit toi-même : les acquis de nos victoires sont fragiles. À tout instant, ce que nous avons gagné peut être remis en question ou disparaître. Nous avons connu l'ivresse de prendre au nom des Damnés un symbole de l'oppression impériale. Nous allons maintenant connaître le dégoût de faire disparaître les restes putréfiés d'un nuisible infect. Mais ce ne sont que deux facettes du même combat. Nous devons le faire, c'est tout.

Tcherny a hoché la tête en silence. Il était impossible d'être en désaccord sur ce point : si, pour assurer le succès de la révolte des Damnés, il fallait se salir un peu les mains, il n'y avait pas à hésiter. Nos désagréments personnels devaient passer après…

Un moment plus tard, Douz immobilisait la carriole à quelques pas des hautes murailles du château de Tsarko. La forteresse paraissait abandonnée. Aucune troupe, en tout cas, pas même les Escadrons rouges, n'en défendait l'accès. Douz s'est tourné vers Tcherny.

— Entrons, a fait celui-ci. Il doit y avoir une chapelle à l'intérieur. C'est là…

Douz a fait claquer légèrement les rênes sur la croupe du cheval qui, docilement, s'est remis en marche. Un bon cheval éduqué à l'ancienne, ai-je pensé…

La grille d'entrée n'était pas fermée et la mauvaise herbe avait envahi la cour intérieure du château. Le jour n'était pas encore levé, mais je pouvais distinguer sur les façades sombres les ouvertures béantes et plus noires encore des fenêtres brisées. Des débris de meubles jonchaient le sol. Ce mobilier autrefois délicat irait probablement terminer sa carrière dans les poêles des Damnés des villages environnants aussitôt que l'hiver viendrait.

Dans un des coins de l'immense cour se dressait une construction aux tours et aux toits en forme de bulbes torturés qui caractérisaient l'architecture des sanctuaires consacrés au culte de Rus. Si le palais lui-même avait manifestement été vandalisé, l'or dont était recouverte la toiture de la chapelle était, pour autant que je pouvais en juger, intact. Rus faisait encore peur…

Nous sommes descendus de la carriole et Douz a distribué aux soldats les pelles et les barres de fer qui s'y trouvaient. Tcherny et moi en avons pris une également. Sur un signe discret de Tcherny, Douz est resté sur la carriole, debout, son arme en travers de la poitrine.

La porte de la chapelle étant fermée, Tcherny l'a enfoncée d'un coup d'épaule. Les prêtres de Rus n'avaient jamais songé à doter leurs chapelles de serrures solides : la peur des châtiments infernaux avait de tout temps suffi à prévenir les intrusions.

Les soldats ont d'ailleurs hésité quelques instants puis, voyant que le geste de Tcherny ne provoquait ni foudre ni tremblement de terre, ils l'ont suivi à l'intérieur. Juste avant d'entrer à mon tour, il m'a semblé apercevoir plusieurs silhouettes discrètes se mouvoir le long des murs intérieurs de la cour du château. J'ai jeté un coup d'œil à Douz, mais celui-ci m'a fait signe que tout allait bien. J'ai rejoint Tcherny et les soldats.

Tcherny avait déjà commencé à desceller une longue dalle qui se trouvait devant l'autel principal. Bientôt, avec l'aide des soldats équipés des barres de fer, il a réussi à la faire basculer et à l'extraire du sol. Puis, en quelques coups de pelles, les Damnés ont dégagé une sorte de sarcophage imposant sur lequel étaient peints les motifs habituels du culte de Rus, ainsi que des signes plus particuliers dont je me souvenais avoir vu certains dans la maison des Khlystys à Tobol.

Les soldats travaillaient sans un mot et l'ambiance était particulièrement lugubre. Une lumière faible provenait des torches que deux des soldats tenaient de chaque côté du caveau. Tcherny et quatre Damnés ont extrait le lourd cercueil, qu'ils ont laissé retomber lourdement au bord de l'excavation avec un bruit sinistre.

Tous se regardaient maintenant, l'air mal à l'aise. Ces solides gaillards s'étaient battus sur plusieurs fronts contre des adversaires supérieurs en nombre et infiniment mieux équipés qu'eux, ils avaient vécu des situations terribles, avaient frôlé la mort à d'innombrables reprises. Mais à présent, confrontés au cadavre de l'être étrange qui avait subjugué l'impératrice Alix et contrôlé l'empire, tant depuis la chambre impériale que depuis les bouges du port, ils semblaient paralysés par la peur.

L'énorme cercueil reposait devant eux, effrayant, dans l'ombre de la chapelle. Tout à coup, il m'a semblé percevoir une odeur de bouc. Et cette odeur venait du cercueil, envahissait l'espace. Oui, c'était ça, une odeur de bouc et de vice qui était bien la sienne, l'odeur d'Efi. Pas une odeur de cadavre, comme on aurait pu s'y attendre, mais l'odeur immonde qu'il avait dégagée tout au long de sa vie, épaissie, décuplée, violente!

J'ai été comme saisie de folie. N'y tenant plus, j'ai saisi ma pelle et, après l'avoir levée au-dessus de ma tête, je l'ai abattue d'un seul coup sur le couvercle du cercueil. Le métal de l'outil l'a à peine entamé, mais ma fureur en a été multipliée. Assénant coup sur coup, sous l'œil ahuri des soldats, j'ai frappé et frappé, et j'ai fini par défoncer le couvercle.

Alors Tcherny s'est approché et m'a prise par la main. J'étais épuisée et ma fureur était retombée. Il a achevé de dégager les morceaux brisés à la main. Là, sous le linceul parsemé d'éclats de bois, gisait le corps d'Efi.

Sur un signe de Tcherny, deux Damnés l'ont saisi à chaque extrémité pour le sortir du cercueil. À notre grande surprise, ils n'y sont pas parvenus. Tcherny s'est énervé et est allé leur prêter main-forte, mais le cadavre semblait être fait de plomb.

— C'est une mystification! s'est-il exclamé avec rage.

Et, d'un geste vif, il a arraché le drap qui recouvrait le corps. J'ai eu un mouvement de recul et je n'ai pu retenir un cri d'effroi. Efi, blême et raide, la barbe et les cheveux plus noirs que jamais, me regardait fixement de ses yeux bleus.

J'ai failli m'évanouir. En me reculant, j'ai heurté un des Damnés qui nous accompagnaient. Celui-ci a posé ses mains sur mes épaules et a murmuré :

— Ne crains rien, petite sœur, nous sommes là.

Était-ce de m'entendre appeler ainsi – ce qui était pourtant fréquent chez les Damnés quand ils s'adressaient à une jeune fille –, mais mon sang n'a fait qu'un tour. Poussant un cri de rage, je me suis précipitée sur le cadavre et j'ai commencé à le marteler sans relâche de mes poings, visant tout particulièrement le visage.

Tcherny a fini par intervenir et il m'a prise dans ses bras en me serrant contre lui. Rien d'autre n'aurait pu me calmer. Je suis restée un moment immobile, la tête posée sur son épaule. Puis j'ai respiré un grand coup et, de nouveau, j'ai regardé le cadavre.

À ma grande stupeur, celui-ci semblait n'avoir subi aucun dommage et ses yeux bleus étaient toujours tournés vers le plafond.

Comme folle, je me suis brutalement dégagée de l'étreinte de Tcherny, j'ai repris ma pelle et, une fois encore, sans laisser aux autres le temps de réagir, je l'ai abattue de toutes mes forces sur le visage d'Efi. Le fer s'est enfoncé avec un bruit répugnant juste entre ses deux yeux, qui n'ont même pas cillé.

Alors seulement j'ai compris qu'il était vraiment mort et que ce n'était pas moi qu'il dévisageait : ses yeux, vides de toute expression, étaient simplement fixés sur un autre monde.

J'ai enfin lâché la pelle et suis retournée me blottir entre les bras de Tcherny. Finalement, quatre des Damnés, en maugréant, ont fait basculer le cercueil, et le cadavre, dont le visage fendu par le milieu semblait rire de leurs efforts, a roulé sur le sol avec un bruit mou. Le prenant par les jambes, ils l'ont ensuite traîné au dehors.

Le spectacle qui nous attendait à l'extérieur était saisissant. Dans l'aube qui commençait à se lever, des Damnés par centaines avaient envahi la cour intérieure du château et, ombres tristes adossées aux murs gris comme une haie décharnée, ils nous regardaient sortir de la chapelle, tirant par les pieds le cadavre du Khlysty.

Aucun son ne venait de cette foule, hormis le traînement lent des pieds sur le sol. Silencieux et maigres, ils se contentaient de nous dévisager, le visage fermé et pâle.

Douz, toujours debout sur le banc du conducteur de la carriole, les dominait, impassible, bras croisés sur son sabre dont l'acier commençait à briller aux premières lueurs du jour.

Les soldats ont laissé Efi près de la carriole et sont allés ramasser les débris de meubles qui jonchaient la cour. Tcherny et moi nous sommes mis à entasser soigneusement ceux qu'ils nous rapportaient de façon à édifier une sorte de bûcher. Nous ne nous sommes arrêtés que lorsque l'empilement a atteint une fois et demie la taille du plus grand d'entre nous. Personne, durant tout le temps qu'avait duré ce travail, n'avait prononcé la moindre parole.

Enfin, alors que les premiers rayons du soleil éclairaient les créneaux des hautes murailles, nous avons hissé le cadavre défiguré d'Efi au sommet du bûcher.

Tcherny est allé prendre une énorme cruche de la carriole. Du madogue. Puis il a grimpé péniblement au sommet du bûcher et il l'a déversé jusqu'à la dernière goutte sur le corps du Khlysty, dont l'odeur était toujours aussi nauséeuse. Alors il a sauté sur le sol et, saisissant la torche qu'un des soldats tenait à bout de bras depuis le début de l'opération, il l'a lancée sur le cadavre imbibé du liquide maudit.

Les flammes se sont élancées dans la pâleur du matin, jaunes et vertes, et en un instant c'est tout le bûcher qui s'est embrasé, dégageant bientôt une chaleur insupportable.

Une fumée âcre s'est rapidement répandue dans la cour du château. Craquements et sifflements se faisaient entendre tandis que les Damnés immobiles, assemblés le long des murs, contemplaient le spectacle, figés dans une attitude dans laquelle je ne parvenais pas à définir la part de réprobation, de satisfaction ou d'indifférence.

Soudain, un gémissement aigu a jailli du bûcher en flammes. Une sorte de couinement long et obsédant qui semblait ne jamais devoir s'arrêter, un cri de douleur à donner la chair de poule. La terreur m'a de nouveau submergée. L'ignoble monstre ne crèverait-il donc jamais tout à fait? Je l'avais vu survivre à une avalanche de coups de bâtons et de poignards avant d'être lancé dans le Nevki glacé, puis je l'avais entendu hurler des malédictions depuis les profondeurs du fleuve alors qu'il aurait dû être mort.

J'avais été stupéfaite de voir que son corps, enseveli depuis des mois, ne paraissait pas avoir subi la moindre putréfaction et que ses yeux étaient intacts. Et voilà qu'à présent, environné de flammes dévorantes, celui qu'on avait surnommé « la Bête » refusait encore de mourir! Était-il donc vraiment indestructible?

Les soldats étaient blêmes. Tcherny lui-même, me semblait-il, tremblait légèrement, l'air irrité cependant par sa propre faiblesse.

— Des souris ou des rats coincés parmi les planches, a-t-il grommelé au bout d'un moment. Il faut en finir.

D'un geste, il a ordonné aux soldats d'aller chercher davantage de bois, qu'il a jeté avec rage sur le bûcher. Il y a eu un regain de flammes et la chaleur est devenue insupportable. Nous avons dû reculer de plusieurs pas. Alors Tcherny s'est tourné vers les Damnés massés autour de nous et il leur a crié d'une voix furieuse :

— Le chien de Roman est mort et bien mort! Il ne restera de lui que des cendres et rien ni personne n'empêchera les Damnés d'être leurs propres maîtres. Les prêtres de Rus moins que les autres.

Puis il a fait entasser du bois à l'intérieur de la chapelle, et il y a également mis le feu.

Nous sommes restés là jusqu'à la fin du jour, jusqu'à ce que la dernière flamme s'éteigne faute de combustible.

Enfin, alors que les ombres rougeâtres du crépuscule venaient remplacer les dernières lueurs de l'incendie sur les ruines de la chapelle, nous sommes ressortis du château, maussades et silencieux, et nous avons quitté Tsarko sans nous retourner.

Mais, pendant un long moment, j'ai cru sentir dans mon dos les regards gris et impénétrables des Damnés des villages environnants, dont les ombres se fondaient dans les ténèbres au fur et à mesure de notre passage.

CINQ

Nous sommes revenus à Petra le lendemain dans le début de la matinée, après avoir passé une partie de la nuit dans une grange, près de la route. Nous y avions trouvé de quoi manger – du pain et un peu de lard, qu'un des soldats avait échangés contre un sabre rouillé ramassé dans la cour du château de Tsarko – et nous étions donc à la fois repus et reposés, ce qui ne nous était pas arrivé depuis longtemps.

Les rues de Petra avaient retrouvé un semblant de vie, avec une différence toutefois : les anciens maîtres et les gros bourgeois de la ville avaient perdu une bonne partie de leur arrogance et certains, même, se tenaient humblement au bord des trottoirs, proposant aux passants mouchoirs de dentelle ou vases tarabiscotés en échange de sucre ou d'œufs frais.

Le ravitaillement de la ville, en effet, était toujours aussi problématique. Dans le chaos qui avait suivi la prise du palais d'hiver et les proclamations d'Ulia à Somolny, tous ceux qui possédaient le moindre bien, craignant qu'on ne le réquisitionne ou qu'on ne le leur vole, l'avaient caché, enfoui secrètement dans une cave, un grenier ou même au fond d'un pot de fleurs ou d'une vieille botte.

Mon premier sentiment, en voyant ces femmes bien mises offrant ces objets de luxe contre des denrées de première nécessité, a été la compassion. Mais, rapidement, je me suis ressaisie : si ces femmes possédaient de tels objets alors que j'avais grandi dans la plus noire misère, n'était-ce pas parce que, d'une façon ou d'une autre, même si elles n'en avaient pas été pleinement conscientes, elles m'en avaient dépouillée?

Si je commençais à m'apitoyer sur le sort des anciens nantis, si les rebelles se laissaient aller à leurs sentiments, les légitimes aspirations des Damnés resteraient lettre morte. Je devais donc me garder de toute faiblesse.

En revanche, dans les quartiers plus populaires de l'est de la ville, les longues queues de Damnées faméliques attendant inutilement l'improbable distribution de pain ou de farine devant des boutiques vides me brisait le cœur et j'en ressentais, sinon de la culpabilité, du moins un profond malaise. Étais-je donc allée livrer le cadavre d'Efi Novykh aux flammes pour que les Damnés continuent à mourir de faim?

Le spectacle n'était pas non plus pour remonter le moral de Tcherny, qui n'avait guère ouvert la bouche sur le chemin du retour, et je me sentais frustrée de le sentir encore plus faible que moi.

Tandis que nous nous rapprochions de Somolny, un attroupement d'où fusaient des cris de colère a attiré notre attention. Hommes et Damnés se pressaient devant une porte qu'on avait condamnée au moyen de planches grossièrement clouées et s'invectivaient violemment.

J'ai reconnu l'endroit : il s'agissait d'un atelier, autre-fois clandestin, qui imprimait des journaux et des pla-cards pour les Meneshs. Dès le lendemain de la chute de Roman, quelques mois auparavant, profitant de la liberté totale de la presse décrétée par Keren, l'impri-merie s'était mise à travailler au grand jour. Elle n'avait jamais été inquiétée depuis, même lorsque Keren, au point culminant de son bras de fer contre les Boleshs – qui avait abouti à son renversement –, avait fait fermer les presses de ces derniers.

J'étais donc stupéfaite de voir que l'atelier avait été mis sous séquestre. Douz a arrêté la carriole près du groupe enragé. Plusieurs Meneshs haran-guaient les passants et s'en prenaient aux quelques soldats qui se tenaient, armes à la main, devant la porte close.

— On n'a pas vu une chose pareille depuis l'empe-reur! criaient-ils. Nous sommes revenus au temps de la tyrannie!

Je ne comprenais pas. Pour le compte de qui agis-saient ces soldats, qui interdisaient aux Meneshs de s'exprimer? La réaction organisée par les anciens maîtres avait-elle réussi à embrigader – ou à acheter – des soldats pour tenter de rétablir l'ordre impérial? Je me suis demandé si toutes les imprimeries avaient subi le même sort, et si l'ancien couvent de Somolny était assiégé en ce moment même par des troupes qu'Ulia ne contrôlait plus.

Un instant, j'ai frémi en pensant que non seulement nos brassards écarlates n'étaient plus une protection, mais qu'ils nous désignaient au contraire comme des nuisibles à éliminer. Puis j'ai remarqué que les soldats portaient eux aussi ces brassards. Les Escadrons rouges. Qu'est-ce que cela signifiait?

Tcherny et moi avons sauté à terre, bientôt rejoints par Douz et les autres. Nous voyant approcher, les Meneshs et plusieurs passants nous ont jeté des regards noirs.

— Ils envoient des renforts, a craché l'un d'eux. Ils recrutent même des gamines, à présent!

Piquée au vif, je me suis précipitée vers lui, la main dans la poche, prête à sortir mon couteau. Mais Douz et Tcherny ont été plus rapides. Tcherny m'a prise par l'épaule avec douceur pour m'apaiser et Douz s'est interposé de toute sa stature entre le Menesh et moi.

— Touche un seul de ses cheveux et ce soir même tu coucheras avec le cadavre d'Efi Novykh, a-t-il grondé.

Les soldats nous avaient à présent entourés et les Meneshs, alarmés, se sont calmés.

— Que se passe-t-il ici? a demandé Tcherny d'une voix qui se voulait plus conciliante qu'agressive.

— Notre imprimerie a été fermée par ordre d'Ulia, s'est exclamé un Damné maigre et blême vêtu d'un habit d'ouvrier. La liberté de la presse est suspendue depuis hier soir. Djouga a fait sceller les portes de tous les ateliers de la ville. Seules les presses boleshs ont été épargnées.

— Ulia perd la tête! a ajouté avec véhémence un Menesh aux cheveux blancs. Toute notre vie, nous avons lutté côte à côte contre la tyrannie de Roman, risquant la prison, l'exil ou la mort. Nous avons toujours eu des divergences de vue, bien sûr, mais notre objectif était le même. Il l'est encore, il me semble. Et voilà qu'aujourd'hui, l'ancien compagnon se retourne contre nous en employant les mêmes armes que Roman. Il a fallu des mois à Keren pour succomber aux illusions du pouvoir, mais quelques jours ont suffi à Ulia.

— Des mots! s'est écrié Douz d'un ton menaçant. Ulia sait ce qu'il fait.

— En muselant ceux qui ne sont pas d'accord avec lui! a répliqué le vieux Menesh. C'est un acte de dictature! Il ne vaut pas mieux que Roman, dans le fond…

Douz est devenu rouge de colère et il a fait un pas vers le vieillard en élevant son sabre. Lâchant mon épaule, Tcherny l'a rattrapé et, sans s'opposer à lui directement, il a feint d'attaquer lui aussi son opposant pour désamorcer l'offensive du marin et éviter l'escalade de la violence.

Douz a reculé d'un pas, tout en restant vigilant.

— C'est sans doute une erreur, a finalement déclaré Tcherny d'un ton calme à l'attention du vieil homme. Il règne actuellement une certaine confusion, ce qui est bien compréhensible. Nous-mêmes avons été jetés à la Mygale à la suite d'une méprise.

— Certains de mes compagnons y sont encore! s'est exclamé le Menesh.

— Tout cela sera bientôt réparé, a repris Tcherny. Un peu de patience. Nous avons abattu en quelques jours un pouvoir qui nous a broyés d'une main de fer pendant des siècles, il est normal qu'il y ait un peu de désordre. Retrouvez votre calme, je vais m'en occuper.

J'ai soudain retrouvé le Tcherny que j'aimais : vif, brillant, décidé et capable d'obtenir en quelques mots ce qu'une longue bataille n'aurait pu apporter. Nous sommes remontés dans la carriole et Douz, non sans avoir jeté un œil noir aux Meneshs, a repris les rênes.

Au bout d'un moment, je me suis aperçue que les soldats qui nous avaient accompagnés à Tsarko avaient disparu. Douz n'avait pas l'air de s'en préoccuper. Je l'ai fait remarquer à Tcherny.

— Ils ont dû décider de rentrer chez eux, m'a-t-il répondu à voix basse. L'armée est exténuée par ces années de guerre abominables. N'oublie pas que les soldats de Roman, à l'exception de leurs officiers supérieurs, ont toujours été des paysans recrutés de force et qui n'ont qu'une idée en tête, rejoindre leur village pour la moisson. De plus, Ulia a promis la restitution des terres : ils ne veulent pas rater la distribution. L'armée va fondre comme neige au soleil dans les jours qui viennent.

— Et les Escadrons rouges? ai-je demandé en pensant aux jeunes hommes montant la garde devant l'imprimerie fermée.

— Eux, c'est différent. Les Escadrons rouges sont composés de volontaires. Leur organisation dépend directement de Terzio et ils reçoivent une formation spéciale, non seulement militaire mais aussi idéologique. Ils viennent en général des grandes villes et ils ne sont pas pressés de retourner dans les forges ou les ateliers où leur vie était un enfer. Ces hommes-là sont sûrs et déterminés.

— Mais alors, si les Escadrons rouges sont organisés et politisés, comme tu le soutiens, se peut-il vraiment qu'ils aient agi par erreur en fermant l'imprimerie? Qu'ils aient mal compris les ordres?

— Ils ont très bien compris ce qu'on leur a demandé, a chuchoté Tcherny en réponse à ma question. Surtout si c'est Djouga qui a été chargé de l'opération.

Djouga est un spécialiste des missions spéciales et ses ordres sont toujours très clairs. La seule chose qui m'étonne, c'est qu'on ait prononcé son nom. Habituellement, c'est plutôt un homme de l'ombre.

— Mais s'il ne s'agit pas d'une erreur, pourquoi as-tu raconté à ce vieux Menesh que tu allais tout arranger? Tu l'as trompé. Je t'ai connu plus droit. Ou plus subtil…

— Oui, je l'ai trompé, en quelque sorte, mais ce n'est pas pour la raison que tu crois. Pas pour l'évincer ou entretenir en lui de faux espoirs.

Tcherny s'est tu. De nouveau, ses agissements ne me paraissaient pas clairs, et il semblait répugner à s'en expliquer. J'ai plongé mes yeux dans les siens, tâchant d'y mettre la colère que provoquait en moi son manque de confiance.

Il a supporté un instant mon regard, puis, d'un geste du menton, il a désigné Douz, dont le dos impressionnant s'élevait devant nous, à l'avant de la carriole. Comprenant ce qu'il voulait me dire, je me rapprochée et me suis assise tout contre lui.

— Je n'ai fait que lui sauver la vie, a-t-il murmuré à mon oreille.

— À qui? ai-je répondu de la même façon, ne saisissant pas à qui il faisait allusion.

— Au Menesh. Douz l'aurait massacré si je n'étais pas intervenu. Le vieux lui aurait tenu tête et l'aurait exaspéré si je n'avais pas trouvé ce moyen de le faire partir.

Il a baissé encore la voix et a ajouté, désignant Douz d'un léger mouvement de la tête :

— Les marins disposent d'une puissance considérable et ils le savent. C'est pour ça qu'il est si difficile de les encadrer. Le problème est qu'ils ont liquidé nombre de leurs officiers au cours des mutineries qui ont précédé l'insurrection et qu'ils agissent surtout selon leurs impulsions et leur humeur, sans organisation, sans véritable plan, sans avoir réellement conscience de la portée de leurs actes. Pour le moment, ils soutiennent aveuglément Ulia, et tout ce qui s'oppose à lui ne leur paraît pas digne de vivre. Ils sont dangereux.

J'ai repensé à la façon dont Douz et ses compagnons nous avaient flanqués en prison et j'ai apprécié notre chance : ils auraient aussi bien pu nous faire disparaître. Si Douz ne s'était pas vanté de nous avoir arrêtés devant Ulia et ses proches, nous ne serions peut-être déjà plus de ce monde…

J'ai soupiré. La situation était beaucoup plus compliquée que je ne m'y étais attendue. Et je ne comprenais toujours pas la décision d'Ulia de fermer les imprimeries – si toutefois c'était bien la sienne.

J'avais hâte de rentrer à Somolny. Hâte aussi de savoir ce qu'était devenue Kollona, que je n'avais pas vue depuis la veille de la prise du palais. Elle était très proche d'Ulia et de Terzio et devait savoir exactement ce qui se tramait. Elle était beaucoup plus abordable pour moi que ces deux derniers, pour qui je n'étais sans doute qu'une goutte d'eau dans l'océan.

Ce que j'avais vécu avec elle me la rendait presque intime. Malgré ses origines aristocratiques, je me sentais bien en sa compagnie, ce qui n'était pas le cas avec Dzerji ou Djouga, par exemple, dont la présence me causait toujours un certain malaise.

L'absence de Kollona du cœur des opérations m'étonnait. Je ne savais pas encore si je devais m'en inquiéter mais, sans trop m'en expliquer les raisons, je n'osais pas demander de ses nouvelles.

Lorsque nous sommes enfin arrivés à Somolny, j'ai constaté que l'agitation qui y régnait n'avait pas faibli, au contraire, même si la nouvelle de la fermeture des imprimeries n'y était apparemment pas encore parvenue. Le Conseil des Damnés de Vermillon siégeait toujours et les Meneshs y étaient revenus, profitant de l'absence d'Ulia et de ses principaux lieutenants, occupés à l'édification du nouveau pouvoir.

Parmi ces derniers, seul Kamen était présent à l'assemblée. Il était aux prises avec les figures prééminentes des Meneshs, qui l'accusaient de vouloir éliminer tous les alliés qui l'avaient pourtant aidé à renverser l'empereur et à conquérir le pouvoir au nom des Damnés.

Les représentants de la puissante guilde des caravaniers étaient parmi les plus influents et exigeaient la participation au gouvernement de toutes les composantes de l'insurrection, dans la mesure où toutes représentaient de façon également légitime l'immense population des Damnés de Vermillon.

Le poids de la guilde venait de ce qu'elle avait le contrôle sur les transports de l'empire et qu'elle pouvait paralyser ou ralentir une armée en en limitant les mouvements. L'approvisionnement des villes dépendait également en grande partie de son bon vouloir – à supposer que les vivres se rendent au préalable dans ses dépôts.

Une des propositions de la guilde visait à exclure de tout gouvernement Ulia et Terzio, qu'elle jugeait trop enclins à centraliser le pouvoir entre leurs seules mains.

Kamen se démenait comme un beau diable face à ces attaques qui l'assaillaient de toute part, mais même les partisans des Boleshs semblaient fatigués de ces luttes permanentes et leur soutien était de plus en plus faible et clairsemé.

La plupart des Damnés, en fait, avaient tendance à considérer leur combat comme achevé puisque l'ordre tyrannique de Roman avait été jeté à bas, et les querelles perpétuelles entre les meneurs pour des questions de pouvoir leur paraissaient futiles. De plus, ils étaient las et il leur tardait, épuisés par la guerre et les combats, de retourner chez eux non plus avec des promesses mais avec des décisions concrètes concernant la distribution des terres. Ayant obtenu satisfaction d'Ulia sur ce point, ils estimaient n'avoir plus rien à faire à Petra.

Cependant, si la plupart des Damnés soutenaient la guilde dans ses principales revendications, ils semblaient plus réticents à l'idée d'éliminer purement et simplement Ulia et Terzio, ceux-ci ayant été les seuls, jusqu'alors, à tenir leurs promesses. Leur exclusion apparaissait donc aberrante à quiconque avait participé à l'avènement du nouveau régime et Kamen bataillait ferme sur ce point.

C'est alors qu'une femme est montée à la tribune. Je ne l'avais jamais vue, mais elle a été accueillie par un silence respectueux. C'était une grande Damnée, assez jeune malgré ses traits profondément marqués, au visage sévère et maigre, aux vêtements sombres et austères.

Elle avait le nez légèrement de travers mais je pouvais lire dans ses yeux pénétrants la plus inébranlable volonté et, en même temps, une immense compassion. Elle me rappelait un peu la femme vêtue de noir que j'avais entrevue lorsque j'avais quitté Tobol pour la première fois, recroquevillée au fond du coche qui m'emportait vers Petra en compagnie d'Efi Novykh.

— C'est Spiridova, a chuchoté Tcherny en me serrant la main.

Il y avait de l'émotion dans sa voix, et je me suis demandé qui pouvait être cette personne aussi extraordinaire.

— Spiridova compte parmi les figures les plus marquantes de la rébellion, m'a expliqué Tcherny. Une des rares à ne pas avoir abandonné la lutte après l'échec de notre premier soulèvement. Tu étais prisonnière d'Efi Novykh, à cette époque-là, juste avant ton exil à Siwr, et c'est sans doute pourquoi tu n'en as pas entendu parler.

J'ai frémi en me rappelant cette période d'épouvante, la pire sans doute de ma vie, la pire pour beaucoup d'entre nous.

— Il y a eu une répression féroce après le soulèvement, a continué Tcherny, et une vague de violence s'est abattue sur la ville. Beaucoup ont fui ou ont été pris. Mais Spiridova, à l'occasion d'une parade, en plein jour et devant les soldats de l'empereur, s'est jetée sur le principal officier responsable de ces exactions et elle l'a poignardé en plein cœur. Les représailles ont été terribles. Spiridova a été empoignée sur-le-champ par les soldats, on lui a arraché ses vêtements, on lui a ligoté les pieds et on l'a attachée derrière un cheval par les poignets avant de la traîner par toute la ville.

« Par la suite, à la Mygale, elle a été violée par des dizaines d'hommes, battue, fouettée, torturée. On lui a brûlé les seins avec des braises et brisé le nez à coups de manche de pelle. Elle a tout supporté avec un courage peu commun et, après avoir subi d'autres violences, elle a été envoyée elle aussi en exil à Siwr, condamnée à vie dans un des pires camps du nord. Si l'empereur ne l'a pas fait mettre à mort à ce moment-là, ce n'est pas par bonté d'âme mais à seule fin d'éviter qu'elle ne devienne une martyre gênante, tant sa popularité était grande parmi les Damnés.

« Elle n'a été libérée, comme beaucoup d'entre nous, que lorsque Roman a été déchu et enfermé à son tour. Aujourd'hui, loin d'avoir perdu sa fougue, Spiridova a repris la lutte avec une détermination égale. »

— C'est une Bolesh?

— Une Menesh. Mais ses positions sont souvent très proches de celles d'Ulia. La seule chose qu'elle lui reproche, c'est sa tendance à vouloir concentrer le pouvoir entre ses mains comme si lui seul en était digne. Je pense aussi qu'elle se défie de lui parce que, de même que de nombreux Boleshs, Ulia n'est pas issu des Damnés. Elle pense même probablement qu'au fond, il les méprise.

Je n'ai pas eu le temps de réfléchir à ce que je venais d'apprendre. Devant l'assemblée soudainement devenue silencieuse, Spiridova a pris la parole. Sa voix était coupante et sèche, mais elle semblait profondément sincère.

— Vous tous, qui êtes là à discuter librement et à vous demander si Ulia peut ou non continuer à gouverner de façon légitime à la tête des Boleshs, vous connaîtrez bientôt la réponse. Celle-ci a été placardée ce matin même dans les rues de Petra. Toutes les imprimeries de la ville ont été fermées sur son ordre, à l'exception des siennes propres. Voilà où s'en va votre liberté. En droite ligne vers la Mygale, où elle a déjà si souvent terminé ses jours dans ce pays. Bientôt, vous serez tous bâillonnés, ligotés, et Ulia n'aura plus de comptes à rendre à personne. Voilà ce pour quoi vous vous serez battus pendant autant d'années.

Spiridova s'est tue et a laissé son regard triste planer sur l'assistance. Le silence était lourd. Puis elle a repris :

— Aux yeux d'Ulia, vous n'êtes que de la crotte, du fumier. Lorsque les Damnés, qu'ils soient Boleshs, Meneshs ou n'appartiennent à aucune organisation, sont pareillement humiliés, oppressés, écrasés – écrasés en tant que paysans – ma main ne peut que s'armer du même couteau, de la même lame dont je me suis déjà sentie obligée de me servir pour les défendre…

Cette fois, elle n'a pas eu le temps de terminer sa phrase. Quelques Boleshs ont commencé à la huer, mais très vite leurs insultes ont été couvertes par le concert grandissant des protestations.

Kamen a été sommé de s'expliquer sur l'inexplicable décision d'Ulia, mais il a été incapable d'apporter une réponse claire. Puis des Damnés provenant de l'extérieur sont arrivés et ont confirmé les dires de Spiridova. La liberté de la presse, une des premières conquêtes de la rébellion des Damnés, venait d'être ouvertement bafouée. La salle s'est déchaînée et s'est mise à conspuer violemment Kamen, qui s'est retrouvé seul face à la foule en colère.

Les Boleshs n'osaient plus soutenir les positions d'Ulia qui, effectivement, paraissaient indéfendables. J'ai failli intervenir pour suggérer qu'il s'agissait peut-être d'une erreur, ou qu'une raison valable avait pu motiver cette décision sans doute provisoire, mais Tcherny m'a retenue.

— Ce n'est pas le moment, a-t-il chuchoté. Tu vas te faire écharper.

En voyant les visages des Damnés et des Meneshs déformés par la colère, tout autour de moi, j'ai vite compris qu'il n'avait pas tort.

Finalement, croulant sous les assauts répétés, Kamen a dû faire des concessions et accepter, au nom des Boleshs, les exigences des Meneshs : Ulia et Terzio devraient quitter la tête de la rébellion.

Nous nous sommes éclipsés discrètement.

— Ulia sera furieux, ai-je glissé à l'oreille de Tcherny en quittant la salle avec lui.

— Oui, a-t-il acquiescé en hochant la tête d'un air préoccupé. Les événements prennent une vilaine tournure.

Au cours des semaines suivantes, je me rendrais compte que ce qu'il avait voulu dire alors n'était pas tout à fait ce que j'avais compris…

SIX

Quelques instants plus tard, nous avons retrouvé Douz, qui nous attendait docilement dans le couloir. Les discours l'ennuyaient et, lorsqu'il n'avait pas d'ordre précis à exécuter, il pouvait rester des heures adossé à un mur en mâchonnant des graines de tournesol, le regard perdu dans le vide – un luxe qu'il n'avait probablement jamais connu dans la marine impériale.

Pour lui, sans l'ombre d'un doute, les décisions d'Ulia n'avaient pas à être discutées. Ulia s'était voué à la libération des Damnés et il y avait réussi, il n'y avait rien à ajouter.

Je n'étais pas loin de partager le même avis. Je ne pouvais pas imaginer Ulia commettant une erreur. S'il avait fait fermer les journaux de ceux qui ne le soutenaient pas aveuglément, il avait sans doute une raison de le faire, qu'il serait capable d'expliquer.

Sans lui, les Damnés ne seraient jamais sortis de la misère et de la domination qui avaient été leur seul lot depuis des temps immémoriaux, alors que tous ceux qui s'opposaient à lui aujourd'hui n'avaient à leur actif que des promesses jamais tenues.

Bien sûr, je respectais profondément une femme comme Spiridova, qui avait fait passer la vie des Damnés avant la sienne – et je comprenais sa réaction –, mais je ne pouvais condamner Ulia sans l'entendre.

— Allons-nous rencontrer Ulia? ai-je demandé à Tcherny.

— Oui, c'est ce qu'il y a de mieux à faire, a-t-il répondu sans me regarder. Les jours qui viennent ne seront pas faciles.

Comme d'habitude, nous avons eu un peu de mal à retrouver la petite salle, vers l'arrière du bâtiment, où les principaux Boleshs étaient réunis. Tournant sans fin dans les interminables couloirs, je me disais que je me sentais moins perdue dans les immensités sauvages de Siwr que dans ces labyrinthes édifiés par les hommes, aussi complexes que leurs mœurs ou leurs coutumes.

Lorsque nous sommes enfin arrivés devant la porte, nous l'avons trouvée fermée, sous la surveillance de deux Damnés munis d'un brassard rouge sang. Les gardes nous ont dévisagés sans desserrer les dents, d'un air fatigué et peu engageant.

— Nous venons voir Terzio, a déclaré Tcherny en les saluant.

— Il n'est pas là, a fait l'un des gardes d'un ton rogue.

— Et Ulia?

— Non plus.

— Où pouvons-nous les trouver?

— Même si je le savais je ne te le dirais pas, a répliqué le planton assez sèchement. Qu'est-ce que tu lui veux, à Ulia?

— Il y a des problèmes avec les imprimeries, a répondu calmement Tcherny. Et aussi avec le conseil des Damnés...

— S'il y a des problèmes, l'a interrompu le deuxième garde, Ulia va les résoudre.

Tcherny a ébauché un geste d'énervement quand la porte s'est ouverte brusquement. Dzerji est apparu dans l'embrasure et les deux Damnés se sont effacés sur le côté en se figeant dans une sorte de garde-à-vous contraint.

Dzerji a esquissé un vague sourire en nous voyant, puis, alors qu'il se disposait à sortir, il s'est ravisé, s'est retourné et a lancé à la cantonade :

— Dybko, voilà des compagnons qui pourront t'aider. Ils connaissent bien Vibor.

Revenant à nous sans attendre de réponse, il nous a demandé :

— Et la Bête?

— Partie en fumée, a répliqué Tcherny sur le même ton.

— Bien.

Enfin, sans ajouter un mot, Dzerji nous a tourné le dos et il a disparu dans les couloirs.

L'imposant marin répondant au nom de Dybko est alors apparu. Dans son dos, j'ai vaguement aperçu le visage grêlé de Djouga, mais Dybko a rapidement refermé la porte et, me posant sur l'épaule une main large comme un battoir, il nous a déclaré d'une voix forte et goguenarde :

— Vous tombez bien. Je dois me rendre au Conseil des Damnés de Vibor. Vous allez m'y conduire.

Il émanait de Dybko une sorte de sauvagerie, de puissance vitale qui contrastait avec l'énergie purement nerveuse ou cérébrale des Boleshs tels qu'Ulia, Dzerji ou Terzio.

Dybko était un authentique Damné et j'avais l'impression de sentir encore sur ses vêtements, sur sa peau, l'air glacé et salin des Eaux Blanches, au nord de Vermillon, où il avait navigué sur les navires de guerre de Roman avant d'embrasser la rébellion et d'organiser des mutineries dans la flotte impériale.

Il ne m'appartenait pas de lui demander ce qu'il voulait faire à Vibor, mais l'idée d'y retourner me souriait. C'était à Vibor que tout avait commencé pour moi – du moins tout ce qui concernait ma nouvelle vie. C'était là que se trouvait le véritable cœur de l'insurrection, c'était de là qu'étaient parties, lors de la commémoration du Dimanche sanglant, les Damnées en colère dont la révolte avait précipité la chute de Roman.

En entendant le nom de Vibor, je revoyais l'atroce misère des enfants et des femmes dans les mines et les forges, misère que j'avais connue moi-même. Mais je me souvenais également de l'immense espoir qui y était né sous l'influence de Kollona, de Gavril et de beaucoup d'autres, qui avaient contribué à répandre les idées d'Ulia au péril de leur vie pendant que celui-ci vivait en exil dans les montagnes de Zürn; ils avaient organisé les premiers conseils de Damnés et avaient favorisé l'éducation de tous, hommes, femmes et enfants, qu'on avait jusqu'alors toujours traités comme des bêtes pour mieux les dominer.

Et c'était là, surtout, que j'avais retrouvé Tcherny...

Je me suis tournée vers lui, le sourire aux lèvres. Je l'ai senti plus détendu. Vibor, pour lui aussi, représentait sans doute le véritable pouvoir des Damnés, la légitimité de notre combat, bien davantage que les intrigues de couloir de Somolny.

— Allons-y, a-t-il dit simplement en hochant la tête.

Nous sommes partis le long de l'immense avenue qui menait au pont de Vibor. Douz nous suivait docilement. Il avait salué Dybko d'un geste nonchalant et, l'ayant probablement reconnu comme un des siens, il n'avait posé aucune question. Douz, d'ailleurs, ne se posait jamais de questions.

Plus nous approchions de Vibor, plus je sentais dans l'air lourd l'odeur suffocante des forges de Putila, que nous apportait un faible vent d'est. Cette odeur avait été celle de l'enfer, pour moi comme pour beaucoup d'autres, mais je savais qu'à présent, les armes qu'on y forgeait étaient destinées à nous défendre et non plus à nous opprimer.

Une fois le pont passé, les dernières maisons de Petra ont laissé la place aux taudis et aux misérables constructions de brique où s'entassaient les ouvriers des forges. Dybko, qui avait marché d'un pas vif jusqu'au pont, avait ralenti son allure, nous laissant, Tcherny et moi, prendre la tête.

En chemin, le marin nous avait expliqué ce qu'il venait chercher à Vibor. Des combattants.

— Les Escadrons rouges sont bien organisés par ici, avait fait remarquer Tcherny.

— Les Escadrons ne sont pas de mon ressort, avait répliqué Dybko d'une voix sèche. Tu as entendu Ulia, il me semble. Les Escadrons rouges n'obéissent – quand ils le font! – qu'à Terzio. Il me faut des soldats pour l'armée, qui fond à vue d'œil depuis que les Damnés de Siwr rentrent chez eux pour recevoir la terre promise par Ulia. Et des soldats qui se battent, pas des soldats qui pensent.

— Mais la paix…? ai-je hasardé.

— La paix n'est pas pour demain, jeune fille. C'est Terzio qui doit la négocier et il n'est pas au bout de ses peines. L'empire de Willem a encore de la ressource et il fera traîner tant qu'il pourra. Il espère nous avoir à l'usure, il sait que nous sommes presque au bout du rouleau et il lorgne les riches terres des Marches de l'Ouest. J'ai besoin de troupes fraîches.

La guerre, encore! avais-je pensé. On n'en sortirait donc jamais?

Tcherny avait fait grise mine, lui aussi. Cependant, il n'avait pas les moyens de discuter les ordres de Dybko. Celui-ci avait été mandaté par Ulia pour réorganiser l'armée et cela faisait force de loi. On nous avait demandé de le conduire jusqu'au Conseil des Damnés de Vibor, nous allions nous acquitter de notre tâche.

Le conseil siégeait dans un bâtiment qui avait abrité une immense filature avant la guerre. Il ne se trouvait pas très loin de l'atelier clandestin où j'avais rencontré pour la première fois Valenko et les Boleshs, et le quartier m'était familier.

Lorsque nous y sommes arrivés, j'ai reconnu de nombreux visages – anciens compagnons de l'enfer de Putila ou des réunions secrètes des Boleshs de Vibor – et reçu autant de sourires de connivence. L'ambiance n'avait pas grand-chose à voir avec celle de Somolny! Tcherny également se sentait manifestement plus à l'aise. Nous étions ici chez nous…

Le bâtiment était plus calme que l'ancien couvent, mais il est vrai que de nombreux délégués de Vibor devaient se trouver en ce moment à Somolny. Tant mieux. Quant à moi, je me réjouissais aussi à l'idée de retrouver Valenko ou Varna, mes anciens camarades de Vibor.

Pas de grande assemblée ici. Les représentants des Damnés travaillaient en petits comités sur des sujets précis dans des salles différentes. Dybko s'est mis à arpenter les couloirs d'un pas vif, demandant s'il était possible de rencontrer un responsable.

Avisant un jeune ouvrier que j'avais déjà aperçu en compagnie de Valenko, je lui ai demandé s'il savait où se trouvait ce dernier. Le garçon m'a indiqué du doigt une porte, un peu plus loin dans le couloir. Nous y sommes allés et j'ai ouvert sans frapper, comme il était de coutume ici. Nous n'avions rien à cacher.

Valenko était assis derrière une longue table, face à deux personnages vêtus de noir, un homme et une femme. Valenko m'a fait un signe de bienvenue et la femme s'est retournée. Kollona!

Elle avait le visage fatigué, mais elle était toujours aussi belle. Elle s'est immédiatement levée pour venir à ma rencontre. L'homme à ses côtés l'a imitée, et j'ai reconnu Gavril, son fidèle compagnon d'armes. Valenko est venu nous rejoindre presque aussitôt, après avoir fait disparaître – avec une certaine gêne, m'a-t-il semblé – une liasse de documents dans un vieux sac de toile.

Kollona m'a prise dans ses bras, puis elle a embrassé Tcherny à son tour. Enfin, se retournant vers Dybko, qui nous dominait tous de sa stature imposante, elle lui a lancé, d'un ton gouailleur que je ne lui connaissais pas :

LAURENT CHABIN

— Eh bien, beau marin, tu es monté en grade, on dirait!

— Et toi, a répliqué le colosse en riant, tu préfères toujours la compagnie des rustres à celle des gratteurs de papier, à ce que je vois.

Puis il l'a attrapée dans ses bras et, la soulevant de terre comme s'il s'était agi d'une enfant, il l'a embrassée à l'ancienne mode de Siwr, en plaquant ses lèvres sur les siennes.

À mon grand étonnement, Kollona ne s'est pas débattue. Le baiser terminé, elle s'est simplement mise à rire et, lorsque Dybko l'a enfin reposée à terre, elle s'est exclamée :

— Tu n'as pas beaucoup changé, toi non plus! Les Boleshs n'ont pas réussi à te civiliser.

— Tu trouverais ça dommage, avoue-le, a répondu Dybko avec un sourire carnassier. Ulia et Terzio ont peut-être la science, mais moi, le sang des Damnés coule dans mes veines. Du beau sang rouge...

Le sourire de Kollona s'est légèrement estompé et elle a reculé d'un pas, échangeant un bref coup d'œil avec Gavril, qui avait assisté à la scène, impavide.

— Bien, a-t-elle repris. Si tu nous disais maintenant ce que tu es venu faire à Vibor?

— Si j'avais su que tu t'y trouvais, j'y serais arrivé encore plus vite...

Il s'est tu un instant, puis, après avoir jeté en direction de Valenko et de Gavril un coup d'œil à la fois moqueur et méfiant, il a ajouté :

— J'ai besoin d'hommes, Kollona. L'armée est exsangue. Les négociations que Terzio doit entreprendre avec les chiens de Willem n'auront guère de poids si nous n'avons rien à leur opposer. Les Marches de l'Ouest sont riches en blé et en minerai, et ils en occupent déjà une bonne partie. Si Terzio commence à discuter avec eux sans que nous puissions assurer nos positions, nous obtiendrons peut-être la paix, mais nous nous retrouverons le cul nu et le ventre vide.

— Je comprends ton point de vue, Dybko, a répondu Kollona d'un ton las, mais les Damnés sont épuisés. Ulia leur a promis la paix, ils n'aspirent à rien d'autre.

— De quelle paix pourront-ils parler, quand ils seront dépossédés de tout? s'est écrié Dybko. Les données ont complètement changé. Il ne s'agit plus de donner nos vies pour l'empereur et sa clique de vampires, mais de lutter pour notre liberté, pour notre terre, pour notre avenir. La paix dans l'esclavage, où l'empereur de Willem n'aura fait que remplacer celui de Vermillon? Les fouets seront les mêmes, tu le sais très bien. Et nous nous serons battus pour rien…

Kollona a baissé la tête. Dybko avait raison, bien sûr, mais elle savait aussi que, si Keren était tombé, c'était en grande partie parce qu'il avait ordonné la continuation des hostilités contre Willem, ce qui avait exaspéré les Damnés. Au contraire, Ulia avait été porté au pouvoir à son tour grâce à son discours sur l'arrêt immédiat de la guerre. Qu'adviendrait-il si, une fois encore, on rompait les promesses pour demander aux Damnés de retourner au front?

D'un autre côté, évidemment, l'empereur de Willem n'était en rien préférable à Roman. Esclavage pour esclavage…

Kollona a poussé un long soupir, et Gavril a posé son bras sur son épaule.

— Il faut leur laisser le choix, a murmuré ce dernier. C'est la seule solution. Plus personne n'enverra les Damnés se battre sans qu'ils sachent pourquoi. Ils décideront eux-mêmes.

Kollona a acquiescé, Valenko n'a rien dit et Dybko s'est redressé d'un air vainqueur.

— Envoyez-moi des hommes! a-t-il clamé. Beaucoup d'hommes. Et des vrais!

— Des vrais hommes! a rétorqué Kollona en retrouvant son aplomb. Qu'entends-tu par là?

Sans lui laisser le temps de réagir, elle a fait un pas en avant et l'a fermement empoigné à l'entrejambe. Dybko s'est plié en deux en étouffant un juron, mais Kollona a accentué sa prise et, d'une vive torsion du bras, elle a déséquilibré le géant qui s'est écroulé sur le sol en gémissant.

— N'oublie jamais, a-t-elle dit en riant, que ce que les mâles ont entre les jambes et dont ils croient tirer leur puissance constitue également leur pire faiblesse.

Dybko s'est relevé lentement, le visage déformé par la douleur. J'ai craint un instant qu'il ne frappe Kollona et lui brise la nuque d'un seul revers de main mais, au contraire, il l'a regardée en grimaçant de rire.

— Si toutes les femmes étaient comme toi, a-t-il hoqueté, nous n'en serions sans doute pas là…

Je n'ai pas eu le temps d'approfondir ce qu'il entendait par là car, sur un signe de Kollona, Valenko s'est approché et lui a proposé d'aller rencontrer les responsables de l'action armée pour le secteur de Vibor. Les deux Damnés sont sortis, sous l'œil hilare de Douz, qui avait assisté à la scène avec un air réjoui.

Kollona nous a alors invités à nous asseoir à la table, avec Gavril et elle. Voyant que Douz hésitait à nous rejoindre, elle lui a offert d'aller se restaurer dans une salle toute proche, où des Damnées de Vibor avaient préparé une soupe. Douz, instinctivement, s'est incliné en murmurant un vague merci et, décrétant sans doute que je me trouvais en de bonnes mains, il a disparu.

Nous nous sommes retrouvés tous les quatre, et l'ambiance s'est immédiatement relâchée. Gavril a saisi le sac de toile dans lequel Valenko avait glissé ses documents et l'a placé près de lui.

— Je suis vraiment heureuse de te voir, ai-je dit à Kollona. J'ai été étonnée de ne pas te voir à Somolny avec les autres.

— Nous avons beaucoup à faire ici également, a-t-elle répondu après avoir échangé un bref regard avec Gavril. Ulia peut se passer de nous quelque temps.

Elle a eu un moment d'hésitation, puis elle a repris :

— Gavril et moi pensons que notre place est davantage auprès des Damnés que du pouvoir naissant. Le pouvoir ne nous intéresse pas. Celui-ci doit revenir aux Damnés eux-mêmes et ne pas rester entre les mains de quelques-uns. C'est ce à quoi nous travaillons ici, de concert avec le conseil de Vibor, que nous essayons de guider sans pour autant vouloir prendre sa place.

— Veux-tu dire que…

— Kollona ne veut rien dire du tout, a interrompu Gavril avec un sourire un peu crispé, sinon que la légitimité du pouvoir ne peut être garantie que par les Damnés, et uniquement par eux. Par le biais de leurs conseils, et à l'échelle du pays entier.

Tcherny a hoché la tête avec gravité. Il semblait tout à fait d'accord. J'étais perplexe, quant à moi. Ce discours en tant que tel me paraissait tout à fait correct, en apparence, mais j'y décelais un arrière-goût de conspiration contre Ulia qui me gênait.

Je pense même que je commençais à comprendre pour quelle raison ce dernier avait fait fermer les ateliers d'impression. En cette période d'instabilité, le moindre différend entre les Boleshs et leurs partisans pouvait être fatal au succès durable de l'insurrection.

Ulia avait très bien compris que notre victoire avait été due moins à notre organisation et à notre force – bien illusoire, il fallait le reconnaître – qu'au manque total de coordination et d'intelligence de nos ennemis. En se battant entre eux pour des miettes de pouvoir, ils s'étaient affaiblis mutuellement. Nous n'avions pas eu besoin de conquérir le pouvoir, il nous était ni plus ni moins tombé tout chaud entre les mains.

Cela devait nous servir de leçon. Afin que la situation ne se reproduise pas à l'inverse, il était nécessaire de parler tous d'une même voix, quitte à prendre des mesures draconiennes et impopulaires – mais, très certainement, provisoires – comme la fermeture des presses. Il était donc essentiel de faire bloc derrière Ulia et de taire nos désaccords, sous peine de voir nos acquis disparaître dans la tourmente.

Mais cette situation me pesait terriblement. Pour la première fois, je ressentais un certain malaise face à Tcherny et à Kollona. J'étais amoureuse du premier, j'adorais la seconde et je respectais énormément Gavril et son engagement, mais, par ailleurs, une vague impression de trahison voyait le jour en moi et venait ternir ces sentiments.

Je ne savais trop que penser. Que se passait-il réelle-ment à Vibor? L'ébauche d'une conspiration? Le mot était sans doute un peu fort, mais je me suis quand même demandé, un instant, si je ne devais pas infor-mer Dzerji de mes soupçons.

SEPT

Le soir même, je suis rentrée à Somolny. Seule.

Je veux dire sans Tcherny, car Douz ne me lâchait pas d'une semelle. Au moment où j'avais quitté la salle de réunion, après avoir eu de longues discussions avec Kollona et Gavril, je l'avais retrouvé à quelques pas de la porte, adossé au mur. Il m'attendait.

Tcherny avait décidé de rester à Vibor pour soutenir ses amis, qui œuvraient à la prise de contrôle des forges et des filatures par les Damnés qui y travaillaient. J'avais envisagé de les aider – les Damnés de Vibor étaient ma seule véritable famille, dans le fond –, mais la curiosité à propos de ce qui se préparait à Petra avait été la plus forte.

Le succès final ou la faillite de notre longue lutte se jouait en ce moment même à Somolny et pour rien au monde je n'aurais voulu manquer cela. Je ne voyais pas d'autre sens à ma vie. Et puis, Tcherny me semblait avoir perdu sa flamme et je craignais, à le suivre comme une ombre ainsi que je le faisais depuis plusieurs jours, de finir par perdre la mienne.

Je ne savais cependant pas comment lui annoncer ma décision. Allait-il se vexer? Croire que je ne l'aimais plus? J'étais troublée. Et furieuse contre moi-même. On m'avait appris que les Boleshs ne devaient pas se laisser submerger par leurs sentiments ou, à tout le moins, ne pas les laisser interférer avec leur devoir.

Pourtant, en quoi mon amour pour Tcherny était-il gênant? L'idée me paraissait idiote. Il était assez grand pour savoir ce qu'il avait à faire et, pour ma part, bien que beaucoup plus jeune que lui, je me considérais à présent comme une adulte. Ce que j'avais vécu au cours des dernières années le justifiait amplement à mes yeux.

De plus, de Vibor à Somolny, il n'y avait qu'un pas – un pont! – vite franchi. Et Tcherny, autant que Kollona et Gavril, seraient sans doute satisfaits de recevoir des informations de première main lorsque je reviendrais. Dès lors, pourquoi hésiter? Ma vie était-elle à ce point liée à celle de Tcherny que je ne pouvais plus respirer sans lui?

Je savais parfaitement que c'était faux. En fait, une autre question me taraudait bien davantage. Pourquoi était-ce le nom de Dzerji qui m'était venu à l'esprit au moment où l'engagement de Kollona et de Gavril vis-à-vis d'Ulia m'avait semblé vacillant?

Terzio, même s'il était certainement l'homme le plus important après Ulia parmi les Boleshs, était aussi le plus humain et le plus accessible. C'était donc à lui que j'aurais dû penser plutôt qu'à « l'homme au cœur de colombe ». Or, c'était l'image de Dzerji qui s'était imposée à moi immédiatement, lorsque j'avais éprouvé ce sentiment de déviance de la part de Kollona et Gavril.

Je savais que Dzerji était chargé de la sécurité à Somolny. Marins et soldats en faction devant l'ancien couvent lui obéissaient aveuglément, de façon tout à fait étrange, d'ailleurs, car il ne semblait en aucun cas donner des ordres.

Dzerji n'élevait jamais la voix et il ne s'énervait pas davantage. Mais son intonation grave et profonde suffisait souvent à calmer l'agressivité des marins, beaucoup plus que ne l'auraient fait les aboiements des officiers traditionnels. Une sorte de puissance d'envoûtement semblait émaner de sa personne – comme de celle d'Efi Novykh! –, qui n'était pas exempte d'une forme de crainte superstitieuse.

On le disait incorruptible, infatigable et droit. Son flegme, cependant, n'était qu'apparent. J'en avais eu l'intuition lors de mes premières rencontres avec lui, à Vibor : une haine colossale bouillonnait perpétuellement en lui, haine contre son milieu d'origine – une riche et aristocratique famille des marches du nord-ouest de Vermillon –, haine contre lui-même, qui sait, et dont je me disais parfois qu'elle serait la seule force capable de l'abattre un jour, si elle venait à exploser.

Quoi qu'il en soit, Dzerji exerçait sur tous, Hommes et Damnés, une ascendance indéniable, même si j'étais incapable de me l'expliquer en termes clairs. Le pouvoir, cependant, ne l'intéressait pas. Pas plus que Terzio, d'ailleurs. Ulia était là pour ça. Sa seule passion, c'était l'ordre, et il se voyait lui-même, fort de la confiance absolue qu'Ulia avait placée en lui, comme le glaive destiné à le faire régner.

Dzerji était l'homme rêvé pour cette tâche : rien ne pouvait le distraire de son but, rien ne pouvait le fléchir, ni argent ni sentiment. Il n'existait pour lui ni famille ni ami, ni tentation, ni fatigue. En ce sens, il était infaillible. C'est pourquoi ceux qui le craignaient l'avaient surnommé « l'homme au cœur de colombe », non sans une certaine ironie amère.

Sans doute était-ce tout cela qui m'avait amenée à penser à lui lorsque j'avais perçu cette zone d'ombre dans la position de Kollona et de Gavril. Inconsciemment peut-être, j'avais considéré Dzerji comme le garant de la justesse de notre combat.

Dans le même temps, je me rendais compte que mon bavardage, même né des meilleures intentions, pouvait porter un immense préjudice à mes amis de Vibor. J'ai donc décidé de me taire. Après tout, il était fréquent que les Boleshs ne soient pas totalement d'accord entre eux, et Ulia, lorsqu'il devait les convaincre, le faisait toujours au moyen d'arguments et de raisonnements bien construits, jamais par la contrainte.

Dzerji n'était pas là pour nous, je voulais le croire…

Alors que je quittais l'ancienne filature, suivie par Douz, mon ange gardien, nous sommes tombés sur Dybko, qui en sortait également. Il était d'une humeur massacrante.

Sa rencontre avec les responsables de la lutte armée de Vibor ne lui avait guère laissé d'espoir en ce qui concernait le recrutement de soldats pour le front. Le Conseil des Damnés de Vibor refusait d'envoyer ses combattants sur le front de l'ouest, tout comme il se défiait des dernières décisions prises par Ulia à propos des imprimeries.

— Je ne lâcherai pourtant pas prise, tempêtait-il en marchant d'un pas vif. Indique-moi où se trouve l'Enfer de Putila, Garance. J'y trouverai ce que je cherche.

Gavril m'avait dit que de nombreux ateliers, tant aux forges qu'aux mines, avaient fermé leurs portes au lendemain de la prise du palais et que nombre de Damnés désœuvrés y erraient lamentablement, désespérés, sans encadrement et prêts à tous les débordements pour satisfaire la faim atroce qui régnait toujours à Vibor.

Sans aucun doute, Dybko n'aurait guère de difficultés à embrigader des soldats en échange d'un peu de pain. Même si les vivres manquaient cruellement, Ulia avait décrété que l'armée et les Escadrons rouges, piliers du nouvel ordre, devaient être fournis en priorité. Les volontaires, dans des lieux comme Putila, surgiraient certainement à tous les coins de rue.

J'ai donc indiqué à Dybko comment s'y rendre. Il a semblé retrouver sa bonne humeur et, tout en s'éloignant à grands pas vers l'est, il m'a lancé d'un ton jovial :

— Dis à Kollona que je reviendrai la voir. Nous avons toujours beaucoup de plaisir à nous rencontrer!

J'ignorais quelle était la nature des relations entre ce marin brutal et inculte et une personne aussi cultivée et intelligente que Kollona. J'avais bien remarqué la connivence qui semblait exister entre eux, quelques heures auparavant, mais j'ai décrété que ce n'était pas mes affaires et que Kollona était assez grande pour savoir ce qu'elle faisait.

Je me suis donc mise en route vers Somolny. Le ciel était découvert, d'un beau bleu tirant sur le violet, la soirée était chaude et le fleuve brillait de reflets écarlates sous les derniers rayons du soleil. En passant sur le pont, je me suis rappelé la première fois que je l'avais franchi, la main broyée par celle d'Efi qui me traînait derrière lui dans le froid mordant. Il me semblait qu'il y avait une éternité de cela…

En arrivant sur l'autre rive, une scène inattendue m'a confirmé à quel point les temps avaient changé. Sous la surveillance plutôt narquoise d'un groupe des Escadrons rouges, des bourgeois de Petra, suant à grosses gouttes dans la chaleur lourde de la fin du jour, s'échinaient à creuser des tranchées perpendiculaires à la rue menant au pont, armés de pelles et de pioches.

Le spectacle avait quelque chose de pitoyable. Ces hommes et ces femmes, qu'un coup de fouet d'un de leurs gardiens rappelait à l'ordre de temps en temps lorsque leur effort mollissait, n'avaient manifestement jamais tenu de leur vie un outil entre les mains. Le moindre gamin des plaines de Siwr aurait pu accomplir le même travail sans se plaindre deux fois plus rapidement.

Leurs vêtements délicats et chatoyants, qu'ils avaient autrefois exhibés dans les bals et les soirées du beau monde auquel ils appartenaient, étaient à présent sales et déchirés. Le visage crispé tant par la douleur que par l'effort, ils maniaient leurs outils avec une maladresse dont leurs surveillants se moquaient ouvertement.

Nous avons ralenti l'allure pour contempler le tableau. Douz les a dévisagés d'un air froid. Il me paraissait surtout méprisant envers ces gens parce qu'ils n'étaient pas capables de tenir correctement un outil.

Pour ma part, me souvenant de la manière dont j'avais été traitée lorsque je m'étais enfuie de chez Efi, en plein hiver, je ne pouvais m'empêcher de sourire et de savourer ma vengeance en voyant ces gros porcs haletants et larmoyants, qui s'imaginaient peut-être ingénument qu'ils allaient mourir parce qu'ils exécutaient des tâches que les Damnés avaient pourtant de tout temps effectuées à leur place sans qu'ils en aient jamais conçu la moindre gêne.

Pas un de ces étranges travailleurs n'a relevé la tête à notre passage. « Ils connaissent la honte, maintenant, ai-je pensé avec une certaine satisfaction. C'est bien leur tour. »

Un des gardes, en revanche, m'a regardée en ricanant. Un jeune Damné des faubourgs, qui savourait sans doute lui aussi sa revanche. Je lui ai adressé un sourire de connivence avant de reprendre mon chemin. Si Ulia avait décidé de montrer à ces anciens parasites et exploiteurs ce que signifiait le véritable travail, je ne pouvais que lui donner raison.

Dans le nouveau monde des Damnés, chacun gagnerait son pain à la sueur de son propre front, et non plus en profitant de la peine des autres. Ce n'était que justice.

Tout à coup, une des femmes, vêtue de soieries en lambeaux, qui venait de recevoir un coup de fouet pour avoir ralenti son rythme, s'est affaissée sur les genoux avec un cri de douleur. Elle avait les mains en sang et parvenait à peine à maintenir sa pelle entre ses doigts.

Le garde a levé son fouet de nouveau. Je me suis arrêtée et l'ai regardé droit dans les yeux. J'allais intervenir pour lui demander de ne pas frapper la femme une fois encore lorsque j'ai reconnu l'origine des vêtements qui la recouvraient à peine à présent. Il s'agissait d'un tissu délicat qu'on fabriquait dans une des innombrables filatures de Vibor.

Deux ans auparavant, alors que je travaillais aux mines, j'avais vu un contremaître battre jusqu'à l'inconscience une jeune Damnée de mon âge qui avait dérobé une pièce minuscule de ce genre de tissu, alors que ses propres haillons suffisaient à peine à la protéger du froid. La figure en sang, elle gisait sur le pavé glacé.

Une Damnée s'était précipitée pour la relever, mais le contremaître l'avait violemment frappée au visage, interdisant qu'on s'occupe de la jeune fille. Cette dernière était morte au cours de la nuit, seule, abandonnée dans la cour de la filature où je l'avais vue subir son châtiment en rentrant des mines. Tout cela pour un infime morceau de tissu...

L'image m'avait poursuivie pendant des jours et des jours, et elle venait de resurgir tout à coup. Je me suis immobilisée. La femme était toujours à genoux, pleurant et regardant ses mains écorchées. Pas un de ses compagnons n'a osé l'aider à se relever. J'ai hésité un instant, puis je me suis souvenue également de mes propres mains, dont la peau avait été arrachée si souvent pour le simple profit des maîtres de Petra.

Le garde soutenait toujours mon regard, le bras en l'air. J'ai hoché la tête et je me suis remise en marche, faisant signe à Douz de me suivre. J'ai entendu le sifflement du fouet et le hurlement de la femme.

J'ai hâté le pas, sans me retourner.

Nous sommes arrivés à Somolny à la nuit tombante. J'ai cherché en vain Ulia et Terzio, mais ils n'avaient pas reparu et personne n'a pu – ou voulu – me dire où ils se trouvaient. De guerre lasse, je me suis dirigée vers le sous-sol où, en permanence, des Damnés apprêtaient à la mode de Siwr – c'est-à-dire en les faisant bouillir pendant des heures dans un jus aux couleurs indistinctes – les maigres ressources en nourriture qui parvenaient à Somolny.

En passant dans le couloir qui menait à la pièce où Ulia avait organisé son état-major, j'ai remarqué un écriteau grossièrement peint à la main apposé sur une porte. Il indiquait « Bureau des peuples libres - I. V. Djouga ».

Les peuples libres? L'idée était belle, mais n'était-ce pas celle vers laquelle tendait l'insurrection dans son ensemble? Je me suis donc demandé quelle pouvait être l'activité particulière de ce bureau et, surtout, quel rôle Djouga entendait y jouer. Cependant, ne tenant pas à tomber sur lui, j'ai pressé le pas en déclarant à Douz :

— Trouvons à manger, je meurs de faim.

Après m'être rempli l'estomac avec de l'eau chaude et grasse qui sentait le chou et la rave, j'ai enfin senti la fatigue remplacer la tension qui m'avait maintenue debout toute la journée.

Au hasard d'un couloir, je me suis pelotonnée sur le sol, parmi d'autres Damnés emmitouflés dans leur manteau et dont je ne pouvais même pas deviner le sexe. Douz s'est assis en face de moi, dos au mur, son sabre en travers de la poitrine. Je me suis endormie presque aussitôt.

Aux petites heures du matin, j'ai été réveillée par un regain d'agitation. Bruits de bousculades, cris, invectives... La plupart des Damnés qui avaient dormi par terre étaient déjà levés, certains inquiets, d'autres vaguement excités. Douz se tenait déjà debout, aux aguets. J'ai bondi sur mes pieds.

— Que se passe-t-il? lui ai-je demandé.

— Ulia est revenu, a-t-il répondu avec son laconisme habituel.

J'ai vaguement arrangé ma crinière de mes doigts écartés et je me suis mise en route dans la direction d'où provenait la rumeur. Douz m'a emboîté le pas en silence.

Au détour d'un couloir, j'ai aperçu la silhouette longiligne de Dzerji. Il suivait d'un pas ferme un homme plus petit que lui et que je ne pouvais pas distinguer, mais qui ne pouvait être qu'Ulia, formant le centre d'une sorte de nébuleuse qui se mouvait avec lui. J'ai tenté de me frayer un chemin jusqu'à eux, ce qui m'a été relativement facilité par la présence de Douz à mes côtés.

En me rapprochant, j'ai enfin pu reconnaître Ulia, qui avançait d'un pas nerveux. Il semblait furieux. Avec lui se trouvaient Terzio et tous les membres importants de son conseil de guerre, y compris Djouga, dont la mine ombrageuse me semblait de mauvais augure.

— Ulia est hors de lui, a murmuré quelqu'un près de moi. Son éviction par le Conseil des Damnés de Vermillon, ratifiée hier par Kamen, l'a mis dans tous ses états.

J'ai compris qu'il était inutile d'essayer de l'approcher davantage. Ulia était en train de jouer son existence même et je n'allais pas être la bienvenue avec mes questions.

Cependant, lorsque la porte s'est refermée sur lui et ses compagnons, je suis restée à proximité, à l'affût du moindre mouvement. Ils ne resteraient pas enfermés indéfiniment. Et quand ils auraient besoin de quelque chose, je serais là...

Nul garde ne m'a fait la moindre remarque. D'une part, j'avais sans doute l'air d'être inoffensive; d'autre part, Douz avait lui-même l'allure d'un garde de protection rapprochée et le désordre était assez grand à Somolny pour que personne ne remette sa présence en question.

J'ai attendu un long moment dans le couloir, assise, jambes repliées, dos au mur. De la salle fermée venait une rumeur permanente, ponctuée d'éclats de voix. Je reconnaissais fréquemment celles d'Ulia et de Terzio, qui dominaient souvent les autres. J'ai entendu Kamen crier, puis le tumulte s'est calmé et les discussions se sont poursuivies dans une ambiance tendue, certes, mais moins houleuse.

Le temps ne passait plus. Mon esprit commençait à s'engourdir et j'étais à deux doigts de succomber au sommeil lorsque la porte s'est ouverte brusquement.

Dzerji est apparu dans l'embrasure. Il m'a semblé plus blême encore qu'à l'habitude. Derrière lui se tenait un de ses compagnons nommé Sverdi, un ami d'Ulia. Dzerji a semblé hésiter un moment en m'apercevant, me scrutant longuement de ses insondables yeux d'aigle.

Puis il a fait un pas, s'est effacé pour laisser Sverdi sortir de la pièce et a soigneusement refermé la porte, ne me donnant que le temps d'entrevoir quelques visages fermés et exténués. Douz s'est figé dans une sorte de garde-à-vous.

— Tu viens de la région de Tobol, n'est-ce pas? m'a demandé Dzerji sans autre préambule.

— En effet, ai-je répondu. Je vois que tu as de la mémoire.

— Beaucoup plus que tu ne le penses, a-t-il répliqué avec un demi-sourire qui m'a fait frissonner. C'est très utile pour ce que j'ai à faire.

Son regard perçant me déshabillait jusqu'à l'os, mais je le soutenais malgré tout car je tenais à lui montrer que je n'étais pas la jeune fille impressionnable qu'il s'imaginait peut-être.

— Tu es seule? a-t-il ajouté en relevant un sourcil et en jetant un coup d'œil dans le couloir.

Il parlait de Tcherny, évidemment. Je n'ai pas aimé son regard. J'ai ressenti un picotement désagréable dans la moelle épinière et un filet de sueur glacée a coulé dans mon dos.

— Bien sûr, ai-je fait en affichant un semblant de morgue pour dissimuler mon malaise. Je suis une grande fille, non?

— J'en suis persuadé. Et tu es digne de confiance, également. Tu es des nôtres…

Dzerji avait mis une certaine emphase sur cette dernière phrase, et je me suis souvenue que c'était avec cette expression que Tcherny m'avait accueillie à Vibor lors de la première réunion des Boleshs à laquelle Valenko m'avait amenée. Jamais de simples mots ne m'avaient autant bouleversée et, aujourd'hui encore, ils résonnaient en moi comme une déclaration d'amour.

Sous le coup de l'émotion, je n'ai pu que bredouiller un oui tremblant.

— Alors tu es la personne que je cherche, a repris Dzerji sans paraître remarquer mon trouble, et sans pour autant me quitter des yeux. Ulia vient de confier une mission à Sverdi, pour laquelle il aura besoin d'un guide sûr.

Sverdi a hoché la tête en me dévisageant. J'avais entendu parler de lui à quelques reprises. Issu du Bund, compagnon de la première heure d'Ulia, il incarnait, tout comme Dzerji ou Kollona, la pureté de la révolte des Damnés. Je pouvais donc m'estimer fière de la confiance qu'il acceptait de mettre en moi sans me connaître personnellement.

— Les partisans de Roman commencent à se regrouper au-delà de la Barrière de l'Ours, a poursuivi Dzerji. Or c'est à Tobol que Keren, avant d'être balayé par les Boleshs, a fait exiler l'empereur déchu et sa famille. Sa présence là-bas constitue une menace grave. Roman est toujours un symbole autour duquel nos ennemis peuvent se rallier. Il devra être jugé par un tribunal populaire.

« Malheureusement, les Boleshs ont peu de soutien à Tobol et il est urgent de transférer nos prisonniers dans une ville qui nous est acquise, comme Ekateri. Tu connais cette région et tu pourras aider Sverdi à s'y déplacer. Douz vous accompagnera et vous voyagerez le plus discrètement possible. Vous recruterez les soldats nécessaires au transfert sur place. »

Dzerji n'a pas attendu mon assentiment. Il a rouvert la porte et a disparu sans rien ajouter, me laissant seule avec Sverdi.

— C'est un long voyage, a laissé tomber celui-ci. Es-tu prête?

— Oui. Je vais simplement m'arrêter à Vibor pour prévenir un ami et…

— Tu n'en auras pas le temps, a-t-il interrompu. Et de toute façon, cette mission doit rester secrète. Nous partons immédiatement.

Avisant Douz, il lui a fait signe et nous avons quitté Somolny sans plus de cérémonie.

HUIT

Nous marchions en silence dans la relative fraîcheur du matin, ni Douz ni Sverdi n'étant des bavards.

J'avais remarqué, en sortant de l'ancien couvent, que Sverdi ne portait pas le brassard rouge qui l'identifiait en tant que Bolesh. Je pensais qu'il s'agissait peut-être d'un oubli, ou qu'il estimait être assez connu dans Petra pour pouvoir s'y déplacer sans encombre. Mais je me trompais, et je n'allais pas tarder à comprendre la véritable raison de ce détail.

Pour le moment, j'étais surtout fâchée de n'avoir pas pu avertir Tcherny de mon départ. Heureusement, je me disais que pour un voyage tel que celui que nous allions entreprendre, il était nécessaire de recourir aux services de la guilde des caravaniers. Or, l'étape terminale de la Grande Caravane à Petra se situait dans l'est de Vibor. J'espérais donc croiser une de mes connaissances sur le pont ou plus loin, en chemin vers le caravansérail. Dans ce cas, je pourrais lui laisser un message pour Tcherny.

À ma grande surprise, cependant, nous ne nous sommes pas dirigés vers le pont qui séparait Petra de

Vibor et que j'avais tant de fois franchi. Au contraire, nous avons contourné les bâtiments de Somolny vers l'arrière et nous sommes engagés dans des rues étroites, en direction de l'est.

— Nous n'allons pas nous joindre à la Grande Caravane? ai-je demandé à Sverdi.

— Si, bien sûr. Il n'y a guère d'autre moyen de se rendre jusqu'à Tobol de manière rapide et sûre.

— Alors pourquoi ne nous dirigeons-nous pas vers le pont?

Sverdi s'est arrêté et m'a dévisagée d'un œil sarcastique.

— Je te demanderai ton avis lorsque nous aurons franchi la Barrière de l'Ours, a-t-il répliqué. C'est pour cette raison que tu m'accompagnes. Mais pour l'instant, tu te contentes de me suivre.

Puis, me voyant me renfrogner, il a ajouté, en adoucissant le ton :

— Il existe un autre pont, moins fréquenté, et une ancienne route qui rejoint la caravane par les champs. Ainsi, nous n'aurons pas à traverser Vibor. Tu as entendu Dzerji : la discrétion est de rigueur.

Il m'a tourné le dos et s'est remis en marche, signalant ainsi que le temps des explications était terminé. J'ai préféré ne pas m'appesantir sur cette réponse : même si elle me semblait acceptable du point de vue de notre mission, elle signifiait que je n'aurais probablement aucune chance de croiser Tcherny ou quelqu'un qui le connaissait. Il n'aurait donc aucune nouvelle de moi avant mon retour.

Ce que je craignais, c'était que personne ne l'informe même s'il interrogeait les Boleshs à Somolny. Une mission secrète, dans l'esprit de Dzerji, impliquait la disparition pure et simple de l'agent qui en était chargé, et ce, jusqu'à ce qu'elle soit accomplie. Ce qui voulait dire que Tcherny n'entendrait même pas parler de moi pendant des semaines. Dans l'état actuel de la situation, où tout un chacun pouvait se retrouver en prison ou noyé dans le fleuve à la suite d'une simple erreur, il ne pourrait qu'imaginer le pire…

Cette séparation brutale, alors que nous nous étions retrouvés depuis si peu de temps, me faisait soudainement comprendre à quel point Tcherny comptait pour moi. Je n'avais jamais rien eu de précieux en propre, si ce n'était son amour. Malheureusement, j'étais prise maintenant dans un engrenage dont je ne pouvais pas sortir à volonté et il me fallait faire contre mauvaise fortune bon cœur.

Nous avancions tous les trois l'un derrière l'autre. Sverdi ouvrait la marche et Douz la fermait. Chaque fois que je me retournais, je constatais que le même sourire béat et inexpressif était toujours accroché à sa face. Il n'y avait rien de menaçant dans son attitude – ni, apparemment, dans celle de Sverdi –, mais je ne pouvais m'empêcher de penser que je me trouvais coincée entre deux Boleshs beaucoup plus forts que moi et, une fois encore, le sentiment d'être prisonnière se faisait jour dans mon esprit.

Très vite, nous avons passé le pont dont Sverdi m'avait parlé. Moins imposant que l'autre, il débouchait sur une vaste zone que je ne connaissais pas, au sud de Vibor. On y voyait peu de traces de vie humaine. Le soleil, encore faible, n'éclairait qu'une vaste étendue désolée et plate dont provenait une vague odeur de pourriture.

On appelait cet endroit sinistre la Lompe. Il s'agissait d'anciens marais qu'on avait autrefois tenté d'assécher, sans grand succès. Le sol était resté humide et instable, impropre à la moindre construction solide. On n'y distinguait que de misérables huttes suant la misère, disséminées çà et là parmi les roseaux et les prêles.

De rares Damnés d'une maigreur épouvantable, sans âge, y erraient comme des ombres, gris et terreux, à peine revêtus d'oripeaux répugnants. Ils sursautaient et disparaissaient aussitôt qu'ils nous apercevaient. Des enfants déguenillés et sales, qui avaient l'air d'avoir poussé dans la boue et ressemblaient davantage à des crapauds ou à des bêtes dénaturées qu'à des êtres humains, nous regardaient passer de leurs gros yeux globuleux et fixes, avec une indifférence proche de l'abrutissement.

Ces gens-là, ainsi que je devais l'apprendre plus tard, représentaient le stade ultime de l'indigence, le fond du tonneau de la misère, même parmi les Damnés les plus pauvres.

Anciens travailleurs des mines où ils avaient perdu leur santé et parfois un ou deux membres, paysans ruinés par les sécheresses et les impôts de Roman, soldats ou prisonniers trop abîmés pour pouvoir travailler ou faire la guerre, éclopés, lépreux, vieillards des deux sexes, ils avaient fini par échouer, après des tribulations sans nom, dans ce bourbier immonde où ils survivaient en se nourrissant d'insectes, de vers ou de sangsues qu'ils attrapaient dans les eaux grouillantes de vermine entourant leurs cabanes.

Ne pouvant être utiles à quiconque, ils croupissaient là, à l'écart du monde, indifférents aux bouleversements qui agitaient ce dernier. Muets et hostiles, tout à la fois effrayés par le moindre bruit et insensibles à la pitié, ils ne sortaient pratiquement jamais de cette dévastation nauséabonde qu'ils partageaient avec les rats. Même les prêtres de Rus n'avaient jamais osé s'y aventurer...

Je ne me sentais pas très à l'aise dans un environnement aussi malsain, même si je savais que ces déshérités n'oseraient jamais nous attaquer de front. Pas en plein jour, en tout cas. Ce n'était pas de la peur que je ressentais, en fait, mais une sorte de honte ou d'humiliation à me sentir privilégiée face à une telle misère.

Après le pont, la route continuait vers le sud, poussiéreuse, en direction des contreforts les plus méridionaux de la Barrière de l'Ours. Dans ces régions vivaient des peuplades belliqueuses à demi sauvages qui avaient versé un tribut à Roman et à ses ancêtres pendant des siècles, et qui, depuis la chute de l'empereur, refusaient de le payer et commençaient à revendiquer leurs territoires et leur liberté.

Tout ce que je savais d'elles, à l'époque, c'était que les empereurs de Vermillon n'avaient jamais pu les mater complètement et que leur apparente soumission n'était qu'une feinte. Elles attendaient leur heure et obéissaient à un dieu vindicatif et jaloux qui n'était pas Rus. On m'avait dit que Djouga était issu d'une de ces tribus, qu'on appelait le peuple de Koba.

Sverdi, cependant, avait quitté la route pour s'engager dans un sentier à peine tracé qui zigzaguait vers le nord-est. Il avançait d'un pas vif, évitant les fondrières et les buissons épineux qui tendaient à le recouvrir, sans un regard pour les créatures lamentables qui apparaissaient et s'évanouissaient autour de nous. Douz, prudent, avait pris un air menaçant et moi-même, instinctivement, la main dans la poche, je serrais le manche de mon vieux couteau de pierre.

— Quand l'ordre sera rétabli à Vermillon, ai-je murmuré, il faudra faire quelque chose pour eux.

— Oui, a fait Sverdi sans tourner la tête : les anéantir.

— C'est ignoble! ai-je riposté vivement. Pourquoi dis-tu ça? Ce sont des Damnés comme les autres, ils auront droit à leur part de bonheur dans le nouveau monde que nous préparons.

— Ce ne sont pas des Damnés, a grommelé Sverdi. Ce ne sont *plus* des Damnés, en tout cas. Les Damnés ne méritent de vivre que s'ils ont conscience de ce qu'ils sont, de ce qu'ils peuvent devenir, de ce qu'ils représentent. Mais les déchets qui vivent ici n'ont aucune espèce de conscience. Ils sont imperméables à toute forme d'éducation, à tout progrès politique ou social. Ils ont renoncé à leur humanité. Ce sont des animaux. Et ils ne sont même pas comestibles! Dès que nous en aurons le temps, nous les exterminerons.

Je n'ai rien répliqué. Cette diatribe inattendue de Sverdi me révulsait. Pour qui nous étions-nous battus, cependant, sinon pour ceux qui n'avaient pas la force de le faire eux-mêmes? Les misérables de la Lompe, battus parmi les battus, déshumanisés, anéantis par un système qui les niait sans autre forme de procès, n'étaient-ils pas justement ceux qui avaient le plus besoin de nous? Pourquoi les rejeter?

— Je sais ce que tu penses, Garance, a repris Sverdi comme s'il avait lu dans mes pensées. Tu me trouves cynique et sans pitié, tu crois que je tourne le dos à la cause que nous défendons. Mais tu es jeune encore, tu ne sais pas de quoi tu parles. Il n'y a aucune place pour quelque loi que ce soit, par ici. Quoi que tu donnes à ces gueux, quoi que tu fasses pour eux, sache que non seulement ils ne te remercieront pas, mais qu'ils te planteront un couteau dans le dos à la moindre occasion. Ils n'ont aucun principe. Ils se boufferaient entre eux, s'ils avaient seulement assez de viande sur les os...

— C'est indigne! me suis-je écriée. J'ai vu des enfants à plusieurs reprises, et des vieillards. Ils sont faibles, incapables de se défendre, et pourtant personne ne les mange, il me semble.

Sverdi a ricané.

— Bien sûr qu'ils ne mangent pas leurs enfants! a-t-il lâché. Qui irait gratter à leur place le fond du marécage pour en tirer leur pitance? Ils ont encore assez d'intelligence pour ne pas manger la main qui les nourrit. Ces enfants sont tout bonnement leurs esclaves, et pire encore, si tu veux mon avis...

J'ai préféré ne pas lui demander à quoi il faisait allusion. J'étais écœurée et je n'avais plus envie ni de parler ni de l'entendre. Et puis, une autre image revenait soudain me hanter : celle de mon propre enfant, qui avait failli finir dans le ventre des Siwars avant même d'avoir vu le jour. J'avais la gorge serrée. Je savais à quelles extrémités monstrueuses la faim jamais assouvie pouvait mener...

Nous avons continué de marcher sans nous arrêter. Il n'y avait aucun autre bruit que le floc mou de nos pas sur le sol boueux. Chacun se concentrait, je suppose, sur les difficultés et les pièges du sentier tortueux, sans oublier de jeter régulièrement un coup d'œil aux alentours pour prévenir une éventuelle agression.

Tout à coup, alors que la monotonie commençait à s'installer malgré le climat d'angoisse régnant autour de nous, je n'ai pu réprimer un hurlement de terreur. Une main crochue venait de saisir ma cheville!

J'ai trébuché et je suis tombée dans le fossé boueux qui bordait le chemin et d'où était sortie la main. J'ai atterri sur le corps qui la prolongeait. Je ne l'ai pas vu tout de suite, mais j'ai senti sous moi cette présence vivante, ces os longs et durs, cette chair presque déjà pourrissante à peine recouverte de haillons innommables...

Instinctivement, je me suis retournée et j'ai essayé de me dégager, mais les doigts noueux et secs maintenaient leur prise. J'étais étonnée de la force qui les possédait. Ne trouvant aucune prise où m'agripper sur le sol mou, j'étais incapable de me libérer de cette ignoble étreinte.

Brusquement, une main puissante m'a empoignée par le cou et m'a violemment tirée vers le haut. J'ai reconnu Douz, mais je n'ai pas eu le temps de le remercier pour son geste. Déjà il m'avait laissée retomber sur la terre ferme, où Sverdi m'a attrapée par les épaules afin de me remettre debout. Douz avait dégainé son sabre et il le tenait au-dessus de sa tête, prêt à l'enfoncer dans le cœur de mon assaillant.

— Non! ai-je crié sans réfléchir.

C'était plus fort que moi. Je voulais voir, voir quelle créature immonde m'avait ainsi saisie comme pour m'emporter avec elle dans un autre monde. Douz a suspendu son geste, légèrement étonné. Aidée par Sverdi, j'ai réussi à me redresser, toute tremblante encore. J'ai regardé.

Dans le fossé gisait l'être le plus pitoyable et le plus inoffensif que j'avais jamais vu. Ni monstre ni bête furieuse. Il s'agissait d'une très vieille Damnée, famélique et ridée, à la peau comme du parchemin et complètement édentée. Elle était à demi immergée dans la vase et ses yeux larmoyants et délavés allaient de Douz à moi, de moi à lui, ne sachant sur lequel de nous deux fixer son regard implorant.

Je me sentais désarmée. Toute peur m'avait quittée, toute agressivité également. Cette pauvre vieille avait dû être abandonnée dans la fondrière par ses congénères, étant trop faible à présent pour leur être de quelque utilité. Ma jambe, lorsqu'elle était passée près d'elle, avait dû représenter à ses yeux la dernière chance, l'ultime possibilité de se raccrocher à un monde qui la rejetait pourtant. Elle s'y était accrochée avec l'énergie du désespoir.

Mais l'espoir n'existait pas dans la Lompe, et déjà ses yeux sanieux se refermaient. Douz a abaissé son sabre d'un seul coup et la vieille a disparu dans l'eau boueuse, ne laissant à sa surface qu'une flaque de sang qui s'y est rapidement diluée au milieu des borborygmes.

— Pourquoi as-tu fait ça? n'ai-je pu m'empêcher de crier.

Douz m'a regardée sans rien dire. Il n'y avait ni haine ni regret dans ses yeux. Je ne pouvais y lire que de l'étonnement.

— Il lui a rendu service, a laissé tomber Sverdi d'un ton sec. Allons-y. Nous avons assez perdu de temps.

Je n'ai pas eu la force de protester. La surface de l'eau était redevenue lisse et immobile, on n'y voyait même plus la tache rouge qui avait été le dernier message envoyé au monde par la malheureuse. J'aurais pu croire que j'avais rêvé. Les insectes ont recommencé à bruisser.

Les larmes aux yeux, je me suis remise en route pour rattraper Sverdi, qui s'éloignait déjà d'un pas pressé. Douz a essuyé son sabre sur une brassée de joncs et il m'a rejointe en quelques enjambées.

Le trajet s'est poursuivi, morne et silencieux. J'évitais de regarder sur les côtés, me contentant de fixer les yeux sur les talons de Sverdi. Je me sentais comme un fantôme, une âme perdue errant entre deux mondes. J'avais l'impression que la vieille Damnée, du fond de sa tombe liquide, m'appelait encore à son secours. La vie dans la Lompe n'était sans doute pas une vie, mais même la mort ne semblait pas y être une délivrance...

Le soleil commençait déjà à redescendre vers l'ouest lorsque nous nous sommes enfin retrouvés en terrain plus sec. Aux huttes de jonc de la Lompe succédaient des taudis épars construits de mille débris provenant sans doute des forges de Putila, dont je pouvais à présent apercevoir les cheminées dans le lointain, vomissant des flots de fumée noire.

Les Damnés qui erraient dans cette zone tampon entre Vibor et la Lompe n'avaient guère meilleure apparence que ceux du marécage mais, au moins, ils vivaient sur de la terre sèche.

Sverdi n'avait pas ralenti le pas et je commençais à avoir du mal à le suivre. Comme la plupart des Boleshs qui avaient survécu à l'enfer des camps de l'exil aux confins de Siwr, il était infatigable et ne se plaignait jamais.

Douz, en revanche, soufflait fort dans mon dos et sa fatigue était évidente. Cependant, jamais il ne l'aurait avouée devant un Bolesh qu'il dépassait d'une bonne tête et qu'il devait considérer, dans son for intérieur, comme un citadin bien né et peu habitué aux exercices pénibles.

Les Boleshs, cependant, témoignaient en général d'une endurance et d'un ascétisme que j'avais rarement vus chez les Damnés. Ulia, Terzio ou Dzerji ne dormaient pratiquement jamais et se nourrissaient d'un peu de pain, de thé et de sucre. Ils ne touchaient pas au madogue.

Pour autant que j'avais pu le constater, seuls les Boleshs d'origine authentiquement damnée, tels que Dybko, par exemple, semblaient avoir un corps à nourrir et à satisfaire, à tous les points de vue...

La nuit était presque tombée lorsque nous sommes enfin arrivés en vue du caravansérail de la guilde. La rumeur venant du perpétuel mouvement des voyageurs et des animaux en provenance de tout l'empire de Vermillon venait enfin rompre le silence oppressant de la Lompe et de la zone tampon. Cris et barrissements des animaux de trait me paraissaient une musique divine.

Sverdi s'est arrêté. Il était temps, je ne sentais plus mes pieds. J'étais sur le point de m'écrouler à même le sol et Douz allait probablement m'imiter lorsque Sverdi nous a fait signe d'approcher.

— Il serait plus prudent d'enlever ça à présent, a-t-il dit à voix basse.

Il désignait du doigt les bandeaux rouges que Douz et moi portions au bras. Je n'ai pas compris. Quand au marin, il l'a dévisagé d'un air ahuri.

Ces brassards représentaient pour nous toute la fierté de notre cause, ils nous rappelaient notre raison d'être.

Ils étaient également une sorte de décoration honorifique, l'affirmation d'une existence qu'on nous avait toujours déniée auparavant. Les retirer? Pourquoi?

— Il est inutile de montrer qui nous sommes, a déclaré Sverdi en constatant nos mines stupéfaites. Cela ne peut que nous nuire.

— Dzerji m'a dit au contraire que ce brassard me protégerait et me servirait non seulement de signe de reconnaissance mais aussi de laissez-passer, ai-je répondu.

— Il t'a dit cela à Petra, où les Boleshs contrôlent la situation. Hors de la ville, il en va autrement. De telles marques distinctives ne peuvent que nous dénoncer à des adversaires chez qui nous serons en minorité.

— Mais la guilde est avec nous! ai-je rétorqué. Nous n'avons rien à craindre avec les caravaniers. Au contraire, ils pourront nous aider.

Sverdi a esquissé un sourire crispé.

— Les choses ne sont pas aussi simples, Garance, a-t-il fait. Les gens de la guilde sont de notre côté, en effet, mais ils ne sont pas *avec* nous. Du moins, pas dans le sens où nous l'entendons. Leur engagement à nos côtés est respectable, mais il est naïf. Souviens-toi de ce qui est arrivé à Keren et aux siens. En laissant la porte ouverte à toutes les composantes de la rébellion contre Roman, il n'a fait que tuer le mouvement dans l'œuf en l'étouffant sous ses propres contradictions. Son gouvernement n'était qu'un panier de crabes, un ramassis de discuteurs incapables de prendre la moindre décision efficace.

— Mais Keren a été chassé.

— La guilde, en voulant éliminer Ulia, ne fera que reproduire le même schéma et, tôt ou tard, les forces de la réaction en profiteront pour rétablir l'ordre ancien. Ulia est la seule solution. Ulia et personne d'autre. Toute déviation est dangereuse et suicidaire.

J'ai hoché la tête. Les dirigeants de la guilde étaient sans doute dans le vrai sur le fond mais, pour la forme, Sverdi avait raison : seul Ulia pouvait garantir le succès final des Damnés. Si la guilde refusait aussi nettement qu'il prenne la tête du mouvement, alors il valait mieux ne pas nous faire reconnaître comme ses proches.

Bien sûr, j'étais gênée de devoir me dissimuler devant des frères de lutte après ces années de combat dans l'ombre. C'était comme si je devais avoir honte de moi-même, honte d'être une Damnée. Cependant, les arguments de Sverdi étaient justes et je ne voyais guère le moyen d'agir autrement.

J'ai enlevé mon brassard.

NEUF

Le voyage a presque été une découverte pour moi. Lorsque je l'avais effectué dans l'autre sens, de Tobol à Petra, je m'étais trouvée la plupart du temps dans un état de somnolence cauchemardesque, aux prises avec les Suceurs et vampirisée par Efi Novykh. Et même si Sverdi m'avait sans doute discrètement à l'œil, sa surveillance n'avait rien à voir avec celle que le Khlysty avait exercée sur moi sans relâche.

Cette fois, en pleine possession de mes moyens, je pouvais enfin découvrir Vermillon dans toute son étendue et sa diversité.

Sverdi a payé nos passages au bureau de la caravane et, avant de nous conduire vers un des coches attelés pour le prochain départ, il a recommandé à Douz d'arracher ses insignes militaires et de raconter, si on l'interrogeait, qu'il avait déserté et qu'il s'en retournait dans son village de la région de Tobol pour participer à la distribution des terres décrétée par Ulia.

— Mais je n'ai jamais mis les pieds à Siwr! a objecté le marin. Je suis né dans un village près des Eaux

Blanches, de ce côté-ci de la Barrière de l'Ours. Qu'est-ce que je vais répondre si on me pose des questions?

— Alors tu n'as qu'à faire semblant d'être muet, a ricané Sverdi. Ce rôle sera parfait pour toi. Et Garance se fera passer pour ta petite sœur. Elle saura ce qu'il faut dire, elle…

Douz a tourné vers moi un visage illuminé d'un immense sourire. L'idée d'être mon grand frère et de ne pas avoir à parler semblait lui plaire énormément.

Toutes ces précautions prises par Sverdi me semblaient pourtant un peu exagérées. Le caravansérail grouillait de gens de toutes origines et de toutes apparences. Chacun vaquait à ses affaires et personne n'avait l'air de se préoccuper de celles des autres.

Soldats et marins aux uniformes en loques, déserteurs pour la plupart, tentaient de trouver un passage gratuit vers l'est en faisant valoir que, après avoir risqué leur vie pour la défense de Vermillon, ils avaient le droit de rentrer chez eux sans débourser un sou.

Je ne reconnaissais plus ces soldats, que j'avais vus humiliés et soumis lorsque j'avais traversé Vermillon deux ans auparavant, à l'époque de la guerre contre les Makakis. Il n'y avait plus aujourd'hui d'officiers pour les brimer ou pour les punir, et nombre d'entre eux allaient et venaient avec une certaine arrogance, le verbe haut et fort, clamant que la population de l'empire leur devait la liberté.

Certains avaient vendu ou échangé leurs armes contre de la nourriture, mais beaucoup possédaient encore un sabre ou une lance, qu'ils brandissaient avec morgue sous le nez de quiconque leur paraissait manquer de sympathie à leur égard. Aussi la plupart des gens préféraient-ils filer doux.

J'ai cependant remarqué que les silhouettes grises et fouineuses qui hantaient autrefois le moindre rassemblement de Damnés avaient totalement disparu. Un bon nombre de ces espions de Roman, qui avaient terrorisé les Damnés tout au long du règne de l'empereur, avaient été exécutés sauvagement par la foule dès le lendemain de la chute du tyran.

En revanche, des groupes d'individus au visage brut, armés de bric et de broc, certains exhibant un chiffon rouge au bout de leur épieu ou à la garde de leur épée, sillonnaient la foule sans douceur, n'hésitant pas à rudoyer ceux qui se trouvaient en travers de leur chemin.

Je m'attendais vaguement à ce que Sverdi leur adresse un signe de connivence, mais celui-ci avançait rapidement, sans tourner la tête, cherchant plutôt à éviter tout contact avec des étrangers. J'ai repensé à la remarque que Terzio avait faite à Ulia à propos des Escadrons rouges. L'ampleur de leur tâche était telle qu'il leur fallait recruter à outrance et accepter dans leurs rangs tout ce qui se présentait. « Et ce n'est pas toujours la crème », avait-il ajouté.

Ces « miliciens » avaient en effet autant l'air de bandits de grand chemin que de gardiens de l'ordre. J'en venais à me demander si Sverdi s'en détournait par pur souci de discrétion, comme il le prétendait, ou s'il n'avait pas un peu peur d'eux. Notre mission n'aurait rien d'une routine…

En attendant, la cohue qui régnait dans le caravansérail dépassait de loin ce que j'avais connu. Le flot continu de déserteurs tentant de rejoindre leur village natal paralysait pratiquement toute la zone et créait un désordre indescriptible. Les Escadrons rouges, loin d'y remédier, ne faisaient au contraire qu'entretenir un climat de violence et de peur qui me rappelait celui qu'avaient imposé les Atamans au temps de Roman.

Je me demandais comment nous parviendrions à embarquer dans un des coches pris d'assaut par des hordes de soldats et de marins en guenilles, et que les caravaniers, avec force cris et claquements de fouet, avaient grand-peine à manœuvrer.

— J'ai négocié un passage dans le prochain convoi, a dit Sverdi à voix basse. Ne traînez pas.

Douz me serrait de près et nous avions tout à fait l'air de deux gueux fatigués, revenant du front de l'ouest et pressés de retrouver un village lointain. Sverdi, la tête rentrée dans les épaules, avançait comme une ombre. Il avait pris l'allure d'un de ces jeunes voyageurs vêtus de noir qui arpentaient autrefois les immensités de Siwr pour y prôner la révolte.

J'ignore comment il avait obtenu le privilège d'embarquer avant les centaines de soldats, marins ou paysans qui attendaient parfois depuis des jours, mais je n'ai pas été fâchée quand, dès le lendemain matin, je me suis retrouvée dans un des coches qui avaient réussi à quitter Petra. La rustique voiture de bois à claire-voie, toujours aussi puante et inconfortable, me paraissait néanmoins préférable au grouillement du caravansérail où la violence me semblait toujours sur le point d'éclater.

Contrairement à ce à quoi je m'attendais, le voyage a été particulièrement pénible. Les plaines à l'ouest de la Barrière de l'Ours étaient parfois boisées et moins monotones que celles de Siwr, mais je n'avais pas l'esprit à l'observation de la nature.

Plus nous nous éloignions de Petra, plus le spectacle des manoirs en flammes et livrés au pillage devenait fréquent. Je voyais parfois une famille entière pendue à un gros arbre, enfants et vieillards compris. La plupart des cadavres étaient nus et mutilés. On leur avait probablement volé leurs vêtements avant de les mettre au supplice.

Douz jetait à ce genre de scène un œil morne, avant de reprendre la contemplation du plafond, tout en mâchonnant ses éternelles graines de tournesol. Sverdi, lui, y portait un regard attentif et semblait enregistrer chaque détail. Aucune émotion ne se lisait sur son visage.

Pour ma part, j'étais partagée. Je savais que ces gens, lorsqu'ils étaient les maîtres, avaient traité les Damnés de la même façon, ou pire encore. J'avais vécu cela dans ma chair. Mais la vision de ces corps parfois très jeunes – des enfants d'une dizaine d'années à peine, à la peau zébrée de marques rouges suppurantes – me mettait mal à l'aise.

Dans le monde de justice que nous tentions d'édifier, ces enfants auraient pu avoir leur place. Nous leur aurions expliqué que la réduction à l'esclavage de la plus grande partie d'une population par une minorité armée n'était pas justifiable et qu'on ne pouvait pas construire sa propre richesse sur la misère des autres. Ils auraient compris : je ne voyais rien d'extraordinaire à cela.

25

Mais, d'un autre côté, comment pouvions-nous empêcher de tels débordements? Les Damnés, à qui on avait promis tant de choses, n'avaient jamais rien vu venir. Même le gouvernement de Keren, qui avait soulevé un immense espoir parmi eux, les avait déçus une fois de plus.

Aussi, lorsque Ulia avait proclamé son décret sur la terre, la plupart des Damnés de la campagne, las d'attendre, avaient déjà commencé à se servir. Ils avaient pris d'assaut les manoirs et les domaines fortifiés – sachant qu'il n'y avait plus d'autorité pour les défendre et que personne ne prendrait les armes contre eux à présent. Les maîtres qui osaient résister se faisaient massacrer sans pitié. Les autres aussi, d'ailleurs, il faut le dire…

Affamés et battus depuis tant de générations, grisés par cette liberté nouvellement acquise, les Damnés ne connaissaient plus ni frein ni raison. Les clôtures étaient arrachées, les granges pillées et les troupeaux à demi décimés et dévorés, le reste étant relâché dans la nature. Chacun se servait et bâfrait jusqu'à tomber d'indigestion, puis se mettait en quête d'une autre propriété à « récupérer ».

Pour autant, le problème de la famine à Petra n'était pas résolu. Les vivres sur lesquels les Damnés mettaient la main et qu'ils ne pouvaient pas consommer sur place disparaissaient littéralement, mais n'arrivaient pas dans les villes. Quant aux fermiers indépendants, ceux qui avaient toujours cultivé leur terre de leurs propres mains sans assistance extérieure, ils subissaient parfois et malgré tout le même sort que les grands seigneurs, tant la fureur destructrice des hordes de gueux était aveugle.

— Il est grand temps que les Escadrons rouges interviennent par ici, a grommelé Sverdi d'un ton dégoûté, un matin, en voyant une colonne de charrettes remplies de grain et de tonneaux de madogue s'éloigner en cahotant d'un manoir en flammes dont les habitants avaient été crucifiés sur les portes de leurs granges. Les Damnés de Petra ou de Mossburg meurent de faim tandis que ceux-ci se roulent dans la débauche.

— La liberté leur a fait perdre la tête, ai-je murmuré. Elle est dangereuse lorsqu'elle n'est pas encadrée.

— Lorsqu'elle n'est pas encadrée! a-t-il répliqué d'une voix étouffée. La liberté est dangereuse en tout temps, Garance. Elle est synonyme de désordre et de confusion. D'ailleurs, lorsque le régime des Boleshs sera définitivement établi, la liberté individuelle sera inutile puisque chacun aura ce dont il a besoin.

Sverdi s'est arrêté un instant sur mon air surpris, puis il a souri à demi et il a repris à voix basse :

— Imagines-tu une seconde dans quel état se retrouverait Vermillon si tout un chacun se mettait à faire ce qu'il veut? Ce serait une pétaudière, un chaos indescriptible. Et de ce chaos émergerait forcément un nouveau tyran, un nouveau Roman derrière lequel se rangeraient tous les déçus, tous les brimés, tous les jaloux. La liberté est un fléau. Seul compte l'ordre.

J'ai baissé les yeux. Le regard de Sverdi, tout à coup, me rappelait celui de Dzerji. Dans ses yeux clairs ne se laissait lire aucun sentiment. Sverdi, comme Dzerji, relayait les paroles d'Ulia et, apparemment, n'avait aucun questionnement. De cette adhésion pure et entière à la doctrine venait leur efficacité, mais également une sorte d'inhumanité qui me faisait parfois un peu peur.

Le spectacle des exactions et des violences quasi quotidiennes qui s'offrait à nous depuis le départ de Petra semblait lui donner raison, mais je me demandais si, une fois passés les inévitables « dommages collatéraux » dont avait parlé Terzio, cette position ne serait pas à revoir.

Me recroquevillant sur mon siège, j'ai feint de m'intéresser au paysage morne qui défilait lentement sous mes yeux. J'étais fatiguée et je ne me sentais pas capable de discuter avec Sverdi. Je commençais aussi à regretter profondément de me trouver séparée de Tcherny. Je n'étais pas loin de comprendre la tristesse qui l'avait accablé dès le lendemain de la prise du palais d'hiver, et qui m'avait tellement étonnée à ce moment-là.

Tcherny avait étudié, lui, et il avait longuement fréquenté les Boleshs et les Meneshs. Il avait beaucoup discuté avec eux et avait lu leurs textes fondateurs. Sans doute avait-il davantage de clairvoyance que moi, qui n'avais sur l'ensemble de Vermillon et de ses luttes que le point de vue restreint d'une petite paysanne inculte à peine sortie d'un village perdu.

Le voyage s'est poursuivi pour moi dans cet état d'esprit. À Peramma, où la caravane s'arrêtait pendant deux jours, Sverdi a disparu toute une nuit, non sans avoir auparavant demandé à Douz de veiller sur moi. Devais-je comprendre qu'il lui avait en fait commandé de me surveiller?

Il n'est rentré qu'au petit matin, harassé, blême. Il avait l'air préoccupé mais n'a rien voulu dire de ses activités de la nuit. Ce n'est qu'après le franchissement de la Barrière de l'Ours, bien des jours plus tard, alors que nous redescendions vers Ekateri, qu'il a enfin daigné sortir de son mutisme.

— Les nouvelles de Tobol sont mauvaises, a-t-il marmonné entre ses dents, profitant d'un moment où les autres passagers avaient quitté le coche pour aller se dégourdir les jambes à l'occasion de la dernière étape avant Ekateri. Mais je crois que je saurai en tirer profit, a-t-il ajouté avec un sourire mauvais.

Je savais que Tobol était depuis longtemps aux mains des Meneshs et que les Boleshs y étaient mal vus. Ces derniers, en revanche, tenaient Ekateri. Je craignais qu'un conflit entre les deux ne se soit déclaré et j'en étais profondément attristée. Ce déchirement qui séparait les vainqueurs de la tyrannie de Roman me paraissait une défaite plus amère que si elle nous avait été infligée par les Atamans ou par les hommes de l'empereur.

Cependant, ce n'était pas de cela qu'il s'agissait. Les mauvaises nouvelles évoquées concernaient l'avance rapide vers Tobol d'une armée fidèle à l'empereur, qu'un général de l'ancienne noblesse nommé Koltcho avait rassemblée dans les immenses territoires de Siwr.

Ces troupes étaient composées de régiments qui n'avaient pas accepté le changement de régime, d'Atamans qui avaient fui les plaines du Gift et de hordes plus ou moins hétéroclites provenant de Mongot ou des régions les plus orientales de Siwr, où vivaient des peuplades n'ayant que peu de liens avec les Damnés et qui menaient une vie précaire de tribus errantes, plus ou moins soumises à des seigneurs de la guerre sans scrupules.

Koltcho avait réussi à détourner à son profit une grande partie du réseau de la guilde des caravaniers dans l'est de Siwr, et les déplacements de ses troupes pouvaient être très rapides. Le fait qu'il soit arrivé aussi vite presque aux portes de Tobol en témoignait. La menace était grave.

Le long et meurtrier conflit qui nous opposait à l'empire de Willem n'était pas encore réglé que déjà, au cœur même de Vermillon, se déclarait une nouvelle guerre. Une guerre fratricide. Et je ne voyais pas de quelle manière Sverdi pourrait en tirer profit.

Ces bandes armées, qui comprenaient de nombreux mercenaires que, d'après Sverdi, nous pourrions peut-être dévoyer, se livraient au pillage et aux pires exactions sous couvert de la reconquête de Vermillon. Le pays entier menaçait de n'être plus, sous peu, qu'un gigantesque incendie qui ne s'éteindrait que sur un paysage définitivement ruiné. Le sourire de Sverdi ne me disait rien de bon.

Dès notre arrivée à Ekateri, à la nuit tombante, nous avons quitté précipitamment la caravane. Sverdi s'est dirigé vers le quartier général des Boleshs de la région. Il s'agissait d'une grande maison de maître qu'on avait purgée de ses habitants, de gros propriétaires qui avaient sans doute terminé leur vie accrochés aux branches de leurs propres vergers.

La maison disparaissait presque sous les frondaisons de grands arbres qui dépassaient des hauts murs ceignant l'ancienne propriété. Les membres locaux des Escadrons rouges s'étaient installés un peu partout, dans le jardin aux parterres détruits, dans les chambres et anciens salons de la maison, et mêmes dans les écuries, où ils avaient pris la place des chevaux.

Les Boleshs occupaient deux des pièces de l'étage, le reste étant laissé aux soldats ou servant de magasin où s'entassaient des armes et des vivres – mais pas de madogue! –, ainsi que de nombreuses caisses de documents dont j'ignorais la provenance autant que la teneur ou l'utilité.

Le commandant de la place s'appelait Youro. C'était un Bolesh trapu et taciturne, originaire du Bund. Il connaissait Sverdi de longue date. Les deux hommes se sont enfermés avec moi dans une immense pièce occupant toute une partie de l'étage et encombrée de caisses de bois. Sverdi a demandé à Douz de se mettre en faction devant la porte et de ne laisser entrer personne.

La réunion a été brève, Sverdi n'étant pas un discoureur. D'après Youro, les forces de Koltcho n'allaient pas tarder à prendre Tobol et à libérer la famille impériale, ce qui lui donnerait une sorte de légitimité auprès des nostalgiques de l'ordre ancien. Koltcho disposait d'effectifs importants prêts à tout pour reconquérir le pouvoir et il fallait à tout prix l'empêcher d'atteindre Roman et les siens.

— Les Meneshs ne pourront plus s'opposer au transfert de l'empereur à Ekateri, a déclaré Sverdi à Youro. Tu vas préparer une troupe de soldats sûrs et déterminés, tu iras prendre livraison de la « marchandise » à Tobol et tu la ramèneras ici au plus vite. Garance t'accompagnera. Elle s'occupera de Roman.

Je l'ai regardé avec de grands yeux, de même que Youro.

— Nous n'avons ni le temps ni les moyens pour une opération purement militaire, a ajouté Sverdi sans même se tourner vers moi. Garance saura mieux que toi persuader l'empereur que nous agissons pour sa propre sécurité et cela nous facilitera les choses. Il se défiera moins d'une jeune fille. Les Meneshs aussi se montreront moins méfiants à son égard. Des questions?

Je n'ai pas osé prendre la parole la première et, comme Youro n'a pas desserré les dents, Sverdi a conclu :

— Vous partirez aussitôt que possible. J'ai plusieurs arrangements à préparer ici avant votre retour.

Sverdi ne s'est pas étendu sur les arrangements en question. Il s'est levé et s'est approché des caisses cloutées qui encombraient la pièce. Avec impatience, il a ajouté :

— Vous pouvez aller vous préparer. Je ne veux vous revoir dans cette même pièce qu'avec Roman et sa famille.

Youro a hoché la tête et s'est dirigé vers la sortie sans un mot. Je lui ai emboîté le pas et Douz, sur un signe de tête, nous a suivis.

Dans le jardin, Youro a parlementé avec une douzaine de soldats assez jeunes – qui n'avaient probablement jamais été envoyés sur le front de l'ouest – et, quelques instants plus tard, notre petite troupe quittait la maison des Boleshs d'Ekateri.

DIX

La caravane n'était pas encore repartie lorsque nous sommes arrivés au caravansérail de la ville. En fait, la confusion la plus totale régnait sur les lieux. L'annonce de l'approche des troupes de Koltcho et les récits que les survivants faisaient de leurs exploits sanguinaires avaient déclenché un mouvement de panique et un afflux massif de réfugiés en provenance de l'est.

De nombreux voyageurs refusaient de poursuivre leur voyage et certains caravaniers eux-mêmes hésitaient sur la conduite à adopter. Seuls les Damnés les plus miséreux, ceux qui n'avaient rien à perdre et avaient rejoint Siwr pour profiter de la distribution des terres décrétée par Ulia, pressaient la guilde de faire repartir le convoi.

Finalement, au petit jour, la caravane s'est remise en route, mais presque vide : la guilde avait décidé que les coches inoccupés serviraient à rapatrier tous ceux qui, à Tobol et au-delà, désiraient fuir l'armée disparate de Koltcho. C'est donc sans difficulté que nous y avons trouvé une place.

Nous étions les seuls passagers dans le coche. Je trouvais cela un peu dommage car j'aurais bien aimé discuter avec des Damnés de la région de Tobol. Peut-être certains connaissaient-ils mon village, ou celui dans lequel les deux vieilles du Bund m'avaient nourrie lors de ma fuite. La nostalgie, déjà?

Youro, en revanche, trouvait la situation à son goût. Assis près des claires-voies, il passait son temps à observer l'extérieur tout en prenant des notes sur une sorte de rouleau de papier très fin.

Les soldats, pour leur part, restaient vautrés là où ils le pouvaient, mâchonnant sans fin des graines de tournesol. Ils me jetaient parfois des regards appuyés et, visiblement, intéressés, mais la présence de Douz à mes côtés décourageait toute tentative de contact plus intime.

Le voyage s'est poursuivi, morne, pendant des jours encore. Nous avons croisé une caravane en provenance de Tobol, surchargée de soldats éclopés et de familles entières qui avaient fui leurs villages de l'est. Les récits d'atrocités commises par les hordes monstrueuses de Koltcho circulaient de voiture à voiture, et plusieurs voyageurs se dirigeant vers Tobol changeaient brusquement d'avis et tentaient de trouver une place dans la caravane en route pour l'ouest.

Youro se montrait nerveux, pour la première fois depuis le départ.

— Si Koltcho arrive à Tobol avant nous, il fera libérer l'empereur, a-t-il grommelé. C'était une erreur que de l'envoyer là-bas. Keren était un vendu. Dès le début il aurait fallu…

Il s'est interrompu et s'est mis à dévisager les jeunes soldats qui bâillaient et somnolaient sur les banquettes du fourgon. Ouvriers ou paysans pour la plupart, ils avaient sans doute mon âge, ou guère plus. Comment se comporteraient-ils si les guerriers de Koltcho, issus de tribus qui n'avaient vécu depuis des temps immémoriaux que de combats sanguinaires et de rapines, apparaissaient sur notre route?

Youro se posait sans doute la même question. Manifestement, s'il les avait emmenés avec nous, ce n'était pas pour se battre mais pour une simple opération de routine : ramener Roman et sa famille à Ekateri.

Le dernier jour du voyage, la tension était à son comble. Nous redoutions presque d'entrer à Tobol et de découvrir que la ville avait été prise. Aussitôt arrivé, Youro s'est rué à l'extérieur. Je lui ai immédiatement emboîté le pas, suivie par Douz et les soldats.

Aucune trace d'envahisseur. En revanche, un groupe de Meneshs se trouvait là, assistant au débarquement avec un air inquiet. Avaient-ils eu vent de notre venue et s'agissait-il d'un comité d'accueil? Et dans l'affirmative, pour quel genre d'accueil?

Sans hésiter, pourtant, Youro s'est dirigé vers eux d'une allure tranquille. J'ai remarqué que Douz avait discrètement dégainé son sabre. La précaution, cependant, s'est avérée inutile. En fait, les Meneshs étaient simplement venus aux nouvelles, alarmés par la menace qui pesait sur eux.

Youro s'est spontanément présenté, non comme un Bolesh, mais comme un émissaire spécial du Conseil des Damnés de Vermillon, venu directement de Petra. Les Meneshs m'ont paru soulagés. Il était évident que la découverte de la présence de l'empereur prisonnier chez eux, lorsque Koltcho prendrait la ville – ce dont ils ne semblaient pas douter –, signifierait leur arrêt de mort.

Notre mission s'en trouvait grandement facilitée. Les Meneshs nous ont conduits sans tarder à leur quartier général. La proposition de transférer Roman et sa suite à Ekateri pour y être jugés en toute sécurité a été plutôt bien accueillie. Ce procès devant un tribunal populaire était d'ailleurs une de leurs idées – à laquelle, comme à tant d'autres, Keren n'avait cependant jamais donné suite.

Le dirigeant local des Meneshs a cependant fait la moue lorsqu'il a constaté la maigreur de notre escorte, et il a proposé d'y adjoindre des renforts. Youro ne s'est pas opposé. L'essentiel, disait-il, était de ne pas perdre de temps.

Le premier problème, c'est qu'il était hors de question de faire voyager les prisonniers par la Grande Caravane. Il allait donc falloir improviser un convoi dans cette région troublée. Le second, c'est que de nombreux Meneshs, peu désireux d'affronter Koltcho, souhaitaient se joindre à nous.

Là, j'ai bien senti que Youro se raidissait. Mais comment refuser? J'ai alors fait valoir que, pour une expédition telle que la nôtre, la discrétion était une nécessité. Et j'ai proposé que les Meneshs prennent la route ordinaire, assez ostensiblement pour attirer l'attention, tandis que nous autres rejoindrions Ekateri par le sud, dans le plus grand secret.

— C'est une zone de marais et de fondrières, a objecté un vieux Menesh, vous allez vous y perdre.

— Je connais bien la région, ai-je affirmé, mentant effrontément.

Youro m'a jeté un regard de connivence et a ajouté :

— Ce plan est excellent. Personne ne cherchera l'empereur de ce côté et le voyage se fera en toute sécurité. Nous nous rejoindrons tous à Ekateri.

Les Meneshs n'avaient guère les moyens de refuser notre offre. Ils se sont engagés à nous fournir deux voitures fermées ainsi que des chevaux, et ils nous ont finalement conduits à la famille impériale. Celle-ci était détenue, nous disaient-ils, dans une sorte d'ancien couvent réquisitionné dans un quartier populaire de Tobol.

Au milieu de l'agitation qui régnait dans la ville, où soldats et déserteurs de tout poil se hâtaient sans ordre, nous passions complètement inaperçus. Nous avons marché assez longtemps, tandis que le soleil déclinait. Puis, tandis que nous nous éloignions du centre, une angoisse inattendue a commencé à m'étreindre. Que m'arrivait-il?

C'est lorsque nous avons tourné au coin d'une longue rue, alors que l'ombre l'envahissait déjà, que j'ai compris ce qui se passait. Cette rue, je la connaissais! Et, lorsque nous nous sommes enfin arrêtés devant la sinistre maison de pierre à la porte bardée de clous et de ferrures, j'ai eu l'impression que mes pires souvenirs revenaient me hanter. La maison des Khlystys!

Mes jambes se sont mises à trembler. Remarquant mon trouble, Youro m'a demandé ce qui se passait.

— Rien, ai-je dit en essayant de calmer mon rythme cardiaque. Ce… ce n'est pas ici que je pensais rencontrer un jour Roman le tyran.

Youro n'a pas insisté, et moi non plus. Mes souvenirs concernant les Khlystys ne le regardaient pas.

Les Meneshs ont fait ouvrir la porte et nous sommes entrés. J'ai retenu une grimace. J'avais l'impression que l'odeur infecte qui imprégnait les lieux n'avait pas changé, mais peut-être n'était-ce qu'un effet de l'émotion. En tout cas, toute ma haine de Roman est revenue d'un seul coup et, tandis que nous avancions dans le couloir sombre et humide, j'ai serré les poings et les mâchoires.

Enfin j'allais voir le monstre! Enfin j'allais me retrouver face à celui qui avait réduit son pays à une gigantesque prison où le ciel n'avait pu exister que pour lui et les siens. Enfin j'allais pouvoir cracher à la figure de l'impératrice Alix, qui avait vendu son peuple à un porc aussi répugnant qu'Efi Novykh. Mon vieux couteau à lame de pierre, dans ma poche, me démangeait la paume.

Dans la grande salle, une faible lumière provenait de deux flambeaux, deux seulement parmi ceux qui l'illuminaient autrefois. S'y trouvaient les gardes, qui se sont levés mollement pour nous saluer.

Nous sommes passés dans la pièce suivante. Là, silencieux, les mains croisées sur les genoux, l'air apeuré, étaient assis quatre personnages maigres et blêmes. Pas l'allure impériale pour un sou. Sauf pour ce qui était de leurs vêtements, propres et sans doute taillés sur mesure, ils auraient pu passer pour des mendiants attendant une aumône misérable, tant leur mine semblait celle de vaincus.

Il s'agissait en fait des serviteurs que les Meneshs avaient laissés au couple impérial : leur médecin, un valet de pied, une femme de chambre et un cuisinier. J'étais sidérée. Un cuisinier, alors que la plupart des

Damnés n'avaient même pas encore de quoi manger! Quant au valet et à la femme de chambre, Roman et sa vermine n'étaient donc pas capables de pisser ou de s'habiller seuls!

Et ces valets, justement, pourquoi n'avaient-ils pas profité de la liberté acquise par tous les Damnés de Vermillon pour se délivrer du tyran qui les avait asservis? Je n'avais jamais aimé les victimes qui chérissaient leur sort et s'y complaisaient. Passant près d'eux, je n'ai pu me retenir de cracher par terre.

Aucune de ces quatre larves n'a réagi. De toute façon, ce n'était pas pour elles que nous étions là, mais pour leur maître. Celui-ci se trouvait, avec sa famille, dans la pièce la plus éloignée.

Vibrante d'indignation, j'ai rattrapé Youro, à qui un geôlier venait d'ouvrir la porte. Je me sentais prête à leur arracher les yeux. J'ai posé une main nerveuse sur l'épaule de Youro, qui a soupiré en haussant les épaules et s'est poussé sur le côté. Je suis entrée la première.

La pièce était vaste et mal éclairée. Ils étaient sept. Un homme, une femme, quatre filles et un enfant. À l'instar de leurs serviteurs, ils étaient assis sur des chaises adossées au mur, muets et tristes, les mains croisées sur les cuisses. L'homme a lentement abaissé sur ses genoux le livre dont il était manifestement en train de faire la lecture aux autres, et il a tourné la tête vers nous.

Je me suis immobilisée d'un seul coup. Youro a failli me rentrer dedans.

— Que se passe-t-il?

Je n'ai pas répondu. J'étais sidérée. Comment, le tyran qui avait maintenu un immense empire dans une poigne de fer, l'homme qui avait fait exécuter, torturer et exiler tant de ses semblables, le demi-dieu dont chaque mot pouvait condamner ou sauver, celui qui avait ordonné des massacres d'enfants, de femmes et d'innocents, celui qui avait réduit son peuple à un état inférieur à celui des bêtes et l'avait laissé mourir de faim et de froid pendant qu'il dansait au milieu de profusions insensées, c'était *ça*? Ce n'était que *ça*?

Je m'étais attendue à voir un monstre effrayant, arrogant, au regard rempli de cruauté et de mépris, et j'avais devant moi ce bonhomme à peine plus grand que moi, aux yeux battus et lourds, ridiculement affublé d'une touffe de poils virant au gris sur le menton.

L'empereur Roman, celui qui se prétendait pratiquement le fils de Rus descendu sur cette terre, n'était que ce gringalet à l'allure de commis de magasin et au visage vaguement complaisant?

Et l'autre, Alix, l'impératrice sanglante, la chienne d'Efi Novykh, la grande putain de Vermillon, c'était cette caricature de bonne à tout faire humiliée et vaincue, maigre, grisâtre, aux yeux larmoyants et qui me dévisageait comme si j'avais le pouvoir de passer à travers les murs?

Les autres étaient plus pitoyables encore. Quatre filles, les quatre filles de Roman et Alix, transparentes à force d'être pâles alors qu'elles n'avaient probablement jamais eu la moindre idée de ce qu'étaient la faim ou le froid, apeurées comme des chèvres devant le boucher qui ne songe même pas à cacher son couteau tandis qu'il s'approche, fragiles comme des ailes de papillon, mais si ternes…

Et le dernier, le petit dernier, le prince Niko, l'héritier du trône, la proie des Suceurs, tassé sur sa chaise comme un paquet de vêtements vides. L'image même du renoncement et de la défaite, de la faiblesse, de l'insignifiance... La victime à l'état pur, celle qui s'inventerait un bourreau plutôt que de décider de vivre en paix.

J'étais dégoûtée. Dégoûtée et triste. Ma haine, qui aurait décuplé mes forces et ma détermination face à la morgue ou au défi d'un fauve résistant jusqu'au bout, avait subitement fondu devant le spectacle dérisoire de ces pantins aux ficelles rompues.

J'avais l'impression d'être victime d'une fumisterie. Quelle farce nous jouait-on? Le véritable empereur était-il détenu ailleurs, dans un cachot inaccessible, tandis qu'on nous jetait de la poudre aux yeux avec ces simulacres d'humanité déconfite? Les Meneshs espéraient-ils vraiment nous tromper avec une comédie aussi ridicule?

J'ai senti une main sur mon épaule et je suis redescendue sur terre. Youro s'impatientait. Il m'a doucement mais fermement écartée et il s'est avancé vers le petit homme.

— Roman, a-t-il déclaré d'une voix ferme et sans aménité, nous sommes venus vous chercher, toi et ta famille, pour vous conduire à Ekateri, où vous serez jugés. Nous partirons avant le jour. Ne prenez avec vous que le minimum d'effets personnels, vos affaires seront acheminées ultérieurement.

Youro n'attendait aucune réponse, il lui a aussitôt tourné le dos et a quitté la pièce pour aller s'occuper des voitures.

— Veille à ce qu'ils ne traînent pas, a-t-il murmuré en passant devant moi. Nous n'avons pas un instant à perdre.

Je suis restée seule, en compagnie d'un des geôliers, face à la famille impériale. Roman n'avait pas soufflé mot. Il m'a longuement dévisagée d'un air absent puis, se retournant vers Alix avec des yeux de chien battu, il a dit d'une voix brisée :

— Prépare les petites, nous devons y aller.

Un éclair de haine a brillé l'espace d'un instant dans les yeux de l'impératrice, alors qu'elle me jetait un bref coup d'œil, puis son regard s'est éteint et elle s'est levée pour s'approcher de ses filles, qui semblaient n'avoir même plus la force de trembler.

Roman s'est levé à son tour et il est allé prendre son fils dans ses bras. M'ignorant complètement, il s'est mis à chantonner d'une voix douce à son oreille, et le jeune garçon a souri faiblement.

— Hâtez-vous! ai-je aboyé en tentant de dissimuler mon malaise. Ce n'est pas le moment de chanter.

Roman s'est tu et a tourné vers moi ses yeux tristes. Il a déposé le jeune prince sur sa chaise et s'est dirigé vers sa femme pour l'aider à empaqueter rapidement quelques vêtements. Je me suis sentie vaguement honteuse.

Qu'avait donc en commun ce pauvre type à l'air craintif avec l'autocrate impitoyable qui avait gouverné Vermillon avec une indifférence inhumaine? Tous mes sentiments de haine, de vengeance et de fureur s'étaient évanouis pour laisser place à la gêne.

Que m'arrivait-il? Alors que, pendant des années, je n'avais rien tant désiré que l'égorger moi-même, je n'arrivais même plus à mépriser l'inoffensif bonhomme qui se déplaçait mollement devant moi.

Roman le sanglant et ce misérable père de famille enfermé dans une pièce sombre étaient-ils vraiment le même homme? Oui, sans doute. Là n'était pas la vraie question, en fait, je commençais à m'en rendre compte. Le problème était plutôt de comprendre comment un homme aussi insignifiant, aussi veule, aussi terne, avait pu incarner l'autoritarisme le plus absolu, et pourquoi il avait fallu une guerre interminable avec un empire voisin et un soulèvement du pays entier pour l'abattre.

J'en venais à me demander si Roman n'avait pas été qu'un simple symbole, le simulacre impuissant d'un pouvoir dont d'autres que lui avaient tiré les ficelles. Mais, si tel était le cas, cela voulait dire que la chute de l'empereur n'était qu'un coup d'épée dans l'eau et que la rébellion des Damnés n'avait fait que se débarrasser d'une marionnette dont les manipulateurs, restés dans l'ombre, avaient été épargnés.

Même Efi, dans le fond, quel rôle réel avait-il pu jouer auprès de l'impératrice? Bien sûr il avait pu l'influencer, elle, la poussant à prendre les décisions les plus stupides et les plus invraisemblables, mais comment ces décisions avaient-elles pu être suivies par des millions de gens sans le moindre questionnement?

L'empire de Vermillon était gigantesque, il était formé d'une mosaïque de peuples qui s'ignoraient entre eux, le plus souvent, et qui vivaient si loin les uns des autres qu'ils n'avaient guère les moyens, de toute façon, de se connaître. À cela s'ajoutait une armée aux effectifs énormes, à laquelle s'additionnaient tous ces corps semi-indépendants comme les Atamans ou certaines divisions sauvages venues du sud ou de l'est.

Par ailleurs, les immenses domaines qui nourrissaient l'empire étaient aux mains de familles puissantes et armées, et la lenteur des communications, en grande partie monopolisées par la guilde des caravaniers qui assurait le transport des gens et des marchandises, rendait pratiquement impossible tout contrôle effectif direct de Petra sur les territoires qui lui étaient, en principe, aveuglément soumis.

Comment tout cela avait-il pu fonctionner pendant des siècles? Et que signifiait vraiment la prise du pouvoir par les Boleshs si ce dernier n'était qu'une illusion? Où s'était caché le véritable pouvoir? Où se dissimulait-il encore, en ce moment même?

Je ne le comprendrais que bien plus tard, lorsqu'il serait trop tard. Mais Ulia, lui, ainsi que quelques autres, le savaient parfaitement depuis longtemps. Et ils en feraient un usage hallucinant...

Un toussotement discret m'a ramenée à la réalité. Roman, sa femme et ses filles se tenaient devant moi, debout, quelques paquets hâtivement ficelés à la main. Seul Roman n'en portait pas. Il tenait son fils recroquevillé dans ses bras. J'ai jeté un regard écœuré sur le jeune prince au teint blafard et souffreteux, et je me suis souvenue que c'était probablement grâce au sang qu'Efi m'avait soutiré pendant des mois que la pauvre créature était encore en vie.

Ma gorge s'est serrée et j'ai détourné les yeux.

— Allons-y, ai-je déclaré d'une voix étranglée.

Le geôlier est sorti en premier et j'ai fermé la marche. Nous avons rejoint Youro dans la grande salle.

— Les voitures sont prêtes, a simplement déclaré celui-ci.

Dans la rue, deux coches attelés nous attendaient. Youro a fait monter Roman et ses trois serviteurs dans le premier, et il l'y a accompagné avec trois hommes. Les femmes, le prince Niko et moi-même avons grimpé dans le second, avec Douz. Les autres se sont répartis sur les sièges des conducteurs, accompagnés par un jeune Damné qui connaissait la région et allait nous servir de pilote.

Les voitures se sont ébranlées dans la nuit, et nous avons pris la route du sud, celle qui menait aux immenses marais où j'avais failli me perdre, deux ans auparavant, lorsque j'avais quitté mon village détruit par les flammes.

ONZE

Le voyage a été long et pénible, non tant à cause des cahots et des fondrières qui jalonnaient la route à peine tracée à la limite nord du marécage que de l'ambiance morbide qui a régné dans le chariot du début à la fin.

Pour des raisons de sécurité, bien sûr, il s'agissait de coches sans fenêtres destinés aux marchandises et non aux passagers. Seul un lumignon y jetait une maigre lueur pendant la journée, et l'atmosphère était particulièrement lourde le soir.

Ce n'était pourtant pas l'odeur qui m'incommodait – ces dames, d'ailleurs, semblaient ne même pas en avoir! – mais cette impression perpétuelle que j'avais été transformée en chienne de garde pour ce ridicule petit troupeau d'oies blanches. Au lieu de veiller sur des fauves entravés prêts à tout pour se libérer et me sauter à la gorge, je me trouvais assise à ne rien faire devant une poignée de créatures apeurées que le moindre frémissement de mes sourcils jetait dans une profonde terreur.

J'étais partagée entre la déception et la colère. J'aurais pu haïr et me venger des bourreaux de mon peuple si ceux-ci avaient eu l'air… de bourreaux. Mais ces quatre gamines efflanquée et blêmes – qui avaient pourtant mon âge, ou plus! – effrayées, suppliantes, et le petit Niko pour qui le simple fait de respirer paraissait être un calvaire : l'irruption d'une sauterelle les aurait fait mourir de frayeur!

Quant à l'impératrice, je ne pouvais voir dans cette grande femme amaigrie et maladive, désespérément attachée à ses enfants comme à une bouée de sauvetage, que le résidu navrant d'un cauchemar dont je m'étais réveillée depuis longtemps.

À plusieurs reprises, les voitures se sont embourbées et tout le monde a dû en descendre pour aider à les dégager. Quel spectacle lamentable que celui de ces anciens maîtres du monde englués dans la boue jusqu'aux genoux, s'exténuant sans résultat à pousser les coches sous le regard moqueur des soldats, qui prenaient plaisir à voir l'empereur déchu incapable de faire bouger d'un pouce le lourd véhicule tandis que le cocher fouettait en riant les bêtes de trait!

N'y tenant plus, je me suis précipitée et, éjectant d'une bourrade le pitoyable Roman, j'ai dégagé d'un coup de reins vigoureux une des roues. Douz est alors venu à ma rescousse et, y mettant toute sa force, il a redressé la lourde voiture. Les bêtes ont fait le reste.

Roman, pour sa part, a trébuché et s'est affalé dans la boue. Seule sa femme est venue pour l'aider à se relever et, là encore, les soldats se sont régalés de voir le couple crotté et vacillant rejoindre péniblement leurs enfants. En remontant dans le coche à leur suite, je me suis aperçue à leurs robes souillées que deux d'entre elles, et non les plus jeunes, s'étaient pissé dessus. La peur était devenue leur seul univers.

J'ai vu arriver la fin du voyage avec soulagement. L'odeur dans le coche, quasi inexistante au début, avait pris des proportions hallucinantes. Leurs robes autrefois blanches étaient maculées par leurs propres déjections et leurs vomissures – car elles n'avaient pratiquement jamais le droit de descendre des voitures, sauf lorsqu'il fallait les dégager d'une fondrière – et les prisonnières exhalaient une puanteur infernale.

Nous sommes finalement parvenus en vue d'Ekateri en milieu de journée, au détour d'un bosquet qui marquait la fin de la zone de marais. Youro a fait dissimuler les deux coches au milieu des arbres et il a envoyé deux hommes avertir Sverdi de notre arrivée. De toute façon, il était hors de question d'entrer en ville avant la nuit.

Ces quelques heures d'attente, après une expédition de plusieurs jours, m'ont paru plus éprouvantes encore. Pour la première fois depuis le départ, la plus jeune fille de l'empereur a ouvert la bouche pour me demander, d'une voix frêle et presque inaudible, si elles allaient enfin pouvoir se laver et manger quelque chose.

J'étais énervée et je n'ai pas répondu. Qui s'était inquiété de savoir si je puais ou si la vermine qui grouillait dans mes cheveux me démangeait, avant que je ne rejoigne mes semblables dans l'insurrection? Certainement pas les sbires de Roman…

Youro m'avait demandé de demeurer à l'intérieur du coche avec les prisonnières pour prévenir tout geste désespéré ou toute tentative d'évasion. Une évasion!

Ces bijoux de porcelaine n'auraient pas été capables de faire trois pas au dehors sans tomber dans un trou de taupe ou rester accrochées à un buisson d'épineux! Ou se faire violer par le premier loqueteux rencontré au détour d'un chemin...

Finalement, l'émissaire envoyé par Youro est réapparu à la nuit tombante, et il a eu avec lui une longue conversation dont je n'ai pas pu entendre la fin. Les instructions de Sverdi, en ce qui me concernait, étaient simples. Les prisonniers devaient être conduits, à la nuit, au quartier général des Boleshs d'Ekateri. La situation, cependant, était préoccupante et nous devions nous montrer extrêmement prudents.

Nous avons donc attendu quelques heures encore avant de nous remettre en route. Les bêtes de trait ont été muselées, et leurs sabots et les jantes des roues enveloppés de chiffons épais. Youro m'a remis une dague qui faisait bien trois fois la longueur de mon vieux couteau de pierre.

— Au moindre cri, tu les égorges, a-t-il dit d'une voix assez forte pour qu'Alix et ses enfants l'entendent distinctement.

Il y a eu un frémissement dans le fond de la voiture, ainsi qu'un froufrou d'étoffes sales. J'ai vaguement vu leurs silhouettes tremblantes se regrouper dans la pénombre. Puis un gémissement sourd s'est élevé. L'impératrice s'est levée et elle s'est précipitée vers le jeune Niko, qui semblait sur le point d'étouffer. Les Suceurs?

Je me suis demandé si ces créatures immondes avaient voyagé avec nous depuis le début et j'ai frissonné en me rappelant comment ces vampires m'avaient sucé le sang – ou bien était-ce Efi? – dans le coche qui m'avait emmenée de Tobol à Petra, deux ans auparavant. Ce temps, cependant, était révolu. Je me suis ressaisie et j'ai fixé l'impératrice d'un regard dur.

Alix a pris son fils et l'a serré contre sa poitrine, comme pour le bercer. Ou le faire taire… La femme de chambre ne savait rien faire d'autre que pleurnicher et renifler. J'ai soupiré, tout en tripotant nerveusement le manche de la dague. J'avais hâte que tout cela finisse.

Dans le milieu de la nuit, nous sommes enfin arrivés à la maison des Boleshs. Il y régnait une certaine agitation et Sverdi est apparu aussitôt, plus blême et fatigué encore qu'à l'habitude. Il a demandé à ce qu'un des coches demeure ici et il a fait transférer assez rudement l'empereur, sa famille et leurs serviteurs dans la maison. Sans écouter les molles protestations de Roman, qui demandait qu'on autorise sa femme et ses enfants à se laver et à changer de vêtements, il les a fait descendre à la cave.

Youro, Douz et moi les y avons suivis. La cave m'a semblé immense. On y accédait par un long et étroit escalier en colimaçon, dans lequel les filles trébuchaient ou glissaient sans arrêt. Roman tenait son fils dans ses bras.

Sverdi a fixé deux torches dans des armatures métalliques scellées aux murs. L'endroit avait l'air d'un caveau et les visages de mes compagnons, faiblement éclairés par une lumière roussâtre, ressemblaient à ceux des démons peints sur les murs de la maison des Khlystys à Tobol. Quant à l'empereur et aux siens, ils avaient tout simplement l'air de fantômes.

Sverdi, à voix basse, nous a rapidement mis au courant des événements. Il avait appris dans l'après-midi que les troupes de Koltcho venaient de prendre Tobol . et qu'elles étaient déjà en route pour Ekateri. Il était hors de question que Roman et les siens tombent entre leurs mains.

J'ai fait grise mine, me voyant déjà retourner dans le coche nauséabond avec ces six femmes plus mortes que vives et le jeune prince agonisant. Je n'ai pas eu le temps de me demander pourquoi Sverdi avait fait renvoyer une des deux voitures. Ce dernier a fait fermer la porte et a déclaré, à Youro, à Douz et à moi :

— Il faut maintenant effacer ces erreurs de l'histoire.

Il a fait un signe à Youro et celui-ci, sortant son couteau de sa ceinture, s'est retourné vers les prisonniers. Douz a hésité un instant puis, sur le regard insistant de Sverdi, il a fait de même. J'ai été sur le point de paniquer. Pourquoi m'avaient-ils amenée avec eux?

Je connaissais la réponse, bien sûr, et je savais que si je ne faisais pas ce qu'on attendait de moi, je subirais sans doute le même sort que les autres. Les sentiments, on me l'avait assez répété, ne devaient jamais entraver la détermination des Boleshs et de ceux qui les suivaient. À mon tour, j'ai sorti la dague que m'avait donnée Youro.

C'est la femme de chambre qui, la première, a poussé un hurlement de terreur. Probablement parce qu'elle seule avait compris ce qui allait se passer. Très vite, cependant, les trois autres serviteurs ont saisi à leur tour. Les trois hommes ont reculé jusqu'au mur où ils se sont adossés, les mains plaquées contre la paroi de moellons grossiers, roulant des yeux terrifiés.

La femme de chambre, elle, s'est empressée de rejoindre les filles et elle en a pris une dans chaque bras. Alix, comprenant enfin – ou peut-être par simple esprit d'imitation – a fait de même avec les deux autres. Roman tenait toujours le garçon endormi – ou évanoui – dans ses bras et regardait fixement Sverdi dans les yeux.

— Qu'est-ce que cela signifie? a-t-il articulé avec peine. Nous voudrions simplement prendre un bain et nous reposer. Le voyage a été éprouvant.

J'étais sidérée. Était-ce de la naïveté, de la bêtise ou une suprême arrogance? Comment pouvait-il encore parler de bain et de toilette alors qu'il se trouvait enfermé dans une cave dont pas un son ne franchissait les murs épais et que trois lames étaient pointées vers lui?

Seule Alix semblait encore animée par quelques sentiments dignes d'intérêt. Je veux dire par là qu'elle se tenait droite et la tête haute, ses filles serrées contre sa poitrine, et qu'elle ne cherchait pas à implorer ses bourreaux, ce qui n'aurait d'ailleurs fait que les exciter davantage.

Nos onze victimes se tenaient maintenant contre le mur du fond, à la limite du cercle de lumière vacillante jetée par les torches. Les yeux des quatre jeunes filles allaient alternativement de leurs parents, blêmes et immobiles, à Douz et à Youro qui s'avançaient avec lenteur, menaçants.

Parfois elles m'apercevaient entre les deux, figure qui pouvait sembler dérisoire entre la stature imposante de Douz et la masse trapue de Youro, et je décelais dans leur regard un appel à l'aide désespéré contre lequel je devais me défendre.

Elles n'avaient jamais eu la moindre responsabilité dans les décisions de leur père ou de leurs ancêtres, j'en étais bien consciente. Il n'était pourtant pas question de fléchir maintenant. Supprimer Roman et laisser vivre sa famille, ç'aurait été laisser des ventres prêts à lui donner des successeurs et ruiner notre propre avenir. La pitié n'avait pas sa place dans l'histoire, et encore moins dans cette cave.

Leur sort, de toute façon, était scellé et, quand bien même il ne l'aurait pas été, je ne suis pas certaine que j'aurais pu les aider. Koltcho allait prendre possession de la ville comme il avait pris Tobol. Nous n'avions pas assez de moyens défensifs dans la région. S'il découvrait l'empereur dans cette maison, il s'en servirait comme d'un étendard et toute l'œuvre des Boleshs n'aurait servi à rien.

Mes compagnons, eux, étaient absolument déterminés et n'avaient probablement pas les mêmes états d'âme que moi. Une seule chose semblait encore les faire hésiter : dans quel ordre fallait-il procéder aux exécutions?

Tuer Roman en premier, cela voulait dire qu'on lui épargnerait le supplice des autres et qu'il serait donc le moins puni alors qu'il était le plus responsable. Les enfants, en revanche, même s'ils ne pouvaient plus vivre, ne méritaient pas d'assister à l'égorgement de leurs parents. Les plonger dans l'horreur n'ajouterait rien. Quant aux serviteurs, qui avaient accepté leur servitude, je crois qu'ils n'existaient même plus dans mon esprit.

Je n'étais pas certaine, cependant, que Douz et Youro se livraient aux mêmes réflexions. Quant à Sverdi, la chose lui était probablement égale et c'est pourquoi il n'avait pas donné d'instructions précises sur ce sujet. Douz, sans doute, tuerait la victime la plus proche de lui sans se poser de question. Je ne connaissais pas assez Youro pour savoir ce qu'il ferait.

Niko était toujours inconscient, il n'entrait donc pas pour l'instant en ligne de compte dans mon raisonnement. Ma décision a donc été prise rapidement. Devançant les deux Boleshs, je me suis précipitée sur les jeunes filles et, avant même qu'elle ait eu le temps de réaliser ce qui lui arrivait, j'ai planté ma dague dans le cœur de la première. Son sang m'a giclé à la figure.

Sans prendre le temps de m'essuyer, je me suis tournée vers la deuxième, à qui j'ai fait subir le même sort. Tout avait été si rapide que ni Douz ni Youro n'avaient pu réagir.

Mais déjà l'impératrice, la femme de chambre et les deux filles survivantes poussaient des hurlements hystériques. Niko, réveillé par les cris stridents, s'est réveillé et s'est mis à crier lui aussi en se débattant à tel point qu'il a échappé aux bras de son père et qu'il est tombé comme une masse sur le sol dallé, qu'il a violemment heurté de la tête. Ses cris ont cessé.

Roman, complètement ahuri, les yeux humides, se contentait de balbutier comme un enfant à qui on vient de retirer son jouet :

— Mais le procès... Nous avons droit à un procès...

Douz était déjà sur lui. Le repoussant vers le mur d'un geste brusque, il s'est penché sur le prince gisant à terre, la tête dans une flaque de sang. Il l'a saisi d'une main et, le soulevant sans peine, il l'a pratiquement décapité d'un seul coup de son sabre.

Youro, pour sa part, se dirigeait vers les trois servi-teurs qui, devant la tournure prise, le médecin en tête, se rapprochaient de Roman. C'est l'homme de science qui a reçu le premier le poignard de Youro dans le ventre. Il s'est aussitôt écroulé à genoux et Youro, se dégageant, a fait un pas de côté et a poignardé le sui-vant.

De mon côté, je ne m'étais pas arrêtée pour autant. J'ai saisi par les cheveux la troisième fille qui se cram-ponnait à sa mère et, ne pouvant l'en séparer, je lui ai tranché la gorge par-derrière. Le sang, cette fois, a aspergé l'impératrice, qui a porté ses mains à son visage en poussant un hurlement dément.

J'en ai profité pour attraper la dernière, dont le cadavre est vite allé rejoindre celui de ses sœurs. L'odeur du sang était omniprésente et je ne me domi-nais plus. J'étais comme folle, possédée subitement par une fureur dont je ne comprenais plus la raison. Il fallait que je frappe, que je frappe encore et encore, jusqu'à l'épuisement, jusqu'à ce que j'en perde connais-sance…

Douz et Youro, pendant ce temps, en avaient fini avec les hommes. Ne restaient plus en vie à présent, l'air hagard et suppliant, que Roman dont le regard révélait davantage d'incompréhension que de peur, Alix, chez qui la haine commençait à supplanter la douleur et la peur, et la femme de chambre qui, à genoux, implorait en pleurant tout qu'elle avait de larmes qu'on l'épargne.

Tout à coup, je me suis sentie fatiguée, brisée. Le seul être que j'aurais sans doute tué avec plaisir était toujours vivant, mais je n'avais plus la moindre envie de faire couler le sang. Ma furie était retombée aussi vite qu'elle m'avait saisie. J'ai lâché ma dague, qui est tombée sur les dalles de pierre en résonnant lugubrement.

L'impératrice, qui se trouvait tout près de moi, rouge encore du sang de ses filles qui lui maculait le visage et les vêtements, a alors sifflé entre ses dents tout en me dévisageant d'un œil glacial :

— Tu n'es qu'une bête maudite. Mais Efi reviendra et ton sang et celui de tes semblables serviront à laver Vermillon de vos crimes.

Mon sang! Mon sang avait servi à nourrir son nabot de fils et elle osait me parler d'Efi qui l'avait soutiré pour le lui donner!

— Vampire! ai-je craché.

J'ai sorti ma vieille lame de pierre de ma poche et la lui ai plantée jusqu'au fond dans la gorge. Je ne l'ai retirée que lorsque Alix s'est retrouvée au sol, baignant dans une flaque rouge. Vidée, je suis tombée à genoux à côté d'elle, le menton sur la poitrine.

— Allons, finissons-en!

C'était la voix de Sverdi, sèche, dépourvue de toute émotion.

Douz a saisi l'empereur au collet et, comme s'il s'était agi d'un vulgaire lapin, il lui a ouvert le ventre d'un coup de sabre. La dynastie de Roman le sanglant venait de s'éteindre.

La femme de chambre s'est alors relevée et est allée se jeter aux pieds de Sverdi.

— Ne me tuez pas, je vous en supplie! s'est-elle mise à hurler. Je n'ai rien fait! Je n'étais qu'une servante, il fallait bien que je mange...

— J'ai bien connu ton père, a répliqué Sverdi d'un ton calme. Il avait de quoi te donner à manger. Il était juge. C'est lui qui m'a expédié dans les bagnes de Siwr, avec des milliers d'autres qui n'ont pas tous eu la chance d'en revenir.

— Je... je l'ignorais, je vous jure. Je ne le voyais presque jamais...

— L'ignorance n'est pas une excuse, a coupé Sverdi. La connaissance, en revanche, est parfois un fardeau très lourd à porter. Tu en seras libérée.

La servante a levé vers lui des yeux embués de larmes. Sans doute n'avait-elle entendu – ou voulu entendre – que la dernière phrase. Sverdi n'a pas jugé bon de la laisser dans l'incertitude.

— Regarde ton avenir en face, a-t-il fait.

La femme de chambre s'est redressée. Suivant le regard de Sverdi, elle s'est retournée. Elle n'a eu que le temps de voir le sabre brandi de Douz s'abattre vers elle. Sa tête a roulé sur le sol.

Le silence est retombé, pesant. On n'entendait plus que le grésillement des torches. Je venais de massacrer cinq femmes. La tuerie n'avait pas duré trois minutes, mais j'avais l'impression que je ne me réveillerais jamais de ce cauchemar. La voix de Sverdi a retenti de nouveau :

— Assez paressé! Toute trace doit être effacée.

Je me suis relevée mécaniquement, agissant comme un pantin. Rapidement, sur son ordre, nous avons déshabillé les cadavres et les avons dépouillés de leurs bijoux. Ceux-ci ont disparu dans les poches de Sverdi et nous avons entassé les vêtements au centre de la pièce. Puis Sverdi est allé ouvrir la porte et a appelé les gardes.

Un par un, nous avons commencé à remonter les corps sanglants par l'étroit escalier. Jamais je n'aurais cru que des corps humains puissent être aussi lourds. J'étais exténuée, dans un état second. Lorsque les onze corps nus se sont retrouvés en haut, Sverdi a fait approcher le coche tout contre la porte et nous les avons chargés à l'intérieur.

Puis nous avons pris trois hommes, en plus de Douz et de Youro, et la voiture s'est mise en branle. Comme il n'y avait plus de place à l'extérieur, j'ai dû monter à l'intérieur, avec les cadavres.

L'odeur était immonde et suffocante. Les sabots des bêtes de trait et les jantes des roues étaient toujours enveloppés de chiffons, et la voiture se déplaçait dans un étrange silence, comme dans un rêve. Mais dans ma tête continuaient de résonner les hurlements fous de l'impératrice et de ses filles. Il m'a même semblé, à plusieurs reprises, entendre les gémissements de la plus jeune s'échapper de l'amoncellement de cadavres.

Le voyage a duré toute la nuit. Au petit jour, la voiture s'est enfin immobilisée. J'ai aussitôt jailli au dehors et j'ai longuement vomi dans l'herbe. Je suis restée prostrée un bon moment, puis Douz a posé sa main sur mon épaule et m'a aidée à me relever.

— Allez, petite sœur, viens te reposer.

Je me suis dégagée vivement. Je ne supportais plus qu'on m'appelle « petite sœur ». Je n'étais la petite sœur de personne. Et je ne voulais pas me reposer. Il y avait un travail à terminer, et j'allais le terminer avec les autres. Je ne voulais bénéficier d'aucun passe-droit.

Le coche se trouvait dans une clairière, perdue dans un bois. Nous avons commencé à décharger les cadavres, tandis que deux des soldats creusaient une fosse. Une fois la fosse terminée, profonde d'une hauteur d'homme, nous l'avons garnie de branchages secs et nous y avons jeté les corps pêle-mêle. Il m'a semblé, mais j'étais trop perturbée pour ajouter foi à cette impression, que ces derniers étaient au nombre de dix.

Youro a ensuite apporté un tonnelet qui se trouvait sous le siège du cocher, et il en a versé le contenu sur les cadavres. J'ai reconnu l'odeur du madogue. Puis il a répété l'opération avec un tonnelet d'huile, et Sverdi a jeté une torche allumée dans la fosse.

Les flammes n'ont pas tardé à s'élever, doucement au début, puis se sont transformées en un véritable brasier. La chaleur et la puanteur dégagées étaient atroces. Nous sommes cependant restés debout devant la fosse jusqu'au bout. Lorsque le feu s'est éteint, nous avons recouvert de terre les restes carbonisés et nous sommes repartis.

Avant de sortir du bois, Sverdi a fait incendier le coche et c'est à pied que nous sommes rentrés à Ekateri. La nuit était tombée depuis longtemps quand nous sommes enfin parvenus au quartier général des Boleshs. Personne n'avait dit un mot durant le trajet.

Il ne restait de la famille impériale que l'épouvantable odeur qui imprégnait encore mes vêtements et mes cheveux…

DOUZE

Trois semaines plus tard, j'étais de retour à Petra. Je n'avais qu'une hâte : retrouver Tcherny.

Je n'avais pratiquement pas ouvert la bouche de tout le voyage, prostrée dans un recoin d'un des coches de la guilde des caravaniers où nous avions pu trouver une place, non sans peine. D'ailleurs, ni Douz ni Sverdi ne m'avaient adressé la parole.

Une confusion indescriptible régnait, tant à l'intérieur de la caravane qu'aux étapes. Soldats, déserteurs, Escadrons rouges et bandes armées à l'obédience douteuse sillonnaient les lieux et rudoyaient passants et passagers sans que j'en comprenne toujours les raisons.

J'avais également remarqué de nombreux cadavres, gisant au bord de la route ou derrière les baraquements des caravansérails. Les assassins, semblait-il, ne prenaient même pas la peine de se cacher et j'avais vu moi-même un groupe de Damnés arborant des chiffons rouges au bras éventrer à coups de sabre un couple d'âge moyen puis repartir, d'un pas tranquille, sous les yeux des badauds médusés.

Un soir, alors que nous venions d'achever la descente des derniers contreforts de la Barrière de l'Ours, une bande de Damnés débraillés et hurlants, paysans armés de faux et de haches, a surgi près du point d'eau où les caravaniers de la guilde étaient en train de soigner leurs bêtes. Ils voulaient du madogue et menaçaient de mettre le feu à la caravane si on ne leur donnait pas satisfaction.

Je me suis vite aperçue qu'ils n'étaient pas seuls. Dissimulés au centre de la meute, deux femmes assez bien vêtues, un homme dont la chemise était en lambeaux rouges de sang et une petite fille d'une dizaine d'années se tenaient en tremblant, les mains attachées derrière le dos.

Un groupe de déserteurs, qui avait en sa possession quelques cruches du liquide infernal, en a échangé une partie contre de la nourriture. L'affaire conclue, les soldats se sont retirés pour manger et les paysans, au comble de l'exaltation, ont brandi les cruches et se les sont passées pour boire à la régalade.

Tout à coup, un des paysans, trouvant sa cruche presque vide, a déversé le reste du contenu sur la tête et le visage d'une des prisonnières. La femme a craché et poussé des cris aigus, qui n'ont fait qu'exciter davantage ses bourreaux.

— Elle a soif, a crié l'un d'eux d'une voix éraillée.

Deux de ses comparses, secoués par des rires hystériques, ont alors frappé la femme et l'ont jetée au sol. Le premier a relevé sa blouse sur son ventre, bientôt imité par le second, et ils se sont mis à pisser sur la femme, sous les bravos de leurs compagnons. Lorsqu'ils ont eu terminé, ils ont versé le reste du madogue sur la tête souillée de leur victime et, approchant un brandon, ils y ont mis le feu.

Les flammes bleuâtres ont jailli en même temps que les hurlements de l'infortunée qui se tordait de douleur sans pouvoir se relever, les mains toujours liées dans le dos. Les deux paysans se sont mis à danser autour du corps de la suppliciée. On aurait dit deux ours frappés de folie.

Les autres prisonniers, le visage déformé par l'épouvante, se sont jetés à genoux. La femme et la fillette ont imploré, la voix étranglée, qu'on fasse cesser la torture. L'homme – moins courageux ou plus lucide? –, a supplié qu'on les tue immédiatement.

— Oui, oui, tout de suite! a crié un des Damnés.

Saisissant sa faux, il a effectué une sorte de moulinet qui a déchiré tout le corsage de la femme et lui a rayé le buste et le ventre d'une profonde entaille. Lâchant la faux, il s'est précipité sur elle et, la déséquilibrant, il s'est laissé tomber sur elle et a commencé à la violer. Deux autres se sont précipités pour maintenir les jambes de la victime.

La scène a déclenché une sorte de frénésie meurtrière et la fillette a subi aussitôt le même sort que celle qui était peut-être sa mère, sauf qu'elle s'est fracassé la tête sur une pierre en tombant sur le sol et que c'est sur un corps inerte que se sont acharnés plusieurs des Damnés ivres de sang et de madogue, sous les ovations de leurs compagnons.

L'homme, de son côté, n'émettait plus un son. Les pupilles dilatées, il ne pouvait que contempler l'atroce spectacle qui semblait ne pas devoir finir. Les mouvements des paysans se sont enfin ralentis, puis ils ont cessé. Les femmes et la jeune fille, pour leur part, ne bougeaient plus depuis un bon moment déjà.

Alors un des Damnés a levé sa hache sur le prisonnier et l'a abattue de toutes ses forces. Un bras est tombé, sectionné net. La hache s'est relevée, est retombée, et une troisième fois, une quatrième... Lorsque le coup fatal lui a enfin été assené, l'homme avait perdu tous ses membres.

J'étais écœurée, malade, furieuse aussi de n'avoir rien tenté, même si je savais pertinemment que je ne pouvais rien faire.

— Ils n'ont fait que rendre ce qu'ils ont subi pendant des siècles, a lâché Sverdi d'un ton morne.

— C'est ignoble quand même, ai-je répliqué. J'ai l'impression que ça ne finira jamais, que le même cauchemar recommence.

— C'est justement pour que ça ne recommence pas que nous sommes là, Garance. Mais tant qu'il existera des maîtres pour nous asservir, nous ne connaîtrons pas de repos. C'est pourquoi il n'y a pas de place pour la pitié dans notre combat.

La pitié!... Je ne l'avais pas souvent rencontrée, au cours de mon existence.

À Petra même, la situation était moins ouvertement brutale, mais elle n'était guère plus claire. Au contraire. Le conflit avec les Meneshs n'avait fait que s'envenimer et l'interdiction totale de la presse autre que celle contrôlée par Ulia était appliquée par la force, et même par la violence. De nombreux Meneshs, ainsi que leurs sympathisants, avaient été arrêtés sans avertissement et jetés à la Mygale.

Mais il y avait plus grave. Sur l'ordre d'Ulia, Dzerji avait finalement mis sur pied une organisation de surveillance des activités subversives qui pouvaient nuire au nouveau gouvernement des Damnés. C'était ce fameux « mandat » que Dzerji avait évoqué lorsqu'il m'avait tirée de la Mygale, où Douz m'avait fait enfermer.

Au départ, les pouvoirs de cette organisation étaient clairement définis. Il s'agissait principalement de lutter contre le banditisme et le pillage consécutif à la disparition de tout pouvoir policier, et de surveiller les activités des ennemis des Damnés. Mais, assez rapidement, le mandat s'était élargi à celui d'une sorte de police politique chargée de repérer et de traquer les groupes et les individus dont la loyauté à Ulia était trop tiède.

L'organisation s'appelait officiellement la Commission spéciale de lutte contre les factions et le sabotage, mais déjà tout le monde la désignait communément par un nom plus court et plus parlant : le Glaive. Ce glaive était supposé être celui – aveugle – de la justice, et il était manié par l'homme au cœur de colombe, d'une manière absolument pure, c'est-à-dire en l'absence de tout sentiment.

Les moyens du Glaive ne semblaient pas connaître de limites. Au moment de mon retour à Petra, plusieurs centaines de personnes avaient déjà été exécutées. Des pillards, bien sûr, des Damnés égarés qui avaient cru que la disparition de l'empereur signifiait la disparition du droit, mais aussi, je l'apprendrais un peu plus tard, des contestataires et des « déviants ».

En débarquant d'Ekateri, j'ai signalé à Sverdi· que je souhaitais rester à Vibor. Tcherny s'y trouvait sans doute encore, et je n'avais d'autre idée en tête que me reposer un peu et réfléchir à ce que j'avais vécu au cours des derniers jours. Et, plus que tout, j'avais envie de me jeter dans les bras de l'homme de ma vie.

Sverdi, cependant, ne m'a pas laissé le choix.

— Ce n'est pas le moment de batifoler, Garance, a-t-il fait sèchement. Tu n'es plus une gamine. Et tu as dormi tout ton soûl pendant le voyage. Nous devons rendre compte à Ulia et tu auras sans doute encore du travail.

Je me suis sentie vexée, mais j'ai hoché la tête et je lui ai emboîté le pas alors que, sans même attendre ma réponse, il se dirigeait vivement vers le pont de Petra.

Je comprenais l'urgence de la situation et je voyais bien que ce n'était pas le moment de relâcher nos efforts si nous voulions que le succès de la rébellion des Damnés ne se transforme pas en fiasco complet dans un proche avenir, mais je commençais à me demander si toute vie privée ne me serait pas désormais impossible. J'avais l'impression qu'on me demandait, qu'on me *commandait*, plus exactement, de renoncer à ma propre vie…

Cette vie, cependant, qu'avait-elle été avant l'insurrection des Damnés? Celle d'un animal domestique. Et encore… Ce n'était qu'avec les Boleshs que j'avais commencé à exister en tant que personne. S'il était quelqu'un à qui j'étais redevable de tout, c'était Ulia. La chose était vraie aussi pour Tcherny. Si Ulia avait besoin de nous, nous devions être là. Tcherny serait certainement de mon avis. Et puis, peut-être serions-nous affectés ensemble à une prochaine mission.

L'inflexibilité de Sverdi, comme celle de Dzerji et de la plupart des Boleshs, avait un avantage : elle permettait d'agir sans perdre de temps avec l'analyse des sentiments, laquelle, en fin de compte, conduisait plus ou moins à une conclusion identique : je devais suivre Ulia. Le suivre avec Tcherny. Ainsi, tout serait en ordre.

Douz sur les talons, nous nous sommes hâtés vers Somolny. Sverdi nous avait rendu nos brassards rouges, qu'il avait conservés avec lui et qui, à Petra au moins, étaient un gage de sécurité. De nombreux groupes erraient dans les rues, armés jusqu'aux dents, bien souvent arrogants et agressifs. J'ai remarqué que personne ne se promenait seul. La nuit commençait à tomber lorsque nous sommes arrivés à l'ancien couvent.

Nous avons eu du mal à y pénétrer. De nombreux Damnés en armes se tenaient à toutes les issues et contrôlaient chaque arrivant, ainsi que chaque sortant. La tension était palpable et j'ai vu un vieux Damné habillé comme un paysan se faire jeter à terre et rouer de coups parce qu'il voulait absolument se rendre au Conseil des Damnés de Vermillon.

Sverdi s'est adressé à un des gardes, une brute corpulente qui avait l'accent de Siwr. Celui-ci lui a répondu avec brusquerie que plus personne ne pouvait entrer à Somolny sans une autorisation écrite d'Ulia ou de ses adjoints.

Le vieillard, se relevant alors, s'est écrié avec rage :

— Ulia nous trahit! Ulia nous trahit tous! Je ne peux pas rencontrer le conseil parce qu'il n'y a plus de conseil. Ulia l'a dissous! Les représentants des Damnés ont été renvoyés chez eux, et ceux qui n'ont pas voulu partir se sont retrouvés à la Mygale!

Le garde s'est avancé et lui a allongé un violent coup de pied. Le vieux a de nouveau roulé sur le sol, où il est resté immobile, inconscient peut-être. Agacé, Sverdi a détourné les yeux et s'est remis en marche pour entrer dans le bâtiment. Deux autres gardes ont pointé leur lance vers lui et le gros, faisant demi-tour, l'a apostrophé sur un ton plein de hargne :

— Hé, toi! Tu n'as pas compris ce que je viens de dire?

— Rengaine ton arme et cesse de dire des bêtises, a laissé tomber Sverdi d'une voix sifflante.

Un autre groupe de soldats, qui avait observé la scène de loin, s'est alors approché au pas de course. C'étaient des vétérans. J'ai même cru en reconnaître un qui avait participé à la prise du palais d'hiver avec Tcherny et moi.

— Calme-toi, compagnon, a fait celui-ci. Sverdi est le lieutenant d'Ulia et tu ferais mieux de ne pas lui manquer de respect.

— S'il est si proche d'Ulia que tu le dis, comment se fait-il qu'il ne connaisse pas les ordres?

— Il était absent de Petra lors des événements, a repris l'autre. Laisse-le passer, Ulia l'attend.

Sverdi a dévisagé le soldat pendant un court instant, étonné, puis il a demandé :

— De quels événements parles-tu?

— On a tué Uris. C'est encore un coup des Meneshs. Ils ont également tenté un coup de force contre nous à Mossburg, et ils ont failli réussir. C'est la guerre. La guerre civile.

J'avais entendu parler d'Uris. C'était un ami d'Ulia et il travaillait sous la direction de Dzerji, dirigeant d'une main de fer la section du Glaive de Petra. Les Meneshs étaient-ils devenus fous?

J'étais abasourdie. Boleshs et Meneshs s'opposaient sur de nombreux points depuis longtemps, mais des points négligeables, me semblait-il. Les uns comme les autres poursuivaient le même but, avaient usé des mêmes méthodes, avaient subi les mêmes violences de la part du pouvoir impérial et partagé les mêmes cachots.

Dès lors – pourquoi, alors même que les troupes de Koltcho s'étaient imposées dans la plus grande partie de Siwr, alors qu'à Petra ou à Mossburg d'anciens fidèles de l'empereur, muselés pour l'instant, n'attendaient sans doute qu'une occasion comme celle-ci pour reprendre les armes, alors que les armées de Willem, en dépit des promesses de paix, continuaient leur avancée dans les Marches de l'Ouest en direction de Petra –, pourquoi nous battions-nous entre nous, en dépit de tout bon sens?

Sverdi ne se posait sans doute pas la question. Il était bolesh depuis le début, et tout ce qui ne l'était pas lui était étranger. Ce que je comprenais moins, c'était le comportement d'Ulia lui-même. Si des Boleshs comme Sverdi ou Dzerji suivaient aveuglément ses décisions, Ulia, lui, ne suivait personne. Il était un tacticien redoutable et ses plans étaient minutieusement calculés. Quel jeu étrange était donc le sien?

Son pouvoir était fragile et je comprenais la plupart de ses mesures, qui étaient en apparente contradiction avec ses propres discours mais certainement transitoires. Cependant, pourquoi persistait-il à user ses forces pour détruire ou pour emprisonner des alliés potentiels ayant le même objectif que lui plutôt qu'essayer de les convaincre, ce pour quoi il s'était toujours montré redoutablement efficace?

Dans le fond, je me félicitais d'avoir suivi Sverdi à Somolny. Cette fois, je verrais Ulia et je saurais enfin.

Sverdi connaissait les lieux mieux que moi – et il y était également connu de presque tout le monde. Il se dirigeait d'un pas assuré dans les interminables couloirs et, chaque fois qu'un garde ou une escouade s'interposait, il l'écartait d'un geste en s'identifiant.

Des noms, un peu partout, avaient fleuri sur les portes. J'en connaissais la plupart. Tous les proches d'Ulia disposaient à présent d'un bureau personnel qui abritait le ministère dont ils étaient chargés. Malgré l'allure que nous imposait Sverdi, j'ai pu noter que deux noms manquaient : celui de Kollona et celui de Dzerji. J'ignorais cependant ce que cela pouvait signifier.

Nous sommes enfin arrivés devant le bureau d'Ulia. Sverdi a frappé trois coups vifs et est entré sans attendre la réponse. Sans doute avait-il le droit de la faire… Je l'ai suivi, mais Douz est resté dans le couloir.

Ulia a relevé le nez sans manifester le moindre étonnement. Il était en train d'examiner un long document qu'il annotait, en compagnie de Nadja. Il a regardé Sverdi sans ciller.

— C'est fait, a simplement laissé tomber celui-ci après un bref silence.

— Bien, a répliqué sèchement Ulia.

Puis il s'est tu et il a fixé ses yeux sur un point imaginaire, quelque part au milieu de la pièce, le visage immobile et tendu, avant de reprendre :

— On m'a informé de la prise de Tobol et d'Ekateri par Koltcho. Nous sommes cernés de toute part, et l'ennemi nous guette même de l'intérieur. Je ne souhaite pas l'escalade de la violence, mais nous y sommes acculés. L'assassinat d'Uris est la preuve que nous avons été trop cléments. Il est hors de question que cela se reproduise. J'ai donc demandé à Dzerji de faire preuve de la plus grande rigueur envers tous ceux qui tentent de détruire ce que nous avons mis tant d'années à essayer de construire, quels qu'ils soient.

— Les Meneshs?

— Je ne sais pas, a répondu Ulia d'une voix hésitante. Nous avons arrêté le meurtrier. C'est un illuminé du Bund. Il a avoué avoir tué par haine mais Dzerji n'a rien pu en tirer d'autre. Son frère a été exécuté, ce n'est peut-être qu'un acte désespéré.

— Impossible! Les Meneshs sont derrière tout ça, j'en suis certain, a assuré Sverdi.

— Nous n'avons aucune preuve…

— Nous en fabriquerons, Ulia. L'occasion est trop belle pour que nous n'en profitions pas.

Ulia a alors semblé s'apercevoir de ma présence et il a froncé les sourcils.

— Garance est sûre, a commenté Sverdi avec un aplomb qui m'a étonnée. Elle est avec nous. Elle l'a prouvé.

Ulia a hoché la tête et m'a légèrement souri. Je me suis sentie envahie par une immense fierté et j'ai rougi jusqu'à la racine des cheveux. On m'avait si peu fait de compliments au cours de ma vie que je n'arrivais pas à y croire. Par manque d'habitude, j'ignorais encore, à l'époque, que ce genre d'éloge, même mérité, ne servait la plupart du temps qu'à asservir davantage son destinataire. La flatterie et la naïveté font les bons chiens dociles...

— Tu as sans doute raison, a conclu Ulia en reprenant le document qu'il avait repoussé sur sa table – ce qui signifiait que l'entretien était terminé. Peux-tu régler cette affaire?

— Ce sera fait.

Alors que nous sortions, Ulia, sans même relever la tête, a lancé négligemment :

— Dzerji n'est plus ici. Vous le trouverez à la Mygale.

La Mygale? J'ai sursauté, mais Sverdi ne s'est pas troublé.

— Allons-y, a-t-il dit froidement.

Ce n'est qu'une fois rendue dans le couloir que je me suis rendu compte que je n'avais pas prononcé le moindre mot. Ulia, je crois bien, ne connaissait même pas le son de ma voix! Mais il était trop tard. Déjà Sverdi m'entraînait dans les couloirs.

J'étais furieuse contre moi-même. Comment, après avoir échappé aux tortures infligées par Efi Novykh, après avoir survécu au bagne dans les régions les plus inhospitalières de Siwr, après avoir pris le palais d'hiver et tué de mes propres mains la femme et les filles de l'empereur de Vermillon, pouvais-je encore me montrer impressionnée par un homme au point de ne pouvoir lui poser la moindre question?

J'étais prise dans cette impitoyable machine de guerre qui ne me laissait plus le loisir de penser, de m'exprimer, et, même si je ne remettais pas en cause la justesse de notre combat, les actes en eux-mêmes que je devais commettre commençaient à me donner la nausée.

Bien sûr, on ne pouvait combattre la violence que par la violence, la trahison par la trahison et la terreur par la terreur, mais, en agissant ainsi, j'avais l'impression d'endosser peu à peu la peau de mon pire ennemi, de lui ressembler jusqu'à me confondre avec lui...

TREIZE

— Nous sommes trop tendres envers les Meneshs, disait Dzerji d'une voix monocorde. Spiridova est intenable. Il est temps de l'arrêter.

Dans ce bureau où la chaleur du soleil, même en cette fin d'été, n'entrait jamais, Dzerji semblait tapi comme une araignée au fond de son piège. Une minuscule fenêtre donnait sur le fleuve et, au-delà, sur le palais d'hiver, mais Dzerji s'était installé de façon à lui tourner le dos. Rien ne devait le détourner de sa mission.

Tcherny m'avait raconté une fois qu'il avait vu, à plusieurs reprises, Dzerji jouer sur une place publique avec de petits enfants. Il avait presque l'air heureux, dans ces moments-là, riant et caressant les têtes minuscules, comme s'il venait de basculer dans un autre monde. Tcherny en avait été stupéfait car peu de gens pouvaient se vanter d'avoir vu sourire l'homme au cœur de colombe. Se livrait-il encore à ces badinages innocents, alors qu'il était capable d'ordonner sans sourciller des dizaines, des centaines d'exécutions?

Ces petites manies de certains Boleshs me revenaient
à présent. Dzerji et ses jeux avec les enfants, Terzio et
son constant souci d'élégance, Ulia et son goût pour la
musique et les langues anciennes, qu'il étudiait pour
se distraire. Combien les Boleshs d'authentique origine damnée, comme Djouga ou Dybko, détonnaient
au milieu de ces intellectuels délicats!

Ulia, que rien ne semblait pouvoir distraire de son
travail incessant, trouvait parfois le temps de discuter avec les Damnés les plus humbles. Homme
issu d'une famille aisée qui avait prospéré à l'ombre
du pouvoir de Roman, il n'avait jamais côtoyé, dans
sa jeunesse, les Damnés auxquels il allait par la suite
consacrer sa vie. Tout comme Terzio, Kollona ou
Dzerji, il venait d'un autre monde et n'avait des réali-
tés du peuple de Vermillon qu'une connaissance toute
théorique.

Kollona, elle, avait cependant aboli la distance en
se rendant personnellement dans les filatures ou les
forges, où elle avait travaillé aux côtés des Damnés – ce
qu'elle n'avait jamais cessé de faire, d'ailleurs. Malgré
l'élégance héritée de sa caste, elle agissait davantage
qu'elle ne parlait.

Ulia, pour sa part, par l'entremise de Nadja, avait tout
de même eu la curiosité de rencontrer des Damnés de
Vibor et de discuter avec eux. Nadja les introduisait
discrètement dans son bureau et il les interrogeait sur
leur vie, leurs habitudes, leurs espoirs.

Jamais Terzio ni Dzerji n'avaient tenté cette expérience. Pour eux, il s'agissait de détails tenant de
l'anecdote et, dans le fond, ils n'étaient guère connus
en dehors de Petra. Terzio, pourtant, lorsqu'il était

confronté à des personnes en chair et en os, devenait tout à coup profondément humain.

Aujourd'hui, cependant, l'instabilité de la situation et la tension extrême qui régnaient à Petra et dans tout l'empire ne permettaient plus ce genre de fantaisie, et aucun Damné ne franchissait plus la porte d'Ulia. Ulia gérait un système et des chiffres, il organisait, planifiait, dirigeait, mais il le faisait dans une sorte de solitude physique, retranché dans sa petite pièce au cœur de Somolny, où il ne dormait et ne mangeait presque jamais.

Dzerji n'avait pas jugé bon d'introduire une dimension humaine dans ses considérations ou dans ses convictions. Ses décisions lui étaient dictées par une logique de système, et les êtres vivants qu'elles concernaient n'entraient pas en ligne de compte.

« La communauté seule existe, avait-il proclamé un jour, les individus ne comptent que pour une part minime. »

La « tendresse » envers les Meneshs qu'il venait d'évoquer était un lugubre euphémisme. De nombreux Meneshs se trouvaient en ce moment même enfermés sous nos pieds, dans les innombrables cachots de la Mygale.

L'idée de l'arrestation de Spiridova, cependant, me gênait. Bien sûr, elle ne se privait pas de critiquer Ulia en public et risquait, en agissant ainsi, de fragiliser notre position, mais elle était aussi une héroïne qui avait montré un courage exceptionnel, et de nombreux Damnés, pas seulement des Meneshs, la suivaient aveuglément. De plus, j'avais pour elle une immense admiration.

LAURENT CHABIN

Je ne pouvais pas mentionner ce dernier argument à Dzerji ou à Sverdi, qui ne l'auraient pas compris, mais j'ai tout de même essayé de prendre la défense de Spiridova, faisant valoir que son arrestation causerait sans doute plus d'inconvénients que d'avantages.

— Est-ce qu'on ne pourrait pas plutôt tenter de la convaincre? ai-je demandé.

Dzerji m'a dévisagée d'un œil froid, mais Sverdi s'est tout d'un coup retourné vers moi, affichant la plus grande surprise.

— Qu'est-ce qui t'arrive, Garance? a-t-il demandé. Tu perds l'esprit! Spiridova est une tête brûlée, elle n'acceptera jamais le moindre compromis. La laisser en liberté nous conduirait à la ruine.

— Il y a plus urgent, ai-je objecté. Les troupes de Koltcho occupent maintenant l'ouest de la Barrière de l'Ours, et Kornos nous a échappé lorsque nous avons arrêté son armée avant qu'il ne prenne Petra. Il a rejoint le sud et la plupart des Atamans hostiles aux Boleshs le suivront. À l'ouest, c'est l'empereur de Willem qui nous menace toujours puisque la paix n'est pas encore signée. Nous sommes encerclés. Quant aux anciens officiers de Roman, ils ne sont pas tous morts et ils ont encore des partisans parmi les nantis. Au moindre signe de faiblesse, ils reprendront le combat et entraîneront tous les mécontents avec eux. Est-ce vraiment le moment de nous en prendre à ceux qui restent malgré tout nos plus proches alliés?

Dzerji, impassible, semblait méditer mes paroles, mais Sverdi me regardait comme si j'étais devenue folle. Je l'ai vu se crisper. Il était affreusement nerveux.

— Tu ne comprends donc pas que nous serons les prochains! a-t-il craché. Nous sommes sur la corde raide, le moindre faux pas, la moindre faiblesse précipitera notre chute. Les Damnés se mobiliseront avec nous contre l'ennemi extérieur. Ce n'est pas de là que vient le pire danger, mais de ces traîtres qui nous poignardent dans le dos. Si jamais Kornos ou Koltcho arrivent ici un jour, c'est sur nos cadavres qu'ils tomberont, à cause de gens comme Spiridova.

Je ne savais quoi répondre. Tout à coup, j'ai vu Dzerji griffonner quelque chose sur un morceau de papier, qu'il a glissé dans un tiroir d'un geste lent. J'ai frémi. Je me suis rappelé un détail que m'avait signalé Tcherny lors de nos retrouvailles au Conseil des Damnés de Vibor : malgré sa mémoire phénoménale, Dzerji avait l'habitude de noter et d'archiver tout détail dont il souhaitait se souvenir à propos d'une personne, et qu'il pensait pouvoir lui être utile un jour.

Était-ce à mon propos qu'il venait d'écrire quelque chose? Était-il déjà en train de me classer parmi les déviants à surveiller? J'ai senti la sueur couler dans mon dos. J'ai essayé de ne pas laisser paraître mon trouble, mais je savais que c'était peine perdue : si Dzerji n'éprouvait aucun sentiment, il était parfaitement capable de percevoir ceux des autres.

Je n'avais aucune aide à attendre de Sverdi, que j'avais déjà vu à l'œuvre. Quant à Douz, mon « fidèle » garde du corps, je supposais que sa fidélité durerait aussi longtemps que j'afficherais la mienne envers Ulia. Au-delà, je n'étais sûre de rien. Si j'avais à espérer une protection, celle-ci ne pouvait provenir que d'Ulia lui-même.

La présence des Meneshs emprisonnés, plusieurs étages en dessous de nous, était un rappel à l'ordre sans équivoque : qui n'était pas avec lui était contre lui. Peut-être Spiridova avait-elle tort, dans le fond, de s'opposer à sa politique alors que nous étions menacés de toute part. Plus tard, quand la guerre civile serait terminée et notre position sécurisée, les discussions pourraient reprendre et Spiridova pourrait faire valoir son point de vue comme elle l'avait toujours fait.

— Je comprends, ai-je donc finalement murmuré en baissant la tête. Mais la situation est tellement complexe...

Il m'a semblé que Dzerji ébauchait un vague sourire.

— Je savais bien que nous pouvions compter sur toi, a dit Sverdi en posant sa main sur mon épaule. Tu es forte et intelligente, Garance. Tu ne nous feras pas défaut, je le sens.

Dzerji a hoché la tête et a retrouvé son masque d'impassibilité. Je me suis sentie soulagée, mais, en même temps, je ne pouvais m'empêcher de penser au double sens que recélaient les paroles de Sverdi.

Il m'avait habilement flattée en évoquant l'intelligence et la force qu'il me prêtait, mais, au bout du compte, il avait conclu d'une façon qui, même si elle pouvait passer pour anodine, signifiait en fait que je serais toujours un instrument docile.

Je détestais au plus haut point cette idée – je faisais ce qu'on me demandait parce que je croyais que c'était juste, non par esprit d'obéissance – mais je me suis bien gardée de l'exprimer à voix haute.

— Revenons à Spiridova, a repris Sverdi. Il faut envoyer quelqu'un à Mossburg pour la neutraliser. Les

Meneshs ont encore trop d'influence dans la ville et, tant que celle-ci ne se sera pas rendue, notre situation sera précaire. Je propose que...

— C'est inutile, a coupé Dzerji. Tu n'as pas pu être informé parce que tu te trouvais à Ekateri, mais Ulia a pris la décision il y a quelques jours. Aussitôt que j'aurai désigné un successeur à Uris pour diriger la section du Glaive de Petra, nous partirons pour Mossburg. Mossburg sera notre capitale. Sa position est avantageuse, d'un point de vue stratégique. Qui contrôle la ville contrôle tout l'ouest de Vermillon.

Sverdi n'a rien répliqué. Pour ma part, il m'a semblé que cette décision me laissait un bref sursis et je me suis dit que je pourrais en profiter pour revoir Tcherny, et peut-être aussi Kollona. Je me suis enhardie :

— Est-ce que j'aurai le temps de repasser à Vibor?

— Tu aimerais revoir tes amis, n'est-ce pas? a demandé Dzerji d'une voix presque douce.

J'ai revu, l'espace d'un instant, l'image qu'avait évoquée Tcherny de Dzerji jouant avec des enfants sous les arbres, et je me suis sentie plus légère, sans me rendre compte qu'il venait de pénétrer ma pensée.

— Reviens ici avant trois jours, a-t-il poursuivi avant que j'aie eu le temps de répondre. Tu as mérité un peu de repos.

Dzerji s'est levé et s'est dirigé vers la porte, qu'il a ouverte. Comme à son habitude, Douz attendait dans le couloir, nonchalamment adossé au mur.

— Tu emmèneras Douz avec toi, a repris Dzerji. Avec la confusion qui règne à Petra ces temps-ci, les rues ne sont plus sûres.

Je l'ai remercié, j'ai salué Sverdi et, le cœur en fête, je me suis hâtée vers la sortie, heureuse de quitter ce lieu qui me rappelait trop de mauvais souvenirs. Douz a échangé quelques mots avec Dzerji, puis il m'a rejointe et nous n'avons pas tardé à nous retrouver au bord du fleuve.

Les rues, aux alentours de Somolny, étaient relativement calmes. Il faut dire que les patrouilles des Escadrons rouges – celles qui assuraient la sécurité de l'état-major des Boleshs – étaient extrêmement présentes et que la moindre tentative de violence ou de pillage se serait soldée par un bain de sang.

Du côté de Vibor, l'atmosphère était un peu différente. Le quartier de Vibor était depuis longtemps organisé sous la houlette de son conseil de Damnés et les débordements y étaient rares.

Cependant, l'ordre n'y était pas tant maintenu par des patrouilles envoyées depuis Petra que par les habitants eux-mêmes, Damnés travaillant dans les filatures, les forges ou les mines, et qui avaient organisé une sorte de service civique remarquablement efficace. Même si la présence de Douz ne me gênait pas, je me disais que les craintes de Dzerji étaient peut-être un peu exagérées.

Nous nous dirigions vers le siège du Conseil des Damnés de Vibor, où je pensais rencontrer Tcherny ou quelqu'un susceptible de m'indiquer où le trouver. Cela faisait presque deux mois maintenant que je ne l'avais pas vu, et j'imaginais avec angoisse qu'il m'avait cherchée partout sans succès. Il avait dû se ronger les sangs...

Cependant, je déduisais de la réaction de Dzerji – qui ne pouvait pas ignorer quels « amis » je souhaitais revoir – qu'on l'avait informé de mon retour et qu'il m'attendait à Vibor.

La nuit allait bientôt tomber. Tout en marchant, respirant avec plaisir l'air de Vibor malgré la poussière âcre dont il était imprégné, je me rendais néanmoins compte, au fur et à mesure que je m'enfonçais dans ce quartier que je connaissais si bien, que le calme des rues, qui m'avait frappée après le passage du pont, avait quelque chose d'artificiel qui n'était pas sans m'inquiéter.

S'il y avait peu de mouvement dans Vibor, ce n'était pas tant à cause de la tranquillité de ses habitants qu'à cause de la méfiance ou de la peur qui semblait les posséder. Silhouettes furtives et pressées, les passants baissaient les yeux et marchaient rapidement sans se laisser distraire. Les rares personnes que nous croisions rasaient les murs ou disparaissaient comme par enchantement sous des porches ou dans des encoignures.

L'ambiance me rappelait celle que j'avais connue lorsque j'étais venue ici pour la première fois. La présence de Douz, me semblait-il soudain, me paraissait provoquer une sorte de retenue dans l'allure. C'était d'autant plus étrange que Vibor avait toujours été le cœur de la rébellion, c'était à partir de là que s'était répandu le mouvement qui avait balayé Vermillon et chassé l'empereur. Que s'y passait-il aujourd'hui?

Je me souvenais du vieux qui, le matin même, avait été battu par un garde après avoir accusé Ulia d'avoir dissous le Conseil des Damnés de Vermillon. Avait-il dit vrai? Et, dans l'affirmative, le conseil de Vibor avait-il disparu lui aussi? Le doute commençait à me gagner.

Lorsque nous sommes enfin arrivés aux portes de l'ancienne filature qui abritait le conseil, toute ma joie de revoir Vibor était retombée pour faire place à une humeur maussade et inquiète.

Par contraste avec l'abattement qui régnait dans les rues, le bâtiment était très animé. Le conseil avait l'air d'être encore en fonction. J'ai retrouvé un peu d'allant, me disant que, peut-être, les nouvelles en provenance de l'est étaient la cause du malaise général.

Douz sur les talons, je me suis rapidement dirigée vers la grande salle où se réunissaient habituellement les Damnés pour délibérer. La salle était pleine et, si je n'y ai pas vu Tcherny, j'ai au moins retrouvé ma bonne humeur en apercevant Kollona et Gavril, entourés de nombreux Damnés avec qui ils discutaient avec fièvre.

Tout à coup, Kollona s'est rendu compte de ma présence et elle s'est tue, surprise. Les autres se sont retournés vers moi. Kollona était toujours aussi belle, mais la fatigue se lisait sur ses traits tirés. Elle me regardait comme si je venais de sortir d'une cruche de madogue. Avais-je donc changé à ce point en aussi peu de temps?

Très vite, cependant, elle m'a reconnue et elle m'a souri. J'ai eu l'impression que mon arrivée venait de donner à tous l'occasion d'interrompre une séance qui devait durer depuis trop longtemps déjà.

Kollona s'est levée et est venue à ma rencontre pendant que Gavril fourrait hâtivement quelques papiers dans une sacoche de cuir. Elle m'a prise dans ses bras et m'a longuement serrée contre elle. Curieusement, ce qui m'a le plus frappée à ce moment-là, c'était qu'elle dégageait une odeur de sueur aigre! Depuis combien de temps la belle princesse n'était-elle pas sortie de cette pièce pour aller prendre l'air ou un bain?

— Viens-tu de Somolny? m'a-t-elle demandé après cette longue effusion.

— Oui, mais j'ai fait un long voyage et je suis épuisée.

— Nous te trouverons un endroit où tu puisses te reposer.

— C'est nerveusement que je suis fatiguée, Kollona. Je n'ai pas besoin de dormir. J'ai besoin de réfléchir, de respirer.

— Viens.

Elle m'a prise par la main et m'a entraînée vers le fond de la salle, où une porte s'ouvrait discrètement sur une petite pièce sans fenêtre. Aussitôt seule, je me suis laissée aller contre elle et, tout à coup, j'ai éclaté en sanglots. J'ai enfoui mon visage sur son épaule et je suis longtemps restée ainsi, mouillant ses vêtements, tandis qu'elle me caressait doucement le dos.

C'est seulement à présent que je me rendais compte que, depuis des semaines, je n'avais approché les gens que pour les voir mourir, je ne les avais touchés que pour les tuer. La présence si proche et si chaleureuse de Kollona, avec qui j'avais vécu des expériences si intenses, venait de briser la carapace que j'avais dû construire autour de moi pour pouvoir effectuer ma mission.

Lorsque j'ai enfin repris le contrôle de moi-même, je lui ai brièvement raconté mon voyage à Ekateri, sans minimiser la part que j'y avais prise.

— Je comprends, a-t-elle murmuré tout en passant la main dans mes cheveux. Ce n'est pas facile, je sais.

Mais pour construire, il faut d'abord détruire. Pour cela, nous sommes amenés à faire des choses épouvantables. Pourtant, ces choses doivent être faites, sinon notre lutte n'aura servi à rien.

— As-tu déjà tué, Kollona?

Elle a soupiré.

— Non, jamais, a-t-elle avoué. Mon travail est d'un autre ordre. Information, organisation, éducation. Vigilance…

— C'est la partie noble de notre combat, ai-je laissé tomber en secouant la tête. Le bon côté. Moi, je suis devenue une tueuse…

— Ce n'est pas le geste qui compte, Garance, mais sa finalité. Je comprends pourtant tes sentiments. Si tu veux, tu peux rester ici quelque temps et travailler avec nous.

— Je te remercie, mais ce ne sera pas possible. Dzerji veut me revoir dans trois jours à Petra. Et puis, ce que je souhaite le plus au monde, en ce moment, c'est retrouver Tcherny.

Kollona s'est dégagée et légèrement écartée de moi. Elle m'a considérée d'un air grave, silencieuse.

— Sais-tu où il se trouve?

Elle est restée muette. Ma question semblait l'embarrasser. Voulait-elle me cacher quelque chose?

— Kollona, ai-je repris d'une voix troublée. Où est Tcherny?

— Je pensais que tu le savais, a-t-elle enfin répondu.

— Je ne sais rien. Je viens de rentrer d'Ekateri, je te l'ai dit. Je n'ai eu aucune nouvelle de lui depuis mon départ de Vibor, quand je l'ai laissé ici même avec toi et Gavril.

Kollona a baissé les yeux.

— Je n'en sais pas plus que toi, a-t-elle bredouillé. Il est parti depuis plus de quinze jours et, depuis, il n'a donné aucun signe de vie.

— Mais où est-il allé, enfin! me suis-je exclamée, soudainement hors de moi.

— À Petra, je suppose. Il voulait discuter avec Dzerji.

— Et tu n'as pas cherché à savoir où il était passé? Il travaillait avec toi, pourtant.

— J'ai essayé, Garance, mais je n'ai rien pu savoir. J'ai cru comprendre qu'il était parti en mission, comme toi. Tu sais bien que dans ces cas-là, c'est comme si on disparaissait.

— J'aimerais que ce soit ça. Mais si c'était le cas, Dzerji ne m'aurait pas envoyée ici.

Kollona a haussé les épaules dans un geste d'impuissance. J'avais l'impression qu'elle en savait plus long qu'elle ne voulait bien me le dire, mais qu'elle ne répondrait à aucune question directe à propos de Tcherny.

— Que se passe-t-il à Petra? ai-je demandé. Est-ce vrai qu'Ulia a dissous le Conseil des Damnés de Vermillon?

— Oui, il l'a fait. Sverdi le pressait depuis longtemps. Il est vrai que ce conseil n'était plus guère utile puisque les Boleshs ont promulgué eux-mêmes les lois qu'il était censé proposer, ce qu'il tardait beaucoup trop à faire. De plus, il était encore infecté par les tendances les plus rétrogrades issues de Siwr et du sud. C'était un poids mort.

— Le conseil de Vibor est toujours là, lui.

— C'est différent. Il est utile, lui. Et puissant. Il représente ce que les Damnés ont de meilleur et comprend majoritairement les ouvriers de Putila, dont les luttes ont incendié Vermillon. Nous y faisons du bon travail. C'est ici que tout a commencé, c'est ici qu'est l'avenir…

— Kollona, ai-je coupé un peu brutalement. Pourquoi Tcherny est-il allé à Petra?

— Te chercher, sans doute. Il était inquiet. Et puis… Kollona s'est tue.

— Et puis?

— Il voulait voir Dzerji, je te l'ai dit.

J'ai perçu une sorte de désespoir dans ses yeux, et j'ai moi-même ressenti un profond malaise.

Tout à coup, elle a jeté un vif coup d'œil vers la porte et son visage s'est durci. Je me suis retournée. Douz se tenait dans l'embrasure. Il nous regardait, les yeux fixes, tout en mâchonnant des graines de tournesol. Depuis combien de temps était-il là?

— Il faut que j'y aille, a brusquement lâché Kollona. Reviens me voir quand tu veux.

« Sois prudente, Garance », a-t-elle ajouté dans un murmure grave tandis qu'elle passait près de moi.

En moins de temps qu'il n'en faut pour le dire, elle avait disparu.

QUATORZE

Le cœur lourd, j'ai quitté l'ancienne filature, qui s'était presque vidée de ses occupants. Seules quelques ombres furtives erraient encore dans les couloirs.

Au dehors, la nuit était tombée et les rues de Vibor étaient plongées dans une obscurité que tempéraient à grand-peine la lune et quelques étoiles, dont la lumière avait du mal à traverser le perpétuel nuage de poussière qui planait sur la ville.

Avant de disparaître, Kollona m'avait discrètement recommandé la prudence. Qu'avait-elle voulu dire au juste? Simple expression conventionnelle, ou véritable mise en garde? Mais contre quoi?

J'étais perplexe. Elle me dissimulait quelque chose, c'était indéniable. Mais pour quelle raison? Je pensais cependant que, très sincèrement, elle ignorait où était passé Tcherny. C'était autre chose qu'elle voulait me cacher. Comme si elle voulait me protéger. Mais de qui? De Dzerji? Ou bien de Tcherny lui-même?…

Le doute me rongeait à ce point que j'en venais à me demander si ce n'était pas effectivement Tcherny qui, de son propre chef, ne voulait plus me voir, ce que

Kollona n'osait m'avouer. Le sang versé lui répugnait, je le savais. Et j'en avais plein les mains... Mais comment, dans ce cas, avait-il pu le savoir?

Non, c'était impossible. J'entrevoyais une autre solution. Kollona avait peur. Je ne savais pas exactement en quoi consistait son « travail » au sein du Conseil des Damnés de Vibor, mais j'avais l'impression que celui-ci n'était peut-être pas du goût d'Ulia. Se méfiait-elle donc de moi? Craignait-elle que j'aille la dénoncer à Dzerji?

Le fait est que, à mon arrivée dans la grande salle, le silence était tombé brusquement. Et Gavril avait bien rapidement rangé – ou fait disparaître – des documents. J'avais senti, de nouveau, cette atmosphère de conspiration qui m'avait déjà frappée lors de ma visite précédente, la veille de mon départ pour Ekateri.

J'avançais lentement dans les rues, au hasard, ne sachant où aller. Douz me suivait comme une ombre mais il n'osait pas me parler. Comment allais-je retrouver la trace de Tcherny? Je commençais à me rendre compte qu'aucun Bolesh, même parmi mes amis, ne me serait du moindre secours. L'amitié, pour les Boleshs, passait après le reste. Après les mots d'ordre... Je me sentais seule, désespérément seule...

Tout à coup, je me suis rendu compte que mes pas – inconsciemment? – m'avaient menée à une rue familière. Celle où habitaient Varna et Valenko. Varna! Comment n'y avais-je pas pensé plus tôt?

Varna était une fille de la terre, comme moi. Elle n'avait jamais eu le temps de lire ou de penser, dans la misère où elle était née et qui ne l'avait jamais quittée. Varna était de mon monde. Si elle savait quelque chose, elle me le dirait.

Tcherny avait développé une longue amitié avec elle et Valenko. Authentiques Damnés, nous avions traversé ensemble de terribles épreuves, en nous soutenant mutuellement et sans jamais nous trahir. Elle m'avait ramassée dans la rue, j'avais vu mourir un de ses enfants, j'avais tout partagé avec elle. Varna n'était pas une doctrinaire mais une personne de cœur.

Il était tard, cependant, et j'hésitais à la déranger. Mais mon désir de savoir ce qu'était devenu Tcherny était trop puissant. Je ne pouvais pas attendre. Elle comprendrait.

Le seul problème était que je me voyais mal débarquer chez elle à une heure pareille flanquée d'un grand marin armé jusqu'aux dents. Varna et Valenko avaient longtemps vécu, à l'époque de leur action clandestine, dans la terreur de voir apparaître en pleine nuit une figure de ce genre à leur porte. Et puis, un peu d'intimité me semblait nécessaire.

Je me suis arrêtée et me suis retournée vers mon ange gardien.

— Douz, je ne veux pas être un poids pour toi et t'obliger à errer toute la nuit dans les rues. Celles-ci sont sûres et je ne crois pas que Dzerji t'en voudra si tu vas te reposer un peu. J'ai envie de voir une vieille amie, près d'ici, et je ne veux pas t'ennuyer avec des histoires de femmes. Pourquoi ne rentres-tu pas au siège du conseil? Tu y trouveras à manger et un endroit pour dormir. Je t'y retrouverai demain matin.

Douz a semblé un peu étonné par ma demande, puis il m'a souri.

— J'irai où tu voudras, Garance. Je comprends que tu aies envie de revoir cette amie et Dzerji n'en fera pas une maladie. J'ai besoin de repos, moi aussi. À demain.

Douz a tourné les talons et est reparti de son pas lent et tranquille vers l'ancienne filature. La rue était déserte. Je l'ai suivi du regard un long moment, puis j'ai fait volte-face et je me suis rendue jusqu'au domicile de Varna, à une centaine de pas plus loin.

La porte était en piteux état et l'escalier toujours aussi branlant et ténébreux, mais je l'avais gravi tant de fois que j'aurais pu le faire les yeux fermés. Le bâtiment était silencieux. Je suis montée jusqu'à l'appartement de Varna et j'ai doucement frappé à la porte.

J'ai attendu un long moment, hésitant sur la conduite à adopter, avant d'entendre une voix, assourdie par la porte, demander timidement qui était là. Une voix cassée, altérée par la peur, mais la voix de Varna, reconnaissable.

— C'est moi, Garance. Ouvre, Varna.

Le silence s'est fait de l'autre côté de la porte. Varna avait parfaitement reconnu ma voix, j'en étais certaine, mais elle semblait hésiter. Pourquoi?

— Varna, ai-je chuchoté, que se passe-t-il? De quoi as-tu peur?

De nouveau, le silence. Puis elle a demandé :

— Es-tu seule?

— Oui, n'aie crainte.

Enfin, j'ai entendu le bruit du verrou intérieur et la porte s'est entrouverte. Le visage de Varna, ravagé par la peur, est apparu dans l'embrasure. Elle tenait un long couteau à la main. J'ai essayé de lui sourire, mais j'étais de plus en plus désorientée et c'est un visage torturé par l'inquiétude que je lui ai montré à mon tour. Varna a tendu l'oreille vers l'escalier, a essayé de voir par-dessus mon épaule, et elle m'a enfin laissée entrer.

Elle était seule dans l'étroite habitation. Je me souvenais à présent que je n'avais pas vu Valenko à l'ancienne filature. Varna reculait au fur et à mesure que j'avançais, sans lâcher son couteau. J'ai fermé la porte derrière moi et ai remis le verrou en place. Varna a semblé se détendre légèrement.

— Qu'est-il arrivé? ai-je prononcé à voix basse, comme si je risquais de réveiller quelqu'un. Où est Valenko?

— Il a disparu. Emmené par les Escadrons rouges, je crois. Ceux de Petra. La terreur est revenue, Garance. Les Boleshs sont devenus fous, je n'ose plus sortir.

Elle a hésité un instant, puis elle a ajouté :

— Mais tu es avec eux, n'est-ce pas?

J'ai tendu la main vers elle pour la rassurer, mais elle a eu un mouvement de recul. J'ai suspendu mon geste.

— Je suis avec les Damnés, Varna. Les Boleshs aussi, à ce que je crois. Ce n'est pas facile et la terreur est partout, je le sais. Mais ce ne sont pas les Boleshs qui ont commencé. Ils ne font que se défendre.

Varna me dévisageait avec de grands yeux et ses lèvres se sont mises à trembler. Son poing droit s'est crispé sur le manche de son couteau.

— Ils se défendent contre qui, Garance? Contre ceux qui les ont naïvement portés au pouvoir, comme Valenko, et qui aujourd'hui leur demandent des comptes?

Le regard de Varna s'était durci. Je ne savais plus quoi répondre. Depuis longtemps, la situation m'échappait, je devais le reconnaître. Quel jeu les Boleshs jouaient-ils, et quel y était mon rôle exact? J'avais sincèrement cru agir pour le plus grand bien de tous, et voilà que mes amis, les uns après les autres, disparaissaient sans laisser de traces. Et ceux qui restaient se méfiaient de moi et me tournaient le dos.

— C'est sans doute une erreur, ai-je bégayé pour tenter de me justifier. C'est la confusion partout, il y a des bavures...

— Des bavures, Garance! Les anciens compagnons se font arrêter par centaines, on vient les chercher chez eux en pleine nuit et on n'entend plus parler d'eux. Tu appelles ça des bavures! Tout est soigneusement planifié. Nous sommes revenus à la pire époque de Roman et de ses pères.

J'ai baissé la tête, piteuse. J'avais été capable d'exécuter de sang-froid des êtres qui avaient opprimé les miens pendant des siècles, mais je me sentais totalement désarmée face à la juste colère de Varna.

Tout à coup, j'ai revu le regard noir et dur de Dzerji – légèrement moqueur, maintenant que j'y repensais – tandis qu'il me disait : « Tu aimerais revoir tes amis, n'est-ce pas? » Était-il possible qu'on m'ait trompée à ce point? Étais-je donc aussi naïve, aussi stupide? Et Ulia? Était-il au courant de tout ce qui se commettait en son nom? Je ne pouvais pas le croire.

Je suis demeurée un long moment sans oser relever la tête. Varna devait m'observer, à la faible lueur de la chandelle qu'elle avait dû allumer avant de m'ouvrir la porte. Pour la première fois de ma vie, je crois, j'éprouvais de la honte. Mes yeux commençaient à s'embuer. Tout à coup, j'ai senti deux larmes couler le long de mes joues.

Alors Varna a déposé son couteau, elle s'est levée et elle s'est avancée vers moi. Elle a hésité un dernier moment, puis elle m'a prise dans ses bras. La tête contre sa poitrine, pour la deuxième fois de la journée, j'ai éclaté en sanglots.

Varna ne disait rien, se contentant de me caresser doucement les cheveux. Les visions sanglantes de ces dernières semaines revenaient me hanter et se bousculaient dans ma tête. Viols, tortures, pendaisons de familles entières... Oui, ces gens-là s'étaient rendus coupables, coupables d'avoir asservi un pays et son peuple, de les avoir réduits à néant, mais qu'étions-nous en train de faire, à notre tour? Nous étions devenus comme eux...

Nous? Qui, *nous*, d'ailleurs? Le premier à m'avoir traitée comme un être humain avait été Valenko. Lui et Varna m'avaient logée, nourrie, réchauffée sans me poser la moindre question alors que je n'étais plus qu'une loque pitoyable abandonnée dans les rues. Ils m'avaient acceptée dans leur monde de misère, ils m'avaient fait rencontrer les rebelles, ils avaient donné un sens à ma vie. Si j'étais quelqu'un aujourd'hui, c'était à eux que je le devais. Comment osais-je penser *nous* en les excluant?

Lorsque Dzerji m'avait dit à son tour « Tu es des nôtres », il n'avait pas mis dans ses mots la même chaleur que Tcherny, qui m'avait accueillie à Vibor par ces mêmes paroles. En fait, il s'était assuré de faire de moi un instrument docile. Les miens, pourtant, c'étaient les Damnés. C'étaient Varna, Valenko, Tcherny...

Tcherny! La question me brûlait les lèvres. C'était pour la poser que je m'étais rendue à Vibor, mais, à présent, je redoutais d'entendre la réponse. Sans doute Varna attendait-elle que je la lui pose, d'ailleurs. Elle savait tout de nous. Tout ce que des amis peuvent savoir. Elle devait bien se douter que c'était pour lui que j'étais venue.

Au prix d'un immense effort pour que ma voix ne tremble pas trop, j'ai relevé la tête et j'ai fini par chuchoter :

— Et Tcherny?

À l'instar de Kollona, Varna n'a pas répondu tout de suite. Elle semblait hésiter. Ce manque de confiance, de nouveau… Mais pourquoi? Elle savait que Tcherny était l'homme de ma vie, elle connaissait notre histoire. Qu'allait-elle imaginer?

— Il n'est pas toujours prudent d'évoquer les disparus, Garance, a-t-elle enfin murmuré. Un mot de trop, et on disparaît à son tour…

J'avais du mal à m'expliquer cette réticence à parler de Tcherny de la part de Varna. Déjà, chez Kollona, cela m'avait paru étrange. Toutefois, à la lumière de ce que j'avais appris, je crois que je commençais enfin à comprendre.

— Tu penses que c'est Dzerji qui m'envoie, n'est-ce pas?

Varna est restée silencieuse. C'était donc ça! Son silence n'était pas un aveu d'ignorance. Elle ne cherchait qu'à protéger Tcherny. À le protéger contre moi! J'étais atterrée. Jusqu'à quel point avais-je donc perdu la confiance de celle qui m'avait pratiquement sauvé la vie?

Tout devenait clair, soudain. Tcherny n'était pas en mission, comme me l'avait suggéré Kollona – avait-elle menti délibérément ou ignorait-elle réellement le sort de Tcherny, je n'avais guère les moyens de le savoir. Il n'était pas davantage en prison, comme Valenko. Il avait fui, tout simplement. Il se cachait. Dzerji le recherchait et Varna me soupçonnait d'agir sur son ordre. D'où ces soupçons venaient-ils?

Une terrible interrogation me tourmentait. Était-ce Tcherny lui-même qui avait demandé à Varna de ne rien me dire?

Tout à coup, je me suis sentie déchirée par le chagrin. Si même Tcherny se méfiait de moi, j'avais tout perdu, je n'avais vécu pour rien. Je me suis recroquevillée aux pieds de Varna. Elle a dû sentir mon désespoir, car elle a finalement déclaré à voix basse :

— Tcherny se cache. Personne ne sait où il se trouve. Même moi, je te le jure, Garance. Et ce n'est pas par manque de confiance en moi qu'il ne m'a rien dit. Il a vu les hommes du Glaive à l'œuvre. Il sait comment ils s'y prennent pour extorquer des aveux. Même le combattant le plus courageux, le plus endurant, ne pourrait que céder à de tels traitements. Il n'a pas voulu se mettre en danger, c'est tout.

— Je le protégerai, Varna. J'en ai trop vu, j'en ai trop fait, je n'ai plus peur de rien. Il faut que je le retrouve. Je ne peux pas l'abandonner.

—Je ne peux pas t'aider, malheureusement, même si je le voudrais. Il n'a rien dit à personne.

— Mais tu as bien une idée?

Varna a secoué la tête.

— Les glaivistes sont des chiens que rien ne peut arrêter. Tcherny le sait, il sait qu'il ne peut être en sécurité nulle part. On ne veut plus avoir d'amis, quand à cause de nous ceux qui restent sont exposés aux tortures les plus affreuses.

— C'est impossible, voyons. Il a forcément laissé un indice, un signe que seuls ceux qui l'aiment seront capables d'interpréter. Fais un effort, je t'en prie. Souviens-toi. Quels ont été ses derniers mots?

— Tu n'en tireras rien, Garance, a-t-elle soupiré. Il a simplement dit qu'aucun lieu civilisé ne pourrait plus l'accueillir. Il est parti de nuit, il y a deux semaines.

Elle s'est tue, puis son visage s'est fermé. Intuitivement, j'ai compris que ma présence la gênait. Que, loin de lui apporter le moindre réconfort, elle ne pouvait qu'attirer sur elle l'attention d'un espion du Glaive.

La mort dans l'âme, je me suis levée pour partir. Varna n'a pas fait un geste pour me retenir.

J'ai ouvert la porte et j'ai commencé à descendre l'escalier à pas lents. Après quelques marches, j'ai entendu dans mon dos le bruit du verrou remis en place. Je me suis retrouvée dans les ténèbres et le silence.

La porte de la rue a émis un grincement sinistre lorsque je suis sortie. Je ne savais plus que faire, où aller. Machinalement, je me suis mise en route vers l'ancienne filature. Jamais les rues de Vibor ne m'avaient paru aussi tristes. J'ai marché longtemps, les yeux au sol, indifférente à la masse miséreuse et grise des habitations des Damnés qui m'entourait.

Je saisissais enfin pourquoi Tcherny m'avait semblé si réservé au soir de la prise du palais d'hiver; pourquoi, dans les jours qui avaient suivi, il s'était montré si soucieux, si inquiet. Ce n'était pas le manque de foi dans notre combat ni la désillusion. C'était la crainte que notre victoire ne soit dévoyée et qu'on s'en serve comme prétexte pour broyer toute opposition.

Tcherny avait senti le danger. Il l'avait montré et, à présent, il en payait le prix. Les Escadrons rouges étaient à ses trousses et...

Tout à coup, j'ai compris comment Dzerji m'avait utilisée! Comment l'idée ne m'était-elle pas venue plus tôt? C'était moi qui allais le conduire à Tcherny. Et Douz n'avait pas été affecté à ma sécurité, mais à ma surveillance!

Il avait accepté bien facilement de me laisser seule, tout à l'heure. Je m'étais laissé berner. Il avait dû très vite rebrousser chemin et, de loin, voir dans quelle maison j'étais entrée. Et Varna qui avait commis l'imprudence d'allumer une chandelle! Quelle folie!

Elle était en danger. Douz pouvait revenir d'un instant à l'autre pour l'interroger. Et quel genre d'interrogatoire...

Faisant volte-face, je suis revenue sur mes pas en courant. Au loin, j'ai cru entrevoir une haute silhouette qui disparaissait dans l'ombre. Mon cœur s'est mis à battre follement. Je suis enfin arrivée à la maison et j'ai grimpé l'escalier quatre à quatre. Hors d'haleine, je me suis trouvée devant la porte.

Mon sang s'est glacé. Celle-ci était entrouverte! Je suis restée immobile un long moment, le cœur bondissant, l'oreille aux aguets. Pas un bruit.

J'ai poussé la porte avec d'infinies précautions. La petite pièce était noyée dans les ténèbres. J'ai fait un pas, cherchant à tâtons la chandelle que Varna avait posée, après m'avoir ouvert tout à l'heure, sur un vieux meuble branlant. Je l'ai finalement trouvée.

Par chance, les allumettes se trouvaient à côté. J'ai allumé.

Varna gisait sur le plancher, baignant dans son sang, la gorge tranchée d'une oreille à l'autre.

Douz, cependant, ne l'avait pas tuée tout de suite. Il avait dû essayer de la faire parler. Et le fait de n'avoir rien su du lieu où se cachait Tcherny ne lui avait en rien épargné le traitement dont elle m'avait parlé.

Ses vêtements étaient déchirés et laissaient voir, sur la poitrine, des marques violacées et des lacérations sanglantes, mais c'était son visage qui offrait le spectacle le plus insoutenable. Il était complètement tuméfié, les dents avaient été arrachées ou brisées, et les deux yeux avaient été sortis de leur orbite selon cette technique propre aux tortionnaires de Siwr : extirpés d'un seul coup avec les pouces enfoncés près de l'arête du nez.

Une peur panique m'a submergée. Douz allait revenir! J'allais me faire éventrer comme une chienne dont on ne veut plus! Je n'ai pu réprimer ma nausée et j'ai douloureusement vomi de la bile sur le plancher, pliée en deux par des crampes interminables.

Puis je me suis ressaisie et j'ai réfléchi. J'étais à présent le seul lien entre Tcherny et Dzerji. Il était donc indispensable pour ce dernier que je reste en vie. Douz, qui m'avait certainement entendue revenir, avait dû s'embusquer non loin de là, guettant ma sortie de la maison. Il savait maintenant que j'avais percé son jeu, et son seul espoir que je le mène jusqu'à Tcherny était de me filer sans se faire repérer.

Dans un sens, j'étais donc en sécurité. Provisoirement. Jusqu'à ce qu'il nous tienne tous les deux entre ses mains…

En attendant, j'étais redevenue ce que j'avais toujours été : un gibier. Mais pas un gibier sans défense.

Jamais ma haine n'avait été si forte...

QUINZE

Alors a commencé un épuisant jeu du chat et de la souris. Un jeu sinistre. J'ai erré pendant deux jours dans les rues de Vibor, évitant de me montrer avec d'anciens compagnons pour ne pas leur attirer des ennuis. Varna avait raison : si tout ce que je pouvais apporter à mes amis était, comme cela avait été le cas pour elle, la torture et la mort, mieux valait n'avoir que des ennemis...

J'avais aussi d'autres raisons pour éviter les rencontres, même si j'en mourais d'envie. Ainsi que Terzio me l'avait fait remarquer un jour, l'avantage des ennemis sur les amis, c'est que seuls les premiers ne nous trahissent jamais! Or, l'atmosphère de peur qui empoisonnait Vibor était si corrosive que les Damnés se méfiaient de leur ombre et, parfois, certains dénonçaient leurs voisins aux glaivistes de crainte d'être dénoncés par eux avant.

Je ne suis donc pas retournée au siège du Conseil des Damnés de Vibor. J'ignorais si Kollona jouait double jeu, ménageant à la fois la chèvre et le chou – simplement pour survivre, peut-être –, mais, dans l'immédiat, je ne tenais pas vraiment à le savoir. La peur d'être déçue, sans doute…

J'ai donc vécu, au cours de ces deux jours, de menues rapines, chapardant ici ou là un reste de navet ou une croûte de pain rassis. Je dormais le jour, d'un sommeil morcelé et inquiet, recroquevillée derrière un tas de ferraille dans une arrière-cour ou dans un vieux fût abandonné, rôdant la nuit autour des marchés désertés ou des boutiques aux rayons presque vides.

J'ai profité de ces longues journées d'inaction forcée, alors que l'automne ramenait déjà le froid sur Petra, pour réfléchir, mais en vain. J'avais beau analyser le peu que m'avait confié Varna sur les derniers moments de Tcherny à Vibor, rien ne me permettait de déterminer où il avait décidé de s'exiler. Je ne pouvais tout de même pas parcourir tout Vermillon sans savoir dans quelle direction il s'était dirigé!

Pas une seule fois je n'ai vu Douz, mais j'imaginais qu'il ne m'avait pas lâchée d'une semelle. J'entrevoyais parfois une ombre, j'entendais le bruit d'un pas, je surprenais le regard apeuré d'un chien surpris qui s'immobilisait, les yeux fixés sur quelque chose qui se trouvait hors de ma vue, avant de détaler brusquement, la queue entre les pattes.

Puis j'ai compris que je n'arriverais à rien de cette manière, que jamais je ne pourrais semer mon pisteur, même si je connaissais certainement la ville mieux que lui. M'enfuir dans la campagne, cependant, serait sans doute pire. Au moins, en ville, je connaissais plusieurs cachettes et j'étais capable de disparaître provisoirement en cas de menace. Mais l'espace ouvert des champs et des prairies ne m'offrirait pas ces facilités.

Je devinais pourtant que Douz, à la longue, finirait par se lasser et que, voyant que je ne le menais à rien, il se déciderait à me tuer pour ne pas rentrer complètement bredouille à Petra. Il me fallait donc bouger. Mais où?

La zone portuaire de Petra, où j'avais traîné ma misère à l'époque où je cherchais Efi pour le tuer? C'était une pépinière de têtes brûlées dont Dzerji raffolait pour le Glaive, promptes à manier la lame et peu gênées par leur conscience, si tant est qu'elles en aient jamais eu une. Je ne survivrais pas une semaine dans cet enfer où une fille pouvait se retrouver vendue pour une demi-fiole de madogue.

L'est n'avait à m'offrir qu'une interminable succession de plaines sillonnées en tous sens par des bandes de Damnés rendus fous par la misère et le goût de la vengeance. J'étais une Damnée, comme eux, certes, mais j'étais aussi du Bund et je savais que, dans les campagnes, en période de troubles, c'était bien souvent une raison suffisante pour finir ligotée au milieu de fagots en flammes.

À l'ouest, la guerre contre les armées de Willem s'éternisait et au nord, l'île de la Couronne était le domaine des marins, les plus fervents et les plus impitoyables partisans des Boleshs. D'un côté comme de l'autre, je n'avais rien à espérer.

Quant à rejoindre, vers le sud-est, les tribus semi-sauvages qui peuplaient la partie méridionale de la Barrière de l'Ours, c'était un voyage long et risqué. De plus, même si ces bandes guerrières n'appréciaient guère l'autorité venue de Petra, qu'elle émane de l'empereur ou des Boleshs, j'ignorais le sort qu'elles réserveraient à une fugitive qui n'était pas des leurs. La tendance à se méfier de tout étranger et à le préférer mort plutôt que vif n'était pas exclusive aux paysans de Siwr.

C'est pourtant de cette direction que, tout à coup, m'est venue une idée. Une idée folle, qui m'a fait frissonner aussitôt qu'elle m'a effleurée. Mais c'était la seule.

Au sortir de Petra, la route du sud longeait pendant un certain temps cette zone déshéritée et malsaine que j'avais partiellement traversée lors de mon voyage à Ekateri, en compagnie de Sverdi. La Lompe. La Lompe était probablement un des endroits les plus répugnants de l'empire, et ceux qui y survivaient ne l'avaient pas choisie de plein gré, mais elle présentait à mes yeux deux avantages intéressants.

D'une part, elle était dangereuse et personne ne s'y risquait de son propre chef – nous-mêmes, en route pour Ekateri, n'avions fait qu'effleurer sa partie la plus occidentale –; d'autre part, même s'il parvenait à m'y suivre, Douz y serait handicapé par ce qui représentait ailleurs un avantage : sa grande taille et son poids. Hors des rares sentiers quasi invisibles, la Lompe n'était qu'un bourbier sans fond qui avalait hommes et bêtes, et ma légèreté y serait un atout.

Mes propres chances de survie y seraient sans doute maigres, mais celles de Douz seraient plus infimes encore. De plus, j'aurais peut-être la chance de pouvoir lui planter moi-même mon couteau dans le dos…

Le troisième jour, à la tombée de la nuit, je me suis donc extirpée de ma cachette. Je savais que Douz s'était mis en route derrière moi et que je ne parviendrais pas à l'égarer mais, pour ne pas lui mettre la puce à l'oreille, je faisais semblant de ne pas m'en être aperçue.

Je me retournais donc fréquemment, accumulais zigzags et détours, restais tapie de longs moments dans les buissons qui parsemaient la vaste zone désolée s'étendant au sud de Vibor. Puis je repartais, feignant d'être rassurée par ma longue observation du paysage nocturne.

Douz était habile et se montrait très discret, mais j'étais née dans les plaines de Siwr et je savais lire le plus discret frémissement des hautes herbes, remarquant immédiatement lequel était dû au vent, lequel révélait une présence étrangère. Même accroupi, Douz ne pouvait espérer passer à mes yeux exercés pour un lapin ou une caille!

Vers le milieu de la nuit, j'ai laissé tomber ces simulacres devenus inutiles. Progressant en ligne droite, d'un pas lent mais constant, je devais lui donner l'impression que je savais parfaitement où j'allais, d'une part, et que je pensais enfin l'avoir semé, d'autre part. Ma vitesse l'obligerait, par ailleurs, à réduire ses précautions tout en lui laissant croire que c'était lui qui menait le jeu.

Aux premières lueurs de l'aube, après avoir traversé les derniers terrains vagues et les dernières zones de rebut, nous étions en vue de la Lompe.

L'humidité maintenait dans l'air et sur le sol une fraîcheur malsaine et désagréable. J'hésitais. J'étais épuisée par ces journées de traque et je mourais d'envie de m'allonger pour reprendre des forces. Mais je craignais de m'endormir pour de bon et de me réveiller trop tard : je ne tenais pas à pénétrer dans la Lompe à l'approche de la nuit.

Et puis, malgré ma fatigue, j'avais hâte d'en finir. Finalement, c'était moins pour échapper à Douz que pour le tuer que j'étais venue jusqu'ici. Seule sa mort me donnerait un peu de répit. De plus, jamais les Boleshs ne retrouveraient son cadavre dans les fondrières insondables de la Lompe, et l'oubli serait probablement sa seule sépulture.

J'ai donc décidé de m'accorder un bref moment de repos au milieu des roseaux – accroupie sur mes talons, pour ne pas m'endormir – avant de poursuivre mon chemin. J'avais toujours dans ma poche mon insépa-rable couteau de pierre et, accrochée à ma ceinture, la dague qui m'avait servi lors de l'exécution de la famille impériale.

Le soleil avait commencé à réchauffer légèrement l'atmosphère lorsque je me suis relevée, mais des lam-beaux de brume effilochée traînaient encore sur le marécage. Nul bruit ne se faisait entendre, pas même le craquètement d'une grue ou d'un héron. L'endroit semblait mort.

Je savais pourtant parfaitement qu'il ne l'était pas. Que des oreilles, déjà, m'avaient entendue approcher, que des yeux me suivaient dans le plus furtif de mes mouvements, que des poings se serraient à l'idée de me tordre le cou si jamais je me laissais surprendre par-derrière…

J'avançais prudemment, tâchant autant que possible de demeurer sur les renflements de terre ferme, quoique boueuse, qui semblaient serpenter de façon discontinue et fantasque au milieu d'une eau noire et puante.

Les roseaux s'élevaient à présent au-dessus de ma tête, quasi immobiles, et j'avais le sentiment d'évoluer entre des murs fuyants derrière lesquels se tenaient embusquées des créatures malfaisantes.

De temps en temps, je m'arrêtais pour tendre l'oreille. Un vague floc floc me parvenait, d'une direction que j'étais incapable de définir, puis cessait presque aussitôt. Douz? Je me demandais comment il s'y prenait pour me suivre. Au bout de quelques secondes, les traces que j'avais laissées dans la boue s'y diluaient et disparaissaient. Même si je l'avais voulu, il m'aurait été impossible de revenir sur mes pas.

Le silence était oppressant et l'angoisse commençait à s'installer en moi. D'un côté, je me sentais effroyablement seule dans ce lieu putride où l'unique signe de vie se manifestait par des glougloutements répugnants; de l'autre, je savais pertinemment que j'étais observée – et pas seulement par Douz. La faune immonde de la Lompe était là, aux aguets, grouillement infect qui attendait mon premier faux pas pour m'attirer dans les profondeurs fangeuses.

Je me souvenais de la vieille qui m'avait attrapée par la cheville, quelques semaines auparavant. J'en frissonnais encore... Plus je m'enfonçais vers le cœur du marais, plus je réduisais mes chances de pouvoir en sortir, même si je parvenais – comment? – à me débarrasser de Douz.

Le soleil devait être haut dans le ciel, à présent, mais la chape de brume qui planait sur le marais n'en laissait pas filtrer le moindre rayon. L'humidité m'avait pénétrée jusqu'aux os et j'avais l'impression que l'odeur de charogne qui émanait des alentours était devenue la mienne.

J'étais perdue depuis un bon moment, et je m'en rendais compte. En l'absence de tout sentier tracé, j'avais suivi le terrain là où il était le plus sec, là où je m'enfonçais le moins – et j'avais changé de direction à maintes reprises. Le soleil étant invisible, je ne disposais plus de repère pour m'orienter. Le découragement m'a envahie et je me suis accroupie pour réfléchir.

Depuis combien de temps me trouvais-je dans la Lompe? Plusieurs heures, certainement. Mais je n'avais aucun moyen de savoir si j'y avais pénétré profondément ou si mes méandres incessants, au contraire, m'avaient permis de demeurer en bordure. La journée risquait d'ailleurs de se poursuivre ainsi, et la nuit allait me surprendre dans le désarroi le plus total. Cela ne servait à rien de continuer comme ça.

Tout à coup, j'ai entendu un léger craquement, sur ma gauche. J'ai relevé la tête et retenu ma respiration. Puis j'ai cru percevoir un grattement. J'ai scruté la surface de l'eau boueuse, au pied des roseaux. De légers cercles concentriques s'y dessinaient, s'éloignant d'un centre invisible.

Il m'a semblé discerner une forme grise s'enfoncer sous l'eau. Le mouvement avait été trop bref pour que je puisse distinguer s'il s'agissait d'un rat ou d'un serpent. J'ai frémi. Les rats ne me faisaient pas peur, mais les serpents… Ceux de la Lompe étaient-ils venimeux?

Je me suis recroquevillée davantage. Je me sentais prise au piège. Je me suis rendu compte que, tout autour de moi, les roseaux formaient une muraille, sorte d'entonnoir au fond duquel j'avais échoué. Pour sortir de là, je devrais rebrousser chemin ou m'y frayer un chemin à coups de dague, mais pour cela il faudrait que j'accepte d'entrer dans l'eau, dans cette eau opaque et nauséabonde où se tenaient à l'affût je ne savais quelles bêtes innommables.

Non. La seule idée de m'immerger dans ce cloaque me révulsait au plus haut point. J'avais besoin, pour faire face au danger, de le voir. Je préférais cent fois affronter Douz, malgré sa taille de géant, plutôt que les créatures inconnues que je devinais – ou que j'inventais! – dans le marécage.

De toute façon, il ne me servait à rien de fuir davantage. J'étais venue ici avec l'intention de tuer Douz, je devais m'y tenir. C'était le moment ou jamais. J'étais plus petite que lui, moins visible, moins bruyante. Et l'effet de surprise jouerait en ma faveur.

Il se trouvait tout près, sans aucun doute. Il pouvait surgir d'un instant à l'autre et me découvrir là, accroupie, dans cette position peu favorable à la défense. Je jouais à la fois le rôle de l'appât et celui du chasseur. Je devais le frapper avant qu'il ait le temps de réagir.

Lentement, très lentement, j'ai rectifié ma posture, plaçant le pied droit en arrière et relevant le genou gauche. Je me suis penchée en avant, ne conservant mon équilibre que grâce à mon poing droit, posé vers l'avant, crispé sur mon couteau de pierre, lame vers l'avant. Celui-là frapperait de bas en haut. Dans ma main gauche, la dague, pointée vers l'avant : elle partirait à l'horizontale. Droit au cœur…

Cette position était inconfortable mais, tendue comme je l'étais, je savais que je me détendrais comme un ressort au premier signal de menace.

L'attente a commencé. L'air était lourd et poisseux, irrespirable. La sueur me coulait dans le dos, j'étais aussi trempée que si je venais d'émerger de cette eau noirâtre qui m'entourait. Le moindre clapotis – proche ou lointain, j'étais incapable de le dire – me faisait sursauter.

Puis un bruissement s'est fait entendre, comme une sorte de long froissement. J'ai vu la tête des roseaux s'agiter et je me suis raidie. J'ai tourné la tête. Un vent léger, à peine perceptible au niveau du sol, venait de se lever. Je me suis sentie soulagée mais, presque aussitôt, j'ai compris que cela allait jouer contre moi : le mouvement des roseaux et le froufrou des tiges qui frottaient les unes contre les autres masqueraient l'approche de Douz – ou de quiconque errait dans les environs!

Le vent a forci un peu. J'ai senti l'affolement me gagner. L'ennemi pouvait venir de n'importe quel côté et je ne l'entendrais pas! Le manche de mes armes était glissant dans mes mains tant celles-ci étaient moites. Au-dessus de moi, la brume commençait à se déchirer en longs lambeaux.

Tout à coup, je l'ai vu. Une ombre sur le côté, voûtée, le sabre à la main. Quelques instants plus tôt, je ne l'aurais pas remarquée, mais l'ondulation régulière des roseaux me révélait maintenant sa silhouette immobile, comme à travers un grillage mouvant.

À l'évidence, Douz ne m'avait pas encore repérée. Il se tenait à ma droite, à moins de trois pas, et regardait vers l'avant. Je me suis ramassée un peu plus. Il était encore trop éloigné pour que je puisse l'atteindre d'un bond. D'un autre côté, je risquais de le laisser disparaître et de ne jamais me libérer de cette menace qui pesait sur moi.

Un plouf a soudain retenti sur ma gauche. J'ai vivement tourné la tête dans cette direction. Un rat? Ou autre chose?... Des rides ont parcouru l'eau boueuse. Mes poings étaient douloureux à force d'être crispés. Je me suis retournée de nouveau. Douz avait disparu!

Cette fois, j'étais perdue! D'autres bruits me parvenaient à présent de directions différentes mais, à cause du vent dans les roseaux, je n'arrivais pas à en localiser l'origine avec précision. C'est alors que j'ai senti une présence dans mon dos.

Je me suis retournée brusquement, au risque de perdre l'équilibre. Douz se tenait devant moi, immense. Il me dominait de toute sa taille et me dévisageait sans manifester la moindre émotion, son sabre écartant un dernier rideau de roseaux.

Je n'étais pas en position de lui sauter dessus. Il a fait un pas et je me suis redressée pour fuir. Il s'est alors jeté sur moi et je me suis effondrée dans la vase. En tombant, j'avais perdu ma dague mais, de toute façon, son poids énorme m'interdisait tout mouvement. J'ai voulu crier – appeler au secours? – mais je n'ai fait que m'étouffer en avalant de la boue.

C'était fini. Nous nous enfoncions lentement dans le marécage et Douz, qui me maintenait d'une poigne de fer, n'aurait même pas besoin de me trancher la gorge. J'allais périr étouffée, noyée, confite dans cette vase qui deviendrait ma tombe. Je n'emporterais avec moi que mon vieux couteau de pierre, que je refusais de lâcher, comme s'il était ma dernière chance de salut.

Soudain, alors que, la bouche et les yeux remplis de boue, j'allais enfin me résigner à mon sort, l'étreinte de Douz a faibli. Seul son poids, un poids mort, me maintenait plaquée contre le fond du bourbier. C'était trop tard, cependant. J'étais à bout de souffle et toute force m'avait abandonnée.

Puis le poids a disparu. Une main m'a agrippée par les cheveux et m'a tirée hors de l'eau. Un des habitants de la Lompe?

Je n'ai rien pu voir. Mais, juste avant de m'évanouir, j'ai entendu prononcer mon nom. Cette voix… Sa voix!

Tout est devenu noir.

SEIZE

Lorsque je me suis réveillée, j'étais allongée sur une couche de roseaux, plus ou moins au sec dans une cabane de jonc. Une faible lueur jaunâtre, une lumière mourante de fin d'après-midi d'automne, baignait la pièce – pouvait-on appeler ainsi l'étroit espace? – dans laquelle je me trouvais.

Le visage anxieux de Tcherny était penché au-dessus de moi. Aussitôt que j'ai posé les yeux sur lui, il s'est éclairé.

J'ai voulu lui rendre son sourire, mais j'en ai été incapable. Mon visage était pratiquement paralysé et mes poumons, qui respiraient à peine, me faisaient terriblement souffrir. Je n'ai pu que le regarder intensément, en silence, jusqu'à ce que mes yeux se referment. J'étais épuisée.

Lorsque je suis revenue à moi, de nouveau, Tcherny était toujours là – son ombre, du moins –, comme s'il ne m'avait pas quittée des yeux un seul instant. Il a passé sa main sur mon front. J'ai essayé de relever la tête pour lui parler, mais sa main s'est abaissée sur ma bouche.

— Ne dis rien, a-t-il murmuré. Repose-toi. Tu es en sécurité ici.

Je me suis laissée aller. Je ne savais pas si je serais vraiment en sécurité où que ce soit, désormais, mais la voix de Tcherny valait pour moi tous les refuges du monde.

La nuit était tombée et la cabane était plongée dans l'obscurité. Tcherny m'a apporté un peu d'eau que j'ai avalée à grand-peine. Tout mon corps, à l'intérieur, n'était qu'un nœud douloureux. Puis il m'a pris la main et je me suis endormie ainsi, dans le silence sépulcral de la Lompe.

Le lendemain, j'ai réussi à me lever. Tcherny m'a encore fait avaler de l'eau, de cette eau à saveur de pourriture qui était la seule disponible ici, et j'ai vomi longuement un liquide sale et puant. Je me suis sentie mieux, plus légère, presque propre. Tcherny m'a alors donné un morceau de racine ou de bulbe au goût atrocement amer, que j'ai mâché lentement en faisant la grimace.

Après avoir mangé, assise en tailleur sur la paillasse, j'ai enfin eu le loisir d'examiner l'endroit où je me trouvais. Il n'y avait aucun meuble dans la hutte, hormis cette paillasse sur laquelle j'avais dormi. Et aucune autre ouverture qu'un trou vaguement obstrué par un rideau de joncs, qui pouvait passer pour une porte et près duquel Tcherny se tenait accroupi. Une lumière maladive filtrait par les nombreux interstices de la pitoyable construction.

— Bienvenue dans mon palace, Garance, a fait Tcherny d'une voix à la fois douce et amère.

— J'ai cru que je ne te reverrais plus, ai-je dit en guise de réponse. Je t'ai cherché, mais personne n'a pu

– ou n'a voulu – me donner le moindre indice. Et ceux qui auraient pu…

Je me suis interrompue, pensant à la pauvre Varna qui avait payé de sa vie ma visite chez elle.

— Personne ne sait où je suis, a dit Tcherny. Enfin, c'est ce que je croyais. Peut-être Varna a-t-elle deviné. Et peut-être a-t-elle…

Tcherny m'a dévisagée d'un air grave sans continuer sa phrase. Il s'interrogeait manifestement sur la manière dont j'étais arrivée jusqu'à lui, mais il n'osait pas me le demander.

— Varna n'avait rien deviné, Tcherny, mais cela ne l'a pas protégée. Ce n'est pas pour te retrouver que je suis venue jusqu'ici. C'était pour fuir. Pour disparaître dans le dernier lieu où j'imaginais qu'on viendrait me chercher. Pour me débarrasser de cet affreux ange gardien que Dzerji avait attaché à mes pas. Je suis arrivée ici comme tu y es arrivé toi-même, je suppose. Par désespoir…

Tcherny a hoché la tête, mais il évitait mon regard. Je me suis rendu compte que, depuis nos retrouvailles, nous ne nous étions même pas embrassés. J'ai subitement compris à quel point le climat de terreur répandu par le Glaive et les Escadrons rouges avait pu détruire toute forme de confiance, même parmi ceux qui s'aiment. Non contents de semer la mort, ils s'employaient à empoisonner la vie de ceux qu'ils ne tuaient pas.

Dzerji avait mis au point une arme fatale et infaillible. En instillant partout le poison de la dénonciation – en la récompensant avec des miettes de pain et de pouvoir –, le Glaive rendait impossible la formation de tout groupe hormis le sien : l'ami se méfiait de l'ami, le mari de sa femme, le voisin de son voisin. Ainsi pouvait-il régner sans partage. Ainsi pouvait-il régner sur moi, qui m'étais méfiée de Tcherny, et sur Tcherny, qui se méfiait de moi. Même au cœur de la Lompe, il pouvait ainsi nous atteindre, nous briser. L'idée me faisait horreur.

Alors je me suis approchée de Tcherny, je me suis accroupie devant lui et je lui ai pris la tête dans mes mains. À voix basse, je lui ai raconté ma visite chez Varna, puis celle de Douz, dont je n'avais pu que constater, impuissante, l'affreux résultat. Je lui ai raconté mon voyage à Ekateri avec Sverdi, les atrocités découvertes en chemin, et le massacre de la famille impériale, sans rien omettre de la part que j'y avais prise.

Je lui ai raconté les doutes que j'avais eus à son égard en quittant Vibor et en le laissant avec Gavril et Kollona, puis la manière dont Dzerji avait su profiter de moi et se servir de mon amour pour lui, Tcherny, pour le retrouver et le faire exécuter. Je lui ai tout dit.

Il m'a écoutée sans m'interrompre, les yeux fixés sur moi, remplis de douleur et de tristesse. Du dehors nous parvenaient les bruits du marécage, le froissement des roseaux, les coassements de grenouilles et les cris brefs et aigus des oiseaux ou de bêtes aquatiques dont j'ignorais l'existence.

Cependant, je ne voyais aucune beauté dans ces cris. Je ne pouvais plus les entendre comme le chant de créatures libres saluant un quelconque soleil levant, mais comme ceux des prédateurs impitoyables qui venaient de saisir une proie dans leur bec et s'apprêtaient à la dévorer. Le monde me paraissait hideusement laid, et la Lompe n'en était qu'une image parmi d'autres, ni pire ni meilleure.

Mon récit terminé, j'ai baissé les yeux. Sur le sol de boue séchée, près de mes pieds, j'ai aperçu mon vieux couteau de pierre. Je me suis penchée et je l'ai ramassé d'un air dégoûté.

— Ton poing était tellement crispé dessus, lorsque je t'ai repêchée, que j'ai eu toutes les peines du monde à te l'enlever, a commenté Tcherny.

Les larmes me sont montées aux yeux et j'ai relâché le couteau. Tcherny l'a doucement ramassé et il me l'a tendu.

— Garde-le, tu en auras besoin. La Lompe n'est pas un séjour de tout repos. Tu en as déjà eu un aperçu. C'est un véritable enfer.

— Les habitants que j'ai pu apercevoir lorsque j'y suis passée m'ont plutôt eu l'air de pauvres diables.

— De pauvres diables, oui, mais des diables quand même. La misère ici est extrême, elle a anéanti toute morale. Chacun sait qu'il doit être prêt à tuer pour ne pas mourir. Chacun sait qu'il ne peut compter que sur lui-même et que sa vie ne vaut pas celle d'un rat. Et pourtant, vois-tu, je m'y sens moins en danger qu'à Petra. Comme rien n'a de valeur dans la Lompe, au moins ne risque-t-on pas d'y être vendu. On n'y trouve pas de dénonciateurs.

Tcherny s'est tu. Il me tenait maintenant par les épaules et me souriait doucement.

— Je ne crois pas que Douz ait été suivi. Toute présence étrangère à la Lompe y est immédiatement signalée. Or, depuis ton arrivée, tout est calme. Douz ne sera jamais retrouvé, son cadavre sert déjà de nourriture aux bêtes du marécage, qui alimenteront à leur tour ses habitants. Personne ne viendra te chercher ici et tu pourras y rester aussi longtemps que tu le voudras.

— Avec toi? ai-je demandé d'une voix de petite fille.

— Je l'espère, a répondu Tcherny en riant.

Ce rire, soudain, a chassé l'atmosphère de gêne qui nous avait paralysés jusque-là, et Tcherny m'a enfin prise dans ses bras. Je l'ai serré de toutes mes forces et nous avons roulé sur le sol spongieux dans une embrassade à n'en plus finir. Puis je l'ai entraîné vers la paillasse, je me suis débarrassée de mes vêtements qui puaient le sang et la peur, je lui ai arraché les siens et je l'ai attiré sur moi.

Plus tard, tandis que le soleil couchant livrait le marécage à l'ombre et aux fantômes, Tcherny m'a raconté ce qui lui était arrivé après mon départ pour Ekateri.

Bien sûr, il m'avait recherchée partout, rendu fou de douleur par ma disparition. Il avait assisté, tout comme moi, aux exécutions sommaires et aux exactions commises dans Petra par les Escadrons rouges ou ceux qui se prétendaient tels, et il avait craint que je n'aie été jetée dans le fleuve avec des chaînes aux pieds, ou brûlée vive dans un tonneau de madogue, comme certains Damnés aimaient à le faire quand ils en avaient l'occasion.

Il avait interrogé sans relâche des compagnons qu'il connaissait depuis les débuts de l'insurrection, mais en vain. Personne ne savait ce que j'étais devenue. Puis il était retourné à Somolny et, en discutant avec des proches de Dzerji, il avait fini par comprendre que je n'avais pas réellement disparu mais que ce dernier m'avait confié une mission à laquelle on lui avait fait comprendre qu'il ferait mieux de ne pas s'intéresser.

Il s'était par ailleurs attiré de la part de Djouga des remarques aigres qui pouvaient passer pour des avertissements ou des menaces, lorsqu'il s'était insurgé contre la fermeture des imprimeries autres que celles des Boleshs. Malgré ses demandes, on ne l'avait pas laissé approcher Ulia – qui devenait de plus en plus inabordable pour qui n'était pas un membre proche de son état-major – et il n'avait pu faire valoir son point de vue.

Se rendant compte que sa présence devenait indésirable et malaisée à Somolny, où l'ombre de Dzerji, malgré l'installation de ce dernier à la Mygale, continuait de faire régner la suspicion sur tous, Tcherny était revenu à Vibor auprès de Gavril et de Kollona. Ces derniers s'efforçaient de maintenir à flot le Conseil des Damnés de Vibor malgré l'opposition grandissante que manifestaient à son égard Ulia et son entourage.

Kollona, amie de longue date d'Ulia, avait toujours ses entrées à Somolny et soutenait inlassablement que seuls les conseils de Damnés pouvaient donner aux Boleshs la légitimité suffisante pour exercer le pouvoir, mais Ulia arguait que ceux-ci étaient infestés par les Meneshs et qu'ils constituaient au contraire une menace.

Cependant, Ulia s'en tenait à son art de la persuasion et il avait exclu toute tentative d'intimidation envers Kollona, malgré l'avis de quelques autres, parmi lesquels Djouga.

Kollona avait assisté à plusieurs réunions du comité exécutif des Boleshs, où elle défendait la cause des

Damnées. Elle y était la seule femme, avec Nadja, la compagne d'Ulia, et elle savait très bien ce que les autres pensaient d'elle. Mais, malgré cela, elle croyait fermement que seul l'ordre des Boleshs pourrait sortir les femmes de leur asservissement, et que, par ailleurs, seules les femmes sauraient en assurer la pérennité puisqu'elles étaient du côté de la vie.

Néanmoins, elle avait surpris des actes qui l'avaient profondément dérangée et qu'elle avait plus tard racontés à Tcherny avec une certaine gêne. Un soir, au cours d'une de ces réunions interminables et passionnées, elle avait remarqué qu'Ulia faisait passer un mot à Dzerji, tandis que Kamen rendait compte d'une de ses multiples négociations avec la guilde des caravaniers.

Le billet, grossièrement plié en deux, était passé entre ses mains et elle avait pu lire le bref message. Ulia demandait simplement à Dzerji combien d'opposants endurcis il détenait à la Mygale.

Dzerji, par le même moyen, lui avait répondu : « Environ mille cinq cents. » Ulia avait jeté un rapide coup d'œil à la réponse, puis il avait marqué d'une croix le chiffre noté par Dzerji avant de la lui renvoyer. Dzerji s'était alors levé et avait discrètement quitté la réunion.

Kollona connaissait l'habitude qu'avait Ulia de tracer ainsi une croix en face d'une information, signifiant par là qu'il en avait pris connaissance, mais elle avait été estomaquée d'apprendre, le lendemain même, que les mille cinq cents prisonniers de la Mygale – principalement des Meneshs – avaient été exécutés au cours de la nuit!

L'ordre était-il vraiment venu d'Ulia, ou Dzerji avait-il interprété le signe de son chef d'une manière qui l'arrangeait? Kollona n'avait pu le savoir avec certitude.

Tcherny avait été écœuré par cette histoire, qui n'avait fait que renforcer ses soupçons sur la tendance qui se dessinait dans les hautes sphères du pouvoir des Boleshs. Mais il n'était pas d'accord avec Kollona sur l'attitude à adopter vis-à-vis d'Ulia. Kollona pensait qu'il fallait demeurer parmi les Boleshs pour tenter d'infléchir le processus et d'influencer Ulia, alors que Tcherny était d'avis que cela était désormais inutile et qu'il valait mieux rejoindre Spiridova et les Meneshs dans la lutte clandestine.

Kollona lui avait demandé comment il pouvait être certain des réactions de Spiridova au cas où elle assumerait le pouvoir à la place d'Ulia. Spiridova était intègre, nul ne le contestait, mais elle était justement connue pour son intransigeance. N'agirait-elle pas, le cas échéant, comme Ulia le faisait actuellement?

Le problème ne venait pas des Boleshs, prétendait Kollona, mais de la situation d'extrême danger dans laquelle ils se trouvaient alors que l'avenir des Damnés dépendait d'eux et d'eux seuls. Cette situation, pensait-elle, était provisoire. Mieux valait, dès lors, composer avec Ulia et attendre que des temps meilleurs lui permettent de relâcher son étau.

Tcherny s'était provisoirement rendu à ces arguments, mais il avait manqué de prudence. Il avait parlé de ses doutes avec d'autres compagnons qui avaient comme lui combattu dans l'ombre, et parmi lesquels se trouvait – comme presque partout maintenant – un espion de Dzerji.

En l'espace de quelques jours, presque tous ceux qui l'avaient soutenu dans ces discussions avaient été retrouvés battus à mort près du fleuve. Valenko, lui, avait disparu. À la Mygale ou dans les eaux du Nevki. Tcherny avait compris l'avertissement et s'était enfui.

Il était parti sans faire ses adieux, indiquant seulement à Kollona qu'il s'en allait à Petra, dans l'espoir de semer une fausse piste. Après ce qu'il avait vu, il savait parfaitement qu'il n'avait aucune chance de rester en vie là où se trouvait le moindre représentant du Glaive. Et, parce que malgré tout il ne voulait pas s'éloigner de Petra, il avait échoué dans la Lompe.

Il avait cru un instant, lorsqu'il m'avait vue arriver, suivie par Douz, que les envoyés de Dzerji l'avaient retrouvé, et même – là, sa voix avait tremblé – que je l'avais trahi. Mais il avait vite compris que j'étais poursuivie et non poursuivante. Ç'avait été relativement facile pour lui, qui vivait depuis deux semaines dans la Lompe, de suivre Douz sans qu'il s'en aperçoive et de lui trancher la gorge.

Ce que je devinais, et qu'il n'osait pas m'avouer, c'était que, s'il avait attendu le dernier moment pour intervenir, c'était parce que jusqu'au bout il avait douté des raisons de mon irruption dans son refuge et qu'il se demandait qui, de Douz ou de moi, y avait amené l'autre.

Pouvais-je lui en vouloir, cependant, alors que j'avais moi-même douté de lui plus souvent qu'à mon tour? La nuit était tombée depuis plusieurs heures maintenant et nous sommes restés silencieux un long moment, assis l'un en face de l'autre.

Puis j'ai pris ses mains et, de nouveau, je l'ai attiré vers moi.

Au cours des jours suivants, j'ai appris à survivre dans la Lompe. Les créatures efflanquées qui y menaient une pitoyable existence ne faisaient guère montre d'agressivité, mais Tcherny m'avait appris qu'il ne fallait pas s'y tromper. Au plus léger signe de faiblesse, une main pouvait vous attirer sous l'eau et vous y maintenir jusqu'à la noyade.

Les habitants de la Lompe étaient de véritables cauchemars vivants. Épouvantablement maigres et sales, faibles, malades, ils ne pouvaient s'attaquer qu'à plus faible qu'eux. Sa force et sa santé avaient valu à Tcherny une sorte de respect apeuré. En effet, n'échouaient généralement dans ce lieu que les plus déshérités, ceux qui n'avaient plus la force de survivre ailleurs, et chaque nouveau venu, la plupart du temps, n'était déjà rien d'autre qu'un cadavre en sursis au moment de son arrivée.

Tcherny et moi pouvions donc évoluer dans le marécage dans une relative sécurité, mais nous savions qu'à la moindre baisse de vigilance, nous risquions de disparaître à jamais dans les profondeurs du marais.

Tcherny avait appris à évoluer comme eux, sans bruit, sans faire remuer les roseaux, et à embrocher d'un seul coup un crapaud ou un rat. Parfois aussi, grâce à sa vigueur et à l'acuité de sa vue – que n'avaient pas encore entamées les maladies innombrables qui affligeaient les autres habitants de la Lompe, dont les yeux étaient souvent suppurants ou voilés –, il parvenait à prendre un oiseau ou un rongeur moins répugnant qu'un rat.

Lorsqu'il avait un surplus de gibier, il l'échangeait à une des plus faméliques créatures de l'endroit contre une sorte de farine assez infecte que les vieilles, incapables de chasser, tiraient de plantes aquatiques, et qui lui permettait de ne pas se nourrir uniquement de cette viande qui sentait la boue.

Le soir, après nous être décrassés tant bien que mal dans l'eau bourbeuse et malodorante qui entourait notre hutte, nous nous déshabillions et nous faisions l'amour longuement, autant pour le plaisir que pour nous laver – d'une façon bien imaginaire sans doute – de toute cette fange.

Cette vie, bien sûr, nous le savions, n'était pas une solution à long terme. Tcherny et moi nous étions battus pour que les Damnés ne vivent plus comme des bêtes de somme, ou comme ces misérables créatures de la Lompe, et nous avions cru réussir.

Je me rappelais le soir de la prise du palais d'hiver où Tcherny et moi, enlacés sur un des balcons du palais, regardions la ville que nous venions de libérer de la tyrannie. Avec quelle naïveté m'étais-je laissée aller au bonheur! Il n'avait fallu que quelques semaines pour que tout s'effondre.

Ulia était-il responsable de cette dérive meurtrière, ou était-il débordé, à droite comme à gauche, par ses adjoints auxquels il faisait confiance? J'hésitais encore à me prononcer là-dessus.

Il n'avait pas passé sa vie en exil, menant une vie mesquine alors que, de par sa famille, il aurait pu jouir d'une existence plus faste à l'ombre de l'empire, sans croire véritablement au monde qu'il voulait offrir aux Damnés. La même remarque valait d'ailleurs pour Terzio et tous ces hommes jeunes qui avaient abandonné un certain confort et bravé l'exil ou la mort pour faire avancer leur cause.

Je pouvais comprendre la haine d'un Djouga, qui avait subi les privations, les sévices et une discipline de fer tout au long de son enfance. Mais Ulia, Terzio, Kamen, et même Dzerji, issus de familles bourgeoises ou nobles? Ils n'avaient pas choisi cette voie périlleuse par pur opportunisme. Les années de clandestinité et de misère parlaient en leur faveur.

— Tu as raison sur ce point, disait Tcherny. Tous y croient vraiment, tous sont honnêtes, ou l'ont été. Mais ils ont été broyés. Ils ont succombé au mécanisme le plus destructeur qui soit : l'exercice du pouvoir. Quel que soit le but final du pouvoir – en l'occurrence, accorder la liberté et le bonheur aux Damnés – son premier problème est toujours le même : il lui faut se maintenir. Et pour cela, il ne peut qu'utiliser les armes mêmes de ses ennemis, la violence, la contrainte, l'élimination.

L'élimination... Je n'avais que trop constaté ce que cela signifiait. Et j'y avais pris part moi-même, avec la fureur et la naïveté de mon âge. Les Boleshs avaient fait de moi un chien de chasse, une machine à tuer insensible. Ils avaient fait de moi cela même que j'avais cru combattre de toutes mes forces. Que me restait-il à espérer, maintenant? La mort lente dans ce marécage?

Non. Au plus profond de moi, je refusais de capituler devant ce dévoiement criminel de notre lutte. Je voulais y croire encore, croire qu'il était possible d'enrayer ce mécanisme de mort, de rétablir la vérité du combat des Damnés. Et Tcherny, j'en étais certaine, partageait cet espoir. C'était pour cette raison qu'il n'avait pas voulu s'éloigner de Petra.

Responsable ou non – et je pensais à présent, à l'instar de Tcherny, qu'il l'était –, Ulia mènerait inévitablement Vermillon au désastre, avec cet aveuglement de l'homme qui ne sait plus voir la réalité sous la théorie ni les ennemis derrière ses amis. Je devais me rendre à l'évidence : nous avions abattu un tyran pour le remplacer par un autre.

Il n'y avait qu'une solution. Il fallait tuer Ulia…

Nous avons longuement médité cette décision, tout en nous rendant compte que nous allions réintégrer, ce faisant, le cycle infernal de la mort que nous dénoncions. Tuer pour arrêter la tuerie…

J'ai repensé à cette phrase que Spiridova avait prononcée à la tribune du Conseil des Damnés de Vermillon, la première fois que je l'avais vue : « Lorsque les Damnés, qu'ils soient Boleshs, Meneshs ou n'appartiennent à aucune organisation, sont pareillement humiliés, oppressés, écrasés, ma main ne peut que s'armer du même couteau, de la même lame dont je me suis déjà sentie obligée de me servir pour les défendre. »

Spiridova qui, à cette heure, avait probablement déjà été emprisonnée – torturée peut-être – par Dzerji. Les Meneshs, seuls capables de réfréner la soif de puissance d'Ulia sans que le pouvoir retombe dans les mains de gens comme Koltcho ou Kornos, disparaissaient les uns après les autres. Dans quelques semaines, quelques jours peut-être, il serait trop tard. Plus personne ne pourrait arrêter Ulia sur le chemin de l'autocratie. C'était maintenant ou jamais qu'il fallait agir.

Malheureusement, nous étions à présent des proscrits, l'un comme l'autre. L'échec de la mission de Douz, même s'il ne retrouvait pas son cadavre, conduirait Dzerji à penser que j'avais rejoint Tcherny dans la dissidence. Se sentant trompé, il n'en serait que plus impitoyable. Nous ne ferions pas une lieue hors de la Lompe sans nous faire repérer, dénoncer et arrêter. Tcherny le savait très bien.

— Comment comptes-tu rentrer à Petra? ai-je demandé.

Il a baissé les yeux un moment. C'était le soir et l'ombre avait envahi notre pauvre hutte.

— Il n'y a qu'une possibilité, a-t-il enfin répondu d'une voix sourde.

Comme il se taisait, je l'ai pressé de s'expliquer. Il a encore hésité puis, les yeux brûlants de haine et de chagrin mélangés, il m'a enfin exposé son plan.

Son plan!... J'en suis restée bouche bée, horrifiée. Comment une telle idée avait-elle pu germer dans son cerveau?

— Tu... tu n'y penses pas, Tcherny! ai-je balbutié. Ce n'est pas possible, voyons.

— Tu vois une autre solution?

Je n'en voyais aucune. Sans répondre, j'ai baissé la tête.

— C'est nécessaire, a-t-il conclu.

DIX-SEPT

Cette nuit-là, nous ne nous sommes pas touchés. J'ai peu dormi, et mal. Par un effet curieux et effrayant, mon poignet droit me faisait terriblement mal...

Très tôt, le lendemain matin, alors que j'étais encore abrutie par l'insomnie, Tcherny s'est levé discrètement et il a disparu dans le marécage. Je n'ai pas osé sortir de la hutte à sa suite. J'ai attendu, la gorge nouée par l'angoisse, l'oreille tendue à l'affût du moindre bruit.

J'ignore combien de temps il est resté à l'extérieur, fouillant, interrogeant, en quête de l'instrument qui lui permettrait de réaliser son dessein. Le trouverait-il? Cela me paraissait improbable, tant la Lompe était démunie de tout. J'en étais soulagée. Peut-être, si sa recherche n'aboutissait pas, renoncerait-il à ce projet insensé...

De toute façon, il savait que je ne l'aiderais pas. Que je ne pourrais pas. Que ma main tremblerait et serait incapable de commettre l'acte dont l'idée seule me bouleversait.

Le temps s'éternisait. Aucun bruit ne me parvenait de la Lompe, à l'exception de vagues stridulations d'insectes ou de clapotis indistincts. Au fur et à mesure que le soleil s'élevait, dispersant peu à peu la brume qui recouvrait le marécage dès la nuit tombée, l'espoir me revenait. Tcherny reviendrait bredouille et il serait contraint de revenir sur sa décision…

Et puis, tout à coup, m'est parvenu le bruit d'un choc sourd, aussitôt suivi d'un cri étouffé. Je me suis redressée, le cœur battant. Un autre choc! Un troisième!… C'était affreux. Quelle boucherie était donc en train de se commettre! De quel instrument préhistorique avait-il dû se contenter pour parvenir à ses fins? Et qui s'en était chargé? Lui-même? Il en était capable… Une nausée incontrôlable s'est emparée de moi.

Lorsque Tcherny est enfin rentré, j'étais encore pliée en deux par les spasmes de mon estomac. J'ai relevé la tête. Il était blême et son front ruisselait de sueur. Il tenait son bras droit replié contre sa poitrine, l'extrémité disparaissant dans une déchirure de sa blouse. Dans la main gauche, tremblante, il tenait l'objet, emmailloté dans un chiffon sale.

J'ai voulu me lancer sur lui pour le prendre dans mes bras mais il a esquissé un geste de refus, la mâchoire crispée de douleur. Alors il m'a tendu sa main – cette main droite qui m'avait tant caressée et qui maintenant ne pourrait plus le faire –, mais je n'ai pas voulu la saisir. Je n'ai pas pu.

Tcherny n'a pas insisté. En grimaçant de douleur, il l'a déposée sur la paillasse, toujours enveloppée dans son morceau de tissu maculé de rouge. Puis il a sorti l'extrémité de son bras droit de sa blouse. Le moignon était grossièrement ficelé dans un linge repoussant de saleté et dégouttant de sang.

— Pas pu trouver de hache, a-t-il émis en s'efforçant sans succès de sourire. J'ai dû utiliser une vieille faux échouée là je ne sais comment. J'ai dû m'y reprendre à plusieurs reprises... Ensuite, une de ces sorcières sans âge qui croupissent depuis des lustres dans la Lompe m'a fait un pansement à base d'argile et d'herbes. Elle m'a dit que j'étais assez robuste et que je n'avais pas à craindre d'infection...

— Vieille folle! me suis-je écriée avec exaspération, plus ravagée par la douleur qu'il ne semblait l'être lui-même. Et tu l'as crue! Fou, toi aussi! Te rends-tu compte de ce que tu as fait?

Tcherny m'a dévisagée avec tristesse, le visage déformé par la souffrance.

— J'espère que ce n'est pas seulement à cause de cette main que tu m'aimais, Garance, a-t-il murmuré d'un air défait.

Ma colère est tombée d'un seul coup. Je m'en suis voulu d'avoir réagi aussi brutalement alors que Tcherny venait de se sacrifier dans l'unique but de nous sortir d'ici et que c'est de réconfort dont il avait besoin.

Il avait eu la force et le courage de se mutiler de cette atroce façon, seul et avec un instrument de fortune rouillé et infecté, à seule fin de me permettre de quitter la Lompe et de rejoindre Petra sans éveiller les soupçons de Dzerji et des glaivistes, et voilà que je l'injuriais!

Avec douceur, je lui ai pris la main gauche et l'ai aidé à s'asseoir sur la paillasse.

— Tu es fou, ai-je murmuré. Ton projet est fou, mais seule la folie peut nous aider à vivre dans un tel monde.

J'irai à Petra. Et je te promets que tu n'auras pas fait ça pour rien.

J'ai passé le reste de la journée à le soigner, à nettoyer son pansement rudimentaire. Il m'a indiqué où trouver l'argile utilisée par la vieille, et celle-ci s'est même présentée à la hutte dans l'après-midi avec les herbes désinfectantes. Mon moral est remonté d'un cran : même dans la Lompe, la solidarité pouvait exister.

Paysanne ruinée et dont la famille avait intégralement été décimée par les seigneurs dont elle était l'esclave, la vieillarde s'était retrouvée des mois auparavant dans la Lompe après une longue errance, affamée et presque nue, cent fois battue et humiliée, abandonnée de tous, même de ceux qui avaient pris le pouvoir et qu'elle appelait des bandits.

Elle a ri en voyant mon couteau de pierre, puis elle s'est reprise en disant :

— Ce n'est pas la lame qui compte, mais l'esprit qui la dirige. Tu es courageuse, petite. Je te souhaite toutes les chances du monde.

Je suis partie le lendemain, au lever du soleil. J'ignorais quand je reverrais Tcherny. Son plan était simple, mais je n'étais pas certaine que la chance et le courage soient suffisants pour le faire aboutir.

La main coupée de Tcherny, que j'avais glissée dans une poche de ma blouse sans la regarder, était la clé qui me permettrait d'approcher Dzerji et, par conséquent, Ulia. La paume portait une marque particulièrement identifiable et que Dzerji connaissait : elle avait été faite au fer rouge par un des gardes-chiourme de la Mygale, au cours d'une séance de torture, lors d'un séjour que les deux hommes y avaient fait ensemble du temps de l'empereur.

Serrée contre ma poitrine, la main me paraissait encore chaude, encore vivante. J'y sentais les vibrations du corps entier de Tcherny et cela entretenait la haine dont j'aurais besoin pour mener à bien son plan désespéré.

Je savais que, une fois le coup libérateur porté, je n'aurais guère la possibilité d'échapper aux représailles de sa garde rapprochée. Mais tout valait mieux que de croupir indéfiniment dans la Lompe, et je me consolais en me disant que, si ma vie ne servait plus à rien, ma mort, elle, serait peut-être utile.

Le soir même, j'arrivais à Vibor. Je n'avais plus personne à y voir – de toute façon, je devais dès à présent endosser de manière convaincante le rôle d'une quelconque meurtrière du Glaive et la notion même d'avoir des amis n'avait plus aucun sens –, mais je ne voulais pas non plus passer immédiatement à Petra. Les bandes armées qui erraient entre Vibor et la capitale me semblaient plus redoutables après le coucher du soleil, quand il n'y avait plus de témoins à leurs activités.

J'ai donc rejoint une de mes anciennes cachettes, dans une forge désaffectée, et je me suis roulée en boule pour la nuit derrière un amas de ferrailles tordues et rouillées.

Juste avant l'aube, je me suis mise en route vers le pont. Une brume froide montait du fleuve et le pont était désert. En ville, seules quelques silhouettes furtives apparaissaient parfois au coin d'une rue et s'évanouissaient bien vite dans les ruelles ou sous un porche sombre.

Je me suis dirigée vers la Mygale, sans croiser âme qui vive. Tout à coup, une patrouille a surgi de la rue qui menait à la prison. Les hommes, vêtus de restes d'uniformes de l'armée impériale auxquels ils avaient noué des chiffons rouges, ont semblé aussi surpris que moi.

Je me suis raidie. Le moindre faux pas, la moindre hésitation pouvait me conduire dans les cachots, ou déclencher chez eux l'envie de me violer avant de me jeter dans le fleuve. M'avançant d'un pas ferme, la tête haute et le regard dur, je suis allée me planter devant celui qui semblait être leur chef, un Damné de petite taille au regard torve.

Au moment où j'allais lui demander de me mener vers Dzerji, je me suis souvenue que ce dernier avait annoncé, lorsque j'avais quitté la Mygale pour Vibor, le départ des Boleshs et du gouvernement d'Ulia pour Mossburg – il n'attendait que d'avoir nommé un remplaçant pour diriger la section du Glaive de Petra. Dzerji n'ayant pas l'habitude de temporiser, ce devait être chose faite.

— J'ai un message pour Dzerji, ai-je déclaré au chef de patrouille. A-t-il déjà nommé son successeur à Petra?

— Qu'est-ce que tu lui veux, si tu ne connais même pas son nom? a-t-il répondu d'un ton agressif et soupçonneux. Et d'où sors-tu?

— Dzerji m'a envoyée en mission pour le Glaive il y a une dizaine de jours, ai-je répliqué avec aplomb. Il attend mon rapport et je ne crois pas qu'il apprécierait qu'on le fasse patienter indéfiniment.

Le Damné a esquissé une grimace et a regardé de côté. Le nom de Dzerji et celui du Glaive étaient craints, même par ses propres membres, et le bonhomme savait parfaitement que la moindre erreur ou la moindre défaillance pouvait conduire son auteur dans les profondeurs de la Mygale, ou dans celles du fleuve. Il y avait des risques qu'il valait mieux ne pas courir.

— Il s'appelle Kouzma, a fait le garde après avoir avalé sa salive. Je peux t'escorter jusqu'à lui.

Je lui ai fait un signe de tête qui pouvait passer pour un accord, et nous nous sommes mis en marche, suivis par la patrouille qui, ne sachant trop quelle attitude adopter à mon égard, préférait conserver une certaine distance.

À la Mygale, des Damnés aux uniformes aussi peu reluisants que ceux de la patrouille nous ont ouvert. Plusieurs autres somnolaient encore dans la cour intérieure de la prison. En fait de gardiens de l'ordre, ils avaient plutôt l'air de sortir des cachots qu'ils étaient censés surveiller…

On m'a fait entrer dans le bâtiment principal, puis on m'a installée dans une pièce nue, étroite et dépourvue de fenêtre, que j'ai reconnue comme celle où l'on « interrogeait » autrefois les suspects fraîchement arrêtés. Une simple chandelle avait été laissée sur le sol, éclairant chichement la salle.

Deux Damnés hirsutes et armés jusqu'aux dents, demeurant avec moi, se sont accroupis de chaque côté de la porte massive sans me quitter de l'œil. Parfois, l'un des deux lorgnait vers la poche de ma blouse, que gonflait légèrement le sac contenant la main de Tcherny. Surmontant mon dégoût, je le fixais des yeux et le garde, vaguement gêné, détournait le regard.

L'attente a commencé, interminable. Le silence qui régnait au début a peu à peu laissé la place à une rumeur indistincte dans laquelle je reconnaissais parfois des bruits de pas lointains, des aboiements lancés par des gardes et des hurlements de douleur étouffés par les murs épais. Certains de ces cris me rappelaient les râles que j'avais autrefois entendus dans la maison des Khlystys, à Tobol, et, malgré la fraîcheur ambiante, j'avais le dos inondé de sueur.

Plus le temps passait, plus mon assurance diminuait, et je craignais que les deux gardiens, malgré leur air stupide, ne s'en rendent compte. Le soleil, au dehors, devait déjà être haut dans le ciel lorsque du bruit a résonné dans le couloir et que la porte s'est ouverte avec violence.

Le chef de la patrouille est entré et les deux gardes ont bondi sur leurs pieds. Puis les trois se sont effacés et un quatrième personnage s'est encadré dans la porte.

Il s'agissait d'un Damné de petite taille – je pense même que j'étais plus grande que lui – et à la silhouette curieusement tordue. Ses yeux étaient d'un beau bleu lumineux et ses cheveux blonds. Son sourire, presque timide, était celui d'un enfant. Il s'est avancé d'un pas légèrement claudicant et s'est arrêté devant moi, la tête inclinée sur le côté.

Son air angélique et doux contrastait étrangement avec les lieux. Je ne savais que trop bien que les longues taches sombres, sur les murs de pierre, n'étaient pas entièrement dues à l'humidité et aux moisissures...

Après m'avoir dévisagée un instant, sans se départir de son sourire, il m'a annoncé avec amabilité :

— Je m'appelle Kouzma et je suis le responsable de la forteresse et du Glaive de Petra. Tu souhaitais communiquer quelque chose à Dzerji, n'est-ce pas?

Sans même attendre ma réponse, il m'a fait signe de le suivre et il s'est engagé dans un labyrinthe de couloirs, d'un petit pas pressé, jusqu'à un bureau spacieux dans lequel il m'a fait entrer. Je n'ai pas eu le temps de voir si les gardes nous avaient emboîté le pas mais, lorsqu'il a refermé la porte, nous nous sommes retrouvés seuls dans la pièce.

Kouzma s'est installé derrière un bureau qui m'a paru hors de proportion avec son corps frêle, et il m'a désigné une chaise recouverte d'une sorte de velours incarnat et moiré. Au moment de m'y asseoir, il m'a semblé que les motifs irréguliers du tissu n'étaient pas d'origine mais provenaient de taches relativement récentes...

— Eh bien, a-t-il repris, vautré dans un fauteuil dans lequel il disparaissait à moitié. Tu peux parler, à présent, nous sommes seuls.

— Je ne peux malheureusement rendre compte qu'à Dzerji en personne, ai-je fait en tentant de lui rendre son sourire, qui semblait avoir été peint sur son visage. Il m'a confié une mission confidentielle et...

— Dzerji a toute confiance en moi et tu peux me parler comme à lui-même, a coupé Kouzma en plantant ses yeux dans les miens.

Je me suis soudain rendu compte que ce petit être à l'allure fragile, qui avait dû connaître une enfance abominable, prenait un plaisir vicieux à me désarçonner et qu'un bourreau, façonné par des années de sévices et de vexations, devait sommeiller en lui d'un sommeil très léger...

Si Dzerji l'avait choisi pour diriger le Glaive de Petra, cela signifiait que, d'une part, il avait effectivement toute sa confiance, et que, d'autre part, il lui supposait les capacités suffisantes pour mener à bien tout interrogatoire. Deux conditions qui n'étaient pas pour me rassurer...

Son sourire perpétuel, maintenant, ne me paraissait plus celui d'un ange mais celui d'un fauve qui se délecte à l'avance de la proie qu'il amène lentement mais sûrement jusqu'à sa gueule. Un sourire d'araignée, si une chose pareille peut se concevoir...

La seule chose capable d'arrêter un tel être, me disais-je, était la peur de Dzerji. Et je voyais dans ses petits yeux mobiles que son unique préoccupation était de savoir si mes liens avec Dzerji étaient bien ce que je prétendais.

Au bout d'un moment, Kouzma s'est levé et il a lentement fait le tour du bureau pour venir se placer derrière moi. Il a posé sa main sur mon épaule et, tout en me parlant de sa mission d'épuration de la ville de Petra, il a laissé aller sa main sur ma poitrine, s'attardant sur les seins, qu'il s'est mis à pétrir avec une sorte de nonchalance qui dénotait l'habitude, puis plus bas encore. Lorsqu'il a atteint la poche dans laquelle se trouvait la main de Tcherny, je n'ai pas pu réprimer un frisson.

Je me suis levée brusquement et j'ai sifflé, de toute ma haine :

— Si tu oses encore poser ta patte sur ce qui appartient à Dzerji, je me ferai un plaisir de t'arracher les doigts moi-même un par un pour les lui apporter.

Kouzma a reculé et s'est mis à cligner des yeux. Le bleu en avait viré au violet, sous l'effet de la peur. J'avais frappé juste.

Plus tard, j'apprendrais que non seulement Dzerji savait tout des abus auxquels Kouzma se livrait auprès des prisonnières – et même de ses collaboratrices –, mais qu'il les utilisait justement pour le maintenir sous sa coupe, en le laissant constamment sous la menace d'une révocation qui le conduirait droit dans ses propres cachots.

Si les pouvoirs de Kouzma à Petra ne connaissaient guère de limites – ce dont il profitait d'une manière répugnante –, il n'ignorait pas que sa vie dépendait d'un seul mot de son maître à Mossburg. Il est revenu derrière son bureau en s'épongeant le front, courbé dans une attitude servile. D'ores et déjà, je savais qu'il me détesterait jusqu'à la fin de ses jours…

Il a aboyé un ordre bref.

La porte s'est ouverte aussitôt et le chef de la patrouille qui m'avait conduite ici est apparu. Kouzma a vite retrouvé son sourire infect, mais le garde avait eu le temps d'entrevoir son visage défait et, me lançant un coup d'œil méfiant, il a attendu l'ordre que Kouzma était déjà en train de rédiger. S'il avait cru qu'il allait profiter d'une aubaine, il devait être déçu…

Dès le début de l'après-midi, j'ai pris place dans un coche de la guilde des caravaniers, réquisitionné à mon seul usage par le Glaive. Seuls deux gardes, un peu plus reluisants que ceux auxquels j'avais eu affaire dans la matinée, occupaient une banquette de bois près de la portière, le visage sombre et les yeux fuyants.

Je suis arrivée à Mossburg quatre jours plus tard, après un voyage sans histoire durant lequel j'ai été nourrie comme je ne l'avais pas été depuis longtemps. Si les habitants de la région, que j'apercevais parfois par les claires-voies du coche, semblaient manquer de tout, les glaivistes, eux, mangeaient à leur faim.

La ville était aussi grande que Petra, et elle avait été la capitale de l'empire de Vermillon du temps des ancêtres de Roman. Il y faisait nettement plus froid qu'à Petra, même si elle se trouvait plus au sud, car nous y étions loin de la mer.

Ulia avait installé son gouvernement dans l'ancien château impérial, qu'on appelait communément la Citadelle. L'imposante construction abritait également la plupart des nouvelles structures étatiques mises en place par les Boleshs, à l'exception du Glaive, pour lequel Dzerji avait choisi un bâtiment d'aspect sinistre connu sous le nom de Loubiaka et qui, de même que la Mygale, avait servi de prison du temps de l'empereur.

Nous nous y sommes rendus directement. La façade austère était percée de fenêtres étroites et sales, et c'était dans les immenses sous-sols que se trouvaient les innombrables cachots et les salles d'« interrogatoire ». C'était là également, je l'apprendrais dans peu de temps, qu'avaient été jetés Spiridova et nombre d'autres Meneshs qui s'opposaient à la montée de la tyrannie d'Ulia, dans l'attente de procès qui, pour la plupart, ne verraient jamais le jour.

Grâce au document signé par Kouzma, j'ai pénétré sans difficulté dans cet édifice qui, pour les années à venir, allait être synonyme de terreur et de mort. Un va-et-vient incessant de Damnés en armes, traînant parfois brutalement des prisonniers enchaînés, faisait régner un brouhaha permanent dans les couloirs.

Les deux gardes ne m'ont lâchée que lorsque Dzerji en personne, flanqué de deux sbires imposants, a pris « livraison » de moi. Aussitôt que nous avons été installés dans son bureau, cependant, il a fait sortir ses deux anges gardiens.

Il s'agissait d'une pièce sombre dépourvue de toute décoration. Des zones plus claires, sur les murs, indiquaient que nombre de tableaux ou d'objets d'art avaient disparu.

Dzerji avait l'air extrêmement étonné de me voir, mais il ne m'a pas posé de questions. Devant lui était étalé le papier de Kouzma, que les gardes lui avaient remis.

— Eh bien, a-t-il fait à voix basse après m'avoir dévisagée de ses yeux perçants. On me dit que tu m'as apporté quelque chose.

Sans un mot, le regard durci par la haine, j'ai lentement sorti de ma blouse le chiffon contenant la main de Tcherny et je l'ai déposé devant lui.

Dzerji a fermé à demi les paupières, puis il a tendu la main vers le ballot, qu'il a minutieusement ouvert. J'ai guetté sa réaction, mais pas un instant il n'a abandonné son flegme. Le visage fermé, il a saisi délicatement la main de Tcherny dans la sienne et l'a longuement examinée sous toutes les coutures. Il a imperceptiblement hoché la tête en apercevant la cicatrice, puis il l'a reposée et il a enfin levé les yeux vers moi en souriant.

— J'aurais préféré sa tête, a-t-il dit d'une voix monocorde.

Puis, comme il n'ajoutait rien, se bornant à fixer les yeux sur moi, je lui ai raconté l'histoire que Tcherny avait mise au point, la rencontre puis la poursuite jusque dans les marais de la Lompe, le combat avec Douz et moi, le coup de sabre qui avait privé Tcherny de sa main droite, le coup de couteau au cœur qui lui avait coûté la vie, juste après celui qui avait eu raison de Douz.

— Et le corps? a-t-il simplement demandé.

— Tu peux le faire rechercher dans la Lompe, ai-je fait d'un air dégoûté. Il s'y trouve encore avec celui de Douz. À moins qu'ils n'aient déjà été bouffés par les habitants du lieu. Tu en as entendu parler, je suppose. Ce ne sont pas des gastronomes.

Dzerji m'a regardée un long moment, sans que je réussisse à déceler s'il éprouvait de la méfiance ou une sorte d'admiration. Mais je n'ai pas baissé les yeux. Il pouvait y lire clairement la haine, une haine immense dont il était l'objet, mais que je cherchais si peu à dissimuler qu'il ne pouvait sans doute pas le comprendre.

Néanmoins, dans un ultime soupçon, il m'a demandé comment j'avais pu tuer celui qui avait été mon amant.

— Mon amant? me suis-je exclamée. C'était un héros que j'aimais, mais c'est un lâche que j'ai retrouvé là-bas. Il a trahi la cause, il m'a trahie. Et je te remercie de m'avoir permis de me venger. Mon seul regret aura été de m'être montrée naïve aussi longtemps.

Et la haine qui empourprait mon visage, tandis que je proférais ce monstrueux mensonge, était si réelle, si intense, que Dzerji n'a pu que me croire.

Du moins l'ai-je espéré…

DIX-HUIT

En fait, il était difficile de savoir ce que pensait réellement Dzerji. Contrairement à bien d'autres, l'homme au cœur de colombe ne semblait tirer aucun avantage personnel de sa situation.

Alors que de nombreux collaborateurs d'Ulia se laissaient aller à accumuler les privilèges, prenaient goût au faste et à la parade, Dzerji persistait à se nourrir d'un peu de pain et d'eau. Il dormait – jamais très longtemps – sur une maigre paillasse installée dans son bureau et on aurait cru qu'il ne changeait de vêtements que lorsque ceux qu'il avait sur le dos tombaient en lambeaux.

Ses traits étaient tirés et son regard plus fiévreux que jamais, ses gestes mécaniques et précis, sa parole sèche et incisive. Tout son corps ne semblait être qu'un appendice à peine nécessaire à son esprit, qui, lui non plus, ne se laissait pas corrompre.

Après avoir fait disparaître la main de Tcherny dans un tiroir, comme je lui demandais la permission de me rendre à la Citadelle pour prendre des ordres auprès d'Ulia, il m'a offert de rester avec lui et de travailler pour le Glaive – Ulia ayant, a-t-il ajouté avec un sourire en coin, tout le personnel nécessaire pour son appareil gouvernemental.

L'idée, pour répugnante qu'elle me paraissait en soi, n'était cependant pas sans intérêt. Les glaivistes disposaient d'un pouvoir discrétionnaire important et ils n'avaient de comptes à rendre à personne, hormis à Dzerji. Ma position en serait ainsi facilitée, car Ulia était devenu presque inaccessible au commun des mortels.

Comme pour me séduire, Dzerji, que je n'avais jamais entendu parler autant, m'a brossé un tableau de sa mission.

— Nous ne faisons pas la guerre à des individus, Garance. Nous exterminons la bourgeoisie en tant que classe. Nous ne recherchons pas de preuves ou de témoins prouvant que des actions ont été commises, des paroles proférées à l'encontre du pouvoir des Boleshs. La première chose que nous demandons est celle-ci : à quelle classe appartient le suspect, quelles sont ses origines, son éducation, sa profession? Des réponses à ces questions dépendra son sort. Tel est le principe qui régit la Terreur rouge.

C'était la première fois que j'entendais prononcer ce nom. La Terreur rouge... Cette terreur qui régnait, je l'avais constatée partout, mais j'avais cru qu'il s'agissait d'une dérive que Dzerji et Ulia s'efforçaient de contrôler – rendue nécessaire, peut-être, par la violence de la situation, mais provisoire –, et non d'un principe rigide et aveugle, longuement prémédité et soigneusement dénommé, comme celui que Dzerji venait d'énoncer.

Et pourtant, me disais-je, si ce principe devait réellement être appliqué avec toute sa prétendue rigueur, quelles en seraient les premières victimes? Qui faudrait-il pendre sur-le-champ? Ulia, bien sûr, issu d'une famille de fonctionnaires de l'empire, et aussi Terzio, et Kollona, et Kamen, et beaucoup d'autres, sans oublier Dzerji lui-même, rejeton d'une ancienne famille noble qui avait fourni à Roman et à ses ancêtres de nombreux officiers.

Dzerji ne paraissait pas troublé par ce paradoxe. Il s'était placé, tout comme Ulia, au-dessus des lois qu'il avait édictées. En fait, le Glaive ne faisait pas respecter la loi, il *était* la loi. En acceptant d'en faire partie et en agissant à son ombre, je serais donc, moi aussi, tant que ma duplicité ne serait pas découverte, libre de mes mouvements.

Pour faire ce que j'avais à faire, je n'avais qu'un choix possible : celui de passer délibérément du côté des bourreaux. Comme dans un rêve, je me suis donc entendue répondre à Dzerji d'une voix ferme :

— Ce sera un honneur pour moi que de servir le Glaive. Dis-moi qui il faut frapper, et je frapperai.

Dzerji s'est contenté de hocher la tête, l'air apparemment satisfait. Il a rédigé à la hâte un bref billet qu'il a signé et m'a remis en précisant :

— Garde toujours ceci sur toi. Tu auras de quoi manger à ta faim et personne n'osera lever la main sur toi. Mais n'oublie pas : ne sors jamais d'ici sans mon autorisation et raye de ton vocabulaire le mot « non ».

Puis il m'a purement et simplement ignorée et il s'est replongé dans des dossiers – parmi lesquels, m'a-t-il semblé, beaucoup de listes de noms.

En quittant son bureau, j'étais si épuisée nerveusement que je me sentais à deux doigts de devenir folle. Le poids léger de la main de Tcherny sur mon ventre me manquait. Tout Tcherny me manquait. Je me dégoûtais moi-même. Je n'avais qu'une envie, quitter Mossburg au plus vite et rejoindre la Lompe, rejoindre celui que j'aimais, même au cœur de ce cloaque, et oublier le reste du monde.

Mais nous en avions décidé autrement. Je ne reviendrais qu'après avoir tué Ulia et libéré Vermillon de ce fléau. Alors seulement nous serions libres et Tcherny pourrait quitter son répugnant refuge.

Nous en avions débattu longuement. J'avais pensé, au départ, qu'il suffisait de supprimer Dzerji puisque c'était lui l'homme du Glaive, lui qui orchestrait toute cette répression sanglante. Mais Tcherny m'avait fait voir mon erreur et il m'en avait dissuadée.

— Dzerji disparu sera aussitôt remplacé, m'avait-il dit, et peut-être par pire que lui. Ils sont nombreux à envier ce pouvoir quasi illimité qu'il détient. À l'heure qu'il est, tous les instruments d'Ulia sont encore interchangeables. C'est Ulia seul qui maintient la machine en place, comme s'il incarnait la seule légitimité possible. C'est lui la clé de voûte de l'édifice. Une fois qu'il aura été abattu, les autres se déchireront entre eux comme des chiens pour prendre sa place, mais pour le moment, aucun n'est assez fort pour le faire tomber à lui seul. Même Terzio.

Cependant, il fallait faire vite. Si le groupe des Boleshs les plus anciens et les plus respectés, malgré ses dissensions, se rangeait toujours à l'avis de la majorité, certains de ses membres préféraient les intrigues en coulisse et, même s'ils restaient muets au cours des discussions, ils n'en étaient pas moins actifs pour autant. Ceux-là s'ingéniaient à monter les uns contre les autres dans le but de les diviser et, un jour, de pouvoir les éliminer plus facilement.

— Méfie-toi particulièrement de Djouga, m'avait prévenu Tcherny. Il parle peu, et presque jamais en public, mais il est là depuis le début. Il connaît l'histoire et les faiblesses de chacun. Sais-tu comment les autres l'ont surnommé? La « tache grise ». Pourtant, même s'il est un authentique Damné, il ne s'intéresse pas au sort des siens. Il est mû uniquement par la haine et la jalousie. Il n'est guère brillant mais il est obstiné et infatigable. Le jeu qu'il joue auprès d'Ulia est rampant.

— Ulia n'est pas bête.

— Loin de là, Garance, mais Djouga, avec son air obtus et sa manière de toujours se ranger à son avis, fait figure de fidèle adjoint et il ne suscite pas sa méfiance. Il ne suscite d'ailleurs celle de personne. Il a l'air inoffensif, et c'est pourquoi il est le plus dangereux de tous. Pourtant, sans Ulia, il n'est rien. Pour l'instant. Mais il n'en sera pas toujours ainsi.

Tcherny m'avait aussi appris ce que peu de gens savaient, hormis Kollona et quelques anciens amis d'Ulia : celui-ci était malade et sa rage de travail et d'organisation, qui confinait à l'obsession, avait parfois raison de lui et provoquait une crise qui le laissait inanimé pendant de longues heures, au cours desquelles ses proches le protégeaient de toute approche extérieure.

Il devait alors disparaître pendant quelques jours, loin de l'agitation, pour que son cerveau se remette à fonctionner et pour retrouver son activité normale. Un jour, pourtant, il ne se relèverait pas de ces attaques, ou alors très diminué, physiquement et mentalement, et c'était ce moment que guettaient des prédateurs comme Djouga.

Je suis restée confinée pendant deux jours à la Loubiaka. Mes « compagnons », s'ils ne faisaient montre d'aucune agressivité directe envers moi, me considéraient néanmoins avec une certaine méfiance. Même si l'une des premières mesures prises après la chute de l'empereur avait été de proclamer l'égalité absolue des droits des deux sexes, il n'y avait que très peu de femmes dans l'entourage d'Ulia – en dehors de Kollona et de Nadja – et aucune au sein du Glaive.

J'imagine que Dzerji avait été impressionné par ma détermination et, je devais bien me l'avouer même si cela me mortifiait, par ce qu'il pensait sans doute être ma cruauté et mon insensibilité. J'étais pour lui une machine efficace et obéissante, et c'était pourquoi il m'employait.

L'espèce de respect distant que me témoignaient les autres glaivistes venait certainement de là : si leur chef m'avait choisie, c'était parce que j'étais insensible à la pitié et que j'avais le couteau facile. Par ailleurs, ils soupçonnaient probablement que Dzerji avait des droits particuliers sur moi, et pour rien au monde ils n'auraient tenté d'empiéter sur cette « chasse gardée ». Je me gardais bien de les détromper.

Chez certains, je devinais sans peine un désir vicieux qui se trahissait par des regards humides et obliques, mais ils avaient suffisamment d'esprit pour se tenir à l'écart. L'un d'eux, qui semblait disparaître comme un cancrelat dans les fissures de la muraille chaque fois que je le croisais, était une sorte de réplique terne de Kouzma : petit et contrefait, je percevais chez lui une haine profonde pour tout ce qu'il ne serait jamais. Pour tout ce qu'il ne posséderait jamais...

Je les évitais autant que possible, tout en me gardant bien de leur faire sentir le moindre sentiment qui aurait pu passer pour du mépris ou de la morgue. La perspective d'assouvir leur immense jalousie, qui les avait conduits à rallier le Glaive, ne se démentait jamais : ils auraient vendu leur mère pour progresser d'un échelon dans l'organisation, et la trahison d'un camarade ne leur causerait pas le plus léger cas de conscience.

Le matin du troisième jour, Dzerji m'a fait appeler de toute urgence. Je me suis précipitée à son bureau, à demi rassurée – j'avais passé les dernières heures à me demander s'il ne m'avait accordé un sursis que le temps de faire vérifier mon histoire par des agents de Petra.

Je suis entrée dans la pièce sombre, où il m'a reçue avec son demi-sourire habituel.

— Ulia doit se rendre dans une des plus grandes forges du secteur est de la ville, m'a-t-il déclaré sans préambule. C'est dangereux, mais il tient à assister à une rencontre importante avec le Conseil des Damnés de Mossburg. Les Meneshs sont agités en ce moment et je crains qu'ils ne tentent un coup de force contre lui.

— Tes agents vont le protéger, je suppose, ai-je dit tout en me doutant de ce qui allait suivre.

— Bien sûr, a-t-il répliqué en relevant le coin gauche de la bouche, ce qui pouvait déceler chez lui une intention ironique ou être l'équivalent d'un clin d'œil. Mais Ulia n'aime guère qu'on le serre de trop près et il ne veut pas donner aux Damnés de la rue l'impression qu'on cherche à le séparer d'eux. Il les représente et il est leur guide. Il ne peut pas se comporter comme Roman.

J'ai failli laisser échapper un ricanement à cette remarque, mais mon visage est resté de marbre.

— Des éléments indésirables risquent de s'infiltrer dans le cortège, a poursuivi Dzerji. Les reconnaître n'est pas toujours facile. Et tu as pu remarquer que la plupart de mes agents ne brillent pas par leur finesse.

Il s'est interrompu le temps de savourer l'effet de cette déclaration, mais je me suis contentée d'imiter son tic du coin de la bouche. Il a émis un bref hoquet qui pouvait passer pour un rire approbateur, puis il a repris :

— Tu comprends donc pourquoi je fais appel à toi. Tu te tiendras en permanence près d'Ulia, dans son sillage, et tu examineras soigneusement tous ceux qui tenteront de l'approcher. Au moindre geste suspect, tu agiras sans attendre.

Il était inutile de demander en quoi consistait cette action. Dzerji m'avait déjà fait remettre une dague, assez semblable à celle que Youro m'avait donnée à Ekateri, et je savais que toute « action » devait passer par sa lame.

Avec la dague, on m'avait également fourni un sarrau neuf pour remplacer ma blouse maculée de sang et de boue, ainsi qu'un pantalon d'ouvrier et un capuchon de laine grossière qui était le bienvenu car l'hiver approchait maintenant à grands pas.

— Ulia sortira de la Citadelle vers midi. Tu devras te tenir prête. Tu te mêleras discrètement à sa suite et tu ne la quitteras que lorsqu'il y sera rentré. Sain et sauf.

Je me suis levée en acquiesçant, dissimulant la joie qui m'avait envahie. Dzerji lui-même venait de me donner l'opportunité de remplir ma mission avec le maximum de chances!

— Tu peux disposer de ta matinée comme tu l'entends, a-t-il conclu en se replongeant dans ses piles de documents. Tu me retrouveras ici quand tout sera terminé.

Heureuse de pouvoir sortir enfin de ce lieu empestant la mort, je me suis dirigée droit vers la sortie. J'ai longuement respiré, les yeux clos, la tête penchée en arrière. Le soleil d'automne diffusait dans les rues de Mossburg une lumière douce qui contrastait avec l'atmosphère confinée et morbide de la Loubiaka.

Un des adjoints de Dzerji m'avait indiqué comment trouver la Citadelle, et je m'y suis dirigée d'un pas nonchalant.

Je n'ai pas tardé à me rendre compte que j'étais suivie. Je ne m'en suis pas inquiétée outre mesure. Dzerji n'avait confiance en personne et, de plus, il excellait à utiliser les uns contre les autres pour régner sur tous. Le Damné qui me filait était d'une balourdise telle que je n'aurais aucun mal à le semer si l'envie m'en prenait, malgré ma méconnaissance de la ville.

Au fur et à mesure que je me rapprochais de mon but, cependant, mon plan m'apparaissait de plus en plus insuffisant. J'aurais moins de mal que prévu à m'approcher d'Ulia et à le frapper, mais ensuite? Une armée complète de glaivistes serait présente et, pour stupides que soient ses membres, ils n'auraient aucun mal à mettre la main sur moi.

Ce ridicule capuchon que je portais, même si j'étais heureuse de profiter de sa chaleur, me désignait aussi sûrement que si j'avais arboré une pancarte avec mon nom : je n'en voyais nul semblable dans les rues! Les jeunes Damnés de mon âge que je croisais étaient tous vêtus de blouses de toile épaisse analogues à celle que j'avais portée jusqu'ici.

Me fondre dans la foule, après mon geste, serait absolument impossible.

Ma détermination n'en était pas entamée pour autant, la suppression d'Ulia était nécessaire, j'en étais convaincue, mais ne pas revoir Tcherny m'était une douleur amère et difficilement supportable.

Parvenue à proximité de la Citadelle, j'ai remarqué un jeune Damné au comportement étrange. L'air inquiet, il se retournait fréquemment et changeait de rue à tout moment, sans adopter une direction précise. Néanmoins, il ne s'éloignait pas du château. Son attitude malhabile révélait le clandestin peu rôdé aux techniques de son art...

Mon suiveur, derrière moi, n'allait pas manquer de noter lui aussi ce manège. L'idée qui venait de germer dans mon esprit, cependant, ne s'accommoderait pas d'un témoin. Midi approchait, malheureusement, et il ne me restait guère de temps.

Je me trouvais à présent dans une petite rue presque déserte. J'ai pris ma décision très rapidement. Je me suis mise à courir et, tout à coup, je me suis enfoncée sous le porche d'un bâtiment de pierre grise. Il y faisait assez sombre. Le résultat n'a pas tardé. J'ai entendu le pas précipité de mon mouchard, qui est entré à son tour. J'étais embusquée derrière un des piliers.

Le glaiviste s'est immobilisé, surpris de ne pas me voir. Ma dague était déjà sortie de ma ceinture. En un clin d'œil, je me suis jetée sur lui et je lui ai tranché la gorge, puis j'ai dissimulé son cadavre derrière le pilier. Si lui-même n'avait pas été suivi, je serais loin quand on le retrouverait.

Sans traîner, je me suis précipitée dans la rue. Il ne m'a pas fallu très longtemps pour retrouver le jeune Damné qui m'intriguait. J'ai retiré mon brassard rouge et je m'en suis approchée en essayant de ne pas l'effrayer. C'est lorsque je me suis trouvée tout près de lui que je me suis rendu compte qu'il ne s'agissait pas d'un garçon, mais d'une jeune fille.

J'ai eu l'impression de me revoir, quelques mois auparavant. Une jeune Menesh, sans aucun doute. Que cherchait-elle par ici? Elle avait l'air si faible, malgré un air déterminé qui durcissait ses traits. Si elle était là pour la même chose que moi, elle n'avait aucune chance. Je pressentais à ses gestes, à son expression, qu'elle n'avait jamais tué.

Je me suis brusquement plantée devant elle. J'étais lasse de tuer aveuglément, mais je n'avais pas le temps de faire dans la dentelle. J'ai sorti ma dague une seconde fois et je la lui ai mise sous la gorge, puis je l'ai attirée dans une encoignure.

— Comment t'appelles-tu? ai-je demandé, tout en me rendant compte du ridicule de la question dans une telle circonstance.

— F... Fania, a-t-elle balbutié, ahurie.

— Donne-moi ta blouse, ai-je intimé.

Fania avait l'air complètement éberluée. Elle devait me prendre pour une simple voleuse désespérée, poussée dans les rues par la famine dans son village ou son quartier.

Personne ne pouvait nous voir de la rue là où nous étions. Je me suis légèrement écartée, tout en maintenant la dague pointée vers elle. Sans un mot, Fania a retiré sa blouse et me l'a tendue. Rapidement, je me suis dépouillée de mon capuchon et de mon sarrau et les lui ai donnés en échange.

Tout s'était passé tellement rapidement que la pauvre fille me dévisageait sans comprendre, mes vêtements neufs à la main. Du coin de l'œil, j'ai remarqué que le manche d'un couteau dépassait de sa ceinture, dans son dos. Sans lui laisser le temps de reprendre ses esprits, je l'ai repoussée et, ayant enfilé la blouse, je suis retournée dans la rue.

— Bonne chance, Fania, ai-je lancé. Éloigne-toi d'ici, tu n'as plus rien à y faire.

Quelques instants plus tard, je me trouvais devant l'entrée principale de la Citadelle. Je n'avais eu que le temps, avant d'y parvenir, de me couper grossièrement les cheveux avec la dague. J'avais l'air d'un jeune Damné de Siwr un peu ahuri et dépenaillé, tout juste sorti de son village.

De nombreux Damnés de toutes provenances s'étaient massés devant le palais, dans l'espoir d'apercevoir Ulia. Lorsque celui-ci est enfin apparu à l'entrée, il y a eu des ovations, mais aussi des huées, et la foule a esquissé un mouvement assez désordonné, ce qui a facilité mes propres déplacements.

Ulia a salué de la main, a prononcé un bref discours sur l'avenir radieux qui se préparait pour nous tous, puis il s'est mis en marche vers le Conseil des Damnés de Mossburg. Sa silhouette a aussitôt disparu dans la masse de ses suiveurs et de ses gardes du corps.

L'approcher serait moins facile que prévu, mais je n'étais pas née de la dernière pluie. Je me suis rapidement mêlée au groupe, réduisant petit à petit la distance qui me séparait de ma victime. Nous avions à peine parcouru la moitié du trajet que, déjà, je me trouvais à moins de dix pas d'Ulia. Je ne lui donnais plus cinq minutes à vivre…

C'est alors que je l'ai aperçue, de l'autre côté. Elle n'était qu'à trois ou quatre pas de lui. Fania a relevé la tête et elle m'a dévisagée avec étonnement.

Tout s'est alors passé à une vitesse incroyable et j'ai complètement perdu le contrôle sur les événements. Je n'avais rien vu venir!

Plus tard, tandis que je gisais dans une ruelle, à demi assommée, j'ai compris que j'avais été manipulée jusqu'au bout…

DIX-NEUF

Mon corps me faisait mal comme si une charge de cavalerie m'était passée dessus. Cependant, j'avais été épargnée. Que s'était-il passé, exactement?

Les images de l'attentat me revenaient petit à petit, tandis que je reprenais lentement conscience. Ulia avançant péniblement dans la foule agitée qui l'entourait, ses gardes du corps débordés et inquiets, la distance diminuant régulièrement entre lui et moi, la tension qui me poussait vers mon but... Et, soudain, les yeux de Fania fixés sur moi, de l'autre côté d'Ulia.

J'ai tout de suite compris. Un bref instant, je me suis sentie complètement désarçonnée. Allions-nous frapper Ulia toutes les deux en même temps? Non, elle était plus près de lui que moi et je n'aurais pas la possibilité de l'atteindre avant elle. Devais-je alors fuir, lui abandonner le travail et tâcher de disparaître avant que Dzerji s'aperçoive que je l'avais trompé?

Je n'ai pas eu le temps de réfléchir davantage. Un des glaivistes est apparu subitement derrière Fania. Je l'ai reconnu : c'était ce petit Damné vaguement contrefait qui ressemblait à Kouzma et qui avait tourné autour de moi comme une punaise au cours des jours précédents.

Lui-même, cependant, ne m'avait apparemment pas vue. Il a saisi Fania par le bras et l'a violemment poussée vers Ulia, contre lequel elle a trébuché. Une bousculade générale s'en est ensuivie, mais j'ai pu voir le glaiviste porter avec une extrême rapidité trois coups de couteau à Ulia, tout en se servant de Fania comme d'un bouclier : le premier s'est perdu dans le manteau du chef des Boleshs, mais le second l'a atteint à l'épaule et le troisième a traversé le cou.

Ulia s'est effondré et son assaillant s'est immédiatement retourné contre Fania, qu'il a saisie en hurlant :

— C'est elle! C'est cette fille! Elle a frappé Ulia!

Les gardes du corps se sont jetés sur la pauvre créature, qui a disparu sous la mêlée. J'ai pu entendre quelques cris aigus, de douleur et de protestation, mais très vite la rumeur de la foule s'est enflée et a tout noyé dans une clameur indistincte.

Les Boleshs ont fait barrière autour d'Ulia pour le protéger, puis ils l'ont transporté, inanimé, vers la Citadelle.

Dans la direction opposée, gardes des Escadrons rouges et agents du Glaive formaient une masse mouvante et compacte au sein de laquelle je devinais Fania pliée sous les coups qu'on lui portait. Ses cris étaient toujours étouffés par la clameur de la foule. Le groupe s'éloignait dans des rues étroites, suivi par une meute hurlante qui scandait des imprécations et des appels à la pendaison.

Tant bien que mal, je les ai suivis, tentant de me rapprocher des gardes qui maintenaient la pauvre Fania.

Personne ne me prêtait attention, mais la masse des manifestants était si dense que j'avais de la difficulté à avancer. Des Damnés excités, qu'il me semblait avoir déjà aperçus à la Loubiaka, braillaient en levant le poing :

— À mort! À mort la meurtrière! Vengeons Ulia!

De nombreux Damnés, y compris des femmes, le visage bouleversé et rouge de colère, reprenaient ces vociférations en cadence tout en suivant le cortège.

Bientôt, nous avons débouché sur une place où la foule est devenue moins touffue. Je me suis avancée et j'ai pu apercevoir Fania. On l'avait dépouillée de son capuchon et on lui avait lié les mains dans le dos. Sa blouse était déchirée, laissant apparaître une peau blême couverte de bleus. Elle avait le visage affreusement tuméfié et du sang coulait de sa bouche.

Deux Damnés portant des brassards rouges arrivaient, faisant rouler un tonneau devant eux. Ils ont redressé le tonneau devant Fania, l'ont ouvert, et ils ont abondamment aspergé la fille de son contenu. J'ai frémi. Je savais ce qui allait suivre...

Les bourreaux se sont saisis de Fania et l'ont plongée dans le tonneau à demi vide, puis ils y ont jeté une torche. Le madogue a pris feu instantanément, enveloppant la malheureuse de flammes bleues et vertes.

Les hurlements de Fania ont repris, terribles, couvrant cette fois ceux de la foule qui bramait toujours ses slogans vengeurs. Et j'assistais, impuissante, à l'horrible spectacle. À un moment, la gorge nouée, j'ai quand même réussi à murmurer :

— Ils sont fous, ce n'est pas elle...

J'ai aussitôt reçu une violente bourrade dans les côtes.

— Ne dis pas de bêtises, petit, ou tu vas subir le même sort.

La phrase avait été marmonnée par un Damné de grande taille à la voix rauque et essoufflée, comme s'il n'avait eu qu'un seul poumon, et qui se tenait près de moi. Il ne m'avait pas regardée, n'ayant même pas détaché ses yeux de l'immonde vision de Fania en train de brûler vive.

— Ce n'est pas elle! ai-je repris plus fort, incapable de me retenir.

Cette fois, j'ai senti un coup dans le dos, si fort qu'il m'a fait perdre l'équilibre. Puis des mains se sont abattues sur moi, qui m'ont frappée et ont commencé à déchirer ma blouse. J'ai entendu quelqu'un grogner :

— En voilà un autre. Brûlons-le aussi!

Il y a eu un début de bousculade, chacun cherchant à m'attraper un bras ou une jambe.

— Réglons-lui plutôt son compte dans la ruelle, a fait un autre. Que ce ne soit pas toujours les mêmes qui s'amusent…

La main énorme et rugueuse du Damné qui venait de parler, celui-là même qui m'avait dit de me taire un instant plus tôt, s'est abaissée vers moi et m'a agrippée par le cou. La brute m'a relevée comme si je n'avais été qu'un fétu de paille et m'a vivement emmenée vers une des rues qui débouchaient sur la place, suivi par un groupe de Damnés excités.

J'ai eu beau me débattre, sa poigne de fer ne faiblissait pas. En même temps, je me disais que si je criais trop, j'attirerais l'attention des autres, dont les glaivistes et les Escadrons rouges. Au moins, ceux qui avaient l'intention de me « régler mon compte » n'étaient pour l'instant qu'une poignée et j'avais encore l'espoir de pouvoir m'échapper.

Heureusement, dans la foule en furie, captivée par l'exécution sommaire de Fania, personne ne semblait nous prêter attention. Mes tortionnaires improvisés, le grand Damné en tête, ont pénétré dans un dédale de ruelles où, bientôt, les bruits de la foule ne nous sont plus parvenus que très étouffés. Eux-mêmes avaient cessé de crier. Sans doute savaient-ils que les glaivistes n'appréciaient guère qu'on leur enlève une proie.

Du coup, je me suis sentie plus rassurée. Il s'agissait sans doute de ces gens qui hurlent avec la meute quand ils se croient à l'abri des représailles, mais qui fuient lorsque le loup apparaît pour de bon. Aucun d'entre eux n'avait cru bon de me fouiller et j'avais toujours ma dague dans le dos, passée dans ma ceinture, ainsi que mon couteau de pierre dans une poche.

Je me préparais à réagir lorsque j'ai reçu un coup derrière l'oreille, et je me suis écroulée comme une masse. J'avais trop tardé! Ils allaient me tomber dessus comme des chiens enragés. Je me recroquevillais sur moi-même pour éviter les coups au ventre et au visage lorsque le grand Damné s'est écrié :

— Les glaivistes!

Ce nom en lui-même portait une telle charge de terreur que tous ont aussitôt décampé dans les ruelles adjacentes et je me suis retrouvée seule, allongée sur le pavé, à demi étourdie. J'ai tenté de me traîner vers une encoignure toute proche pour échapper aux gardes, mais j'étais incapable de me relever. Je n'ai pu que ramper péniblement jusqu'à un tas de détritus derrière lequel je me suis étendue, immobile.

Curieusement, plus aucun bruit ne me parvenait de la rue. Où étaient donc passés les Escadrons rouges? S'étaient-ils lancés à la poursuite des justiciers improvisés? Je n'y croyais guère. Je suis restée un long moment sans bouger, osant à peine respirer. Je commençais seulement à me rendre compte à quel point Dzerji s'était, une fois encore, servi de moi comme d'un objet sans valeur. Mais tout était allé si vite…

Tout à coup, un bruit de pas m'a fait sursauter. Je me suis aplatie autant que possible derrière mon tas d'ordures. Peine perdue! Je ne pouvais pas me rendre invisible…

Une haute silhouette s'avançait droit vers moi, d'un pas résolu. J'ai reconnu le Damné à la voix caverneuse qui m'avait amenée jusqu'ici. Venait-il pour m'achever, après avoir été interrompu par l'arrivée inopinée des Escadrons rouges? Mais pourquoi était-il seul, dans ce cas?

Instinctivement, j'ai enfoui la main dans ma poche et j'ai empoigné le manche de mon couteau, plus discret que la dague, que j'avais d'ailleurs perdue dans l'empoignade.

Le Damné s'est arrêté à deux pas de moi. Je n'ai pas bougé d'un poil. Il a hésité un instant, puis il s'est accroupi et a murmuré :

— Sors la main de ta poche, mon garçon. Je ne te veux aucun mal. Tu ne peux pas rester ici, les autres risquent de revenir.

J'ai alors compris que ce bonhomme à la voix fêlée, loin de vouloir m'expédier dans un autre monde, m'avait en fait sauvé la vie en me soustrayant à la vindicte de la foule.

Avait-il, lui aussi, vu ce que j'avais vu? C'était possible. Et, lorsqu'il m'avait enjoint de me taire, cela n'avait pas été une menace, mais une mise en garde. Pouvais-je donc lui faire confiance? Pourquoi pas... De toute façon, dans mon état, même mon couteau ne me serait pas d'un grand secours face à un individu dont la force me paraissait peu commune.

J'ai lentement sorti la main de ma poche, paume ouverte.

— C'est bien, a-t-il fait avec un sourire. Viens.

Puis, me tendant la main, il m'a aidée à me relever. Ma nuque me faisait extrêmement mal et j'avais du mal à conserver mon équilibre. Je me suis appuyée sur lui et nous nous sommes mis en marche. Il n'a rien ajouté à propos de mon couteau, dont il avait pourtant deviné la présence.

— Tous ces fous sont encore sur la place où ils assistent au supplice de cette pauvre fille. C'est ignoble. Mais la voie sera libre. Je n'habite pas très loin.

Nous avons marché peu de temps, en effet. Mon protecteur me soutenait car j'aurais été incapable de me tenir debout sans son aide. Après avoir tourné dans une petite rue, il m'a fait entrer dans un vieil édifice où il avait un appartement. Celui-ci était un véritable capharnaüm, rempli de papiers et de livres dont les piles s'élevaient parfois plus haut que ma tête. L'endroit sentait l'encre fraîche. J'ai pensé à Tcherny et mon cœur s'est serré.

Quand pourrais-je le retrouver dans la Lompe? Je n'en savais rien. Je devais d'abord m'assurer qu'Ulia avait succombé à ses blessures et que la course à sa succession était ouverte. Je n'en doutais pas, cependant, si j'avais bien interprété ce que j'avais vu.

Ulia avait été frappé à mort par un tueur du Glaive, et il était peu probable que celui-ci ait manqué son coup. La machination de Dzerji m'apparaissait à présent dans toute sa splendeur. En éliminant Ulia, il n'y aurait plus personne pour s'opposer à lui et le Glaive deviendrait tout-puissant. Les Boleshs eux-mêmes en avaient peur. À présent, ce serait pire. Tout le pouvoir appartiendrait aux assassins...

Là où son plan avait connu un raté – ce qui, d'ailleurs, de son point de vue, n'en était sans doute même pas un – c'est qu'il n'avait pas pu m'imputer la responsabilité du crime. Le tueur, manifestement, à cause de l'échange de vêtements que j'avais opéré avec Fania, avait pris cette dernière pour moi et le résultat avait été le même : on lui avait fait endosser la responsabilité du meurtre.

Ç'avait été un jeu d'enfant pour les glaivistes de chauffer la foule – qui, d'une façon générale, adulait Ulia – et de procéder à l'exécution de la soi-disant criminelle sans procès ni interrogatoire. Ainsi, il ne subsistait aucun témoin du meurtre.

Dzerji avait-il percé mon intention de tuer Ulia, ou m'avait-il simplement considérée comme le bon pion à jouer au bon moment, je n'en savais rien. Je ne voulais même pas le savoir. Je n'avais jamais été pour lui qu'un objet plus ou moins utile selon ses besoins.

Quant à son tueur, s'était-il rendu compte de sa méprise? Peu importait, dans le fond. Dans un cas comme dans l'autre, il ne dirait rien. Dans la négative, il rapporterait de bonne foi à Dzerji la réussite de leur plan ainsi que mon exécution publique – personne ne pourrait identifier les restes du corps carbonisé –, et dans le cas inverse, la peur d'une réaction hostile de son patron lui clouerait le bec. Dans les deux cas, pour Dzerji, je n'existais donc plus.

C'était le sort subi par la jeune Menesh qui me gênait. Bien sûr, elle avait eu l'intention de tuer Ulia : elle était même venue exprès pour accomplir cet acte et elle connaissait les risques encourus. Mais elle ne l'avait pas fait, et si elle était morte dans ces circonstances horribles, ce n'était pas du fait de son geste mais à cause du mien, à cause des vêtements que je lui avais donnés. Une fois de plus, j'avais les mains tachées de sang. Et pas de celui que j'avais voulu verser...

— Comment t'appelles-tu?

La voix de mon hôte m'a fait sursauter. Perdue dans mes pensées, je l'avais presque oublié. Il s'était assis dans un fauteuil lustré par les ans et me regardait attentivement.

— G... Gorri, ai-je répondu d'une voix troublée, prise au dépourvu par sa question.

Le Damné a semblé se satisfaire de ma réponse, mais le faible sourire qui a alors éclairé son visage m'a donné à penser qu'il ne me croyait guère. Il m'a fait prendre place dans un autre fauteuil, en face du sien.

— Je suis Peshko, a-t-il fait simplement, comme pour nous remettre sur un pied d'égalité.

Peshko! Était-ce possible? Peshko, le grand Peshko lui-même m'avait sauvé la vie et je me trouvais chez lui, assise dans un de ses fauteuils comme si j'avais été une amie!

Peshko était l'idole de Tcherny. Écrivain contestataire et virulent, il avait payé ses audaces de sa liberté à l'époque de Roman et il avait fait quelques séjours à la Mygale. Mais, aussitôt libéré, il recommençait. Rien ne pouvait le faire taire.

Très rapidement, il avait soutenu Ulia dans sa lutte et ils s'étaient liés d'amitié. Pourtant, dans les jours qui avaient suivi la prise du pouvoir par les Boleshs, Peshko avait manifesté quelques réserves relativement à la conduite d'Ulia et des siens.

Dès le lendemain de la fermeture des presses des Meneshs, Peshko avait écrit et publié dans son journal : « Ulia et Terzio n'ont aucune idée de la liberté et des droits des Damnés. Ils sont déjà corrompus par le sale poison du pouvoir. »

Sa grande notoriété, dans tout Vermillon et même à l'extérieur de l'empire, l'avait mis à l'abri des représailles les plus grossières. Cependant, lorsqu'il avait proclamé publiquement, quelques semaines plus tard : « Il ne peut échapper aux Damnés qu'Ulia ne fait que réaliser une expérience sur leur dos. Ulia n'est pas un magicien omnipotent mais un illusionniste au sang froid qui n'épargne ni la vie ni l'honneur des Damnés », Ulia s'était montré furieux et avait proféré des menaces de mort à l'encontre de Peshko.

Là encore, l'image populaire de Peshko, défenseur des faibles et des opprimés, l'avait protégé. Il était toujours un symbole de la dignité des Damnés d'un bout à l'autre de Vermillon. Mais l'histoire d'amour avec Ulia était terminée. Peshko était sous surveillance, et il savait que le Glaive se passait volontiers de l'approbation d'Ulia pour ses actes de représailles.

— J'ai vu la même chose que toi, a-t-il repris d'un ton grave. Si je t'ai empêché de clamer la vérité, ce n'était pas pour l'étouffer, c'était pour t'éviter de subir le même sort que cette pauvre fille. Ni toi ni moi n'y pouvions rien. La foule était infestée de glaivistes.

J'ai failli tout lui raconter : mon intention de tuer moi-même Ulia, l'échange de vêtements avec Fania, la confusion dont elle avait été l'objet... Puis je me suis retenue. Mes aveux ne ramèneraient pas Fania à la vie, et ils dévoileraient mon identité, ce à quoi je ne tenais pas. Manque de confiance envers Peshko? Oui, certainement. Ou, plus exactement, manque de confiance envers tout le monde.

Vermillon était devenu un univers de dénonciation, de torture, de mort. Ne pouvaient y survivre que les muets, les sourds et les aveugles. Ne rien voir, ne rien entendre et, surtout, ne jamais ouvrir la bouche. Il y avait toujours une oreille indiscrète, un œil caché. Le Glaive était partout, dans l'air même que nous respirions.

— Je regrette aussi pour cette fille, me suis-je donc contentée d'affirmer. Mais elle savait ce qu'elle faisait.

Peshko a hoché la tête.

— Il n'empêche que ce n'est pas elle qui a frappé Ulia. C'est dommage, elle ne l'aurait peut-être pas raté...

Je l'ai dévisagé avec des yeux ronds. Que voulait-il dire?

— T'imagines-tu que Dzerji serait assez bête pour supprimer Ulia? a-t-il repris en constatant ma surprise. Dzerji a besoin d'Ulia, comme tous les autres. Seul Ulia a été capable de s'identifier avec l'insurrection aux yeux des Damnés. Lui seul est connu de tous, lui seul est devenu un symbole. Aucun de ses acolytes n'est assez puissant ni assez populaire pour lui succéder.

« Tous ne sont que des bureaucrates, dans le fond, Dzerji le premier. Mais Ulia a su jouer avec la marée des déshérités qui forment l'âme et le peuple de Vermillon. Sa cruauté sanglante et immonde n'est que le concentré de celle du peuple de Vermillon, sans lequel il n'aurait pu parvenir à ses fins.

« Ignorants, pouilleux, violeurs et assassins, voilà ce que sont les Damnés. Une force sombre et incontrôlable dont Ulia et les siens tentent de profiter tout en les craignant. Celui qui saura les maîtriser, celui-là seul sera le vrai maître de Vermillon. Et, à l'heure actuelle, personne d'autre qu'Ulia n'en est capable. »

— Je ne comprends plus, ai-je fait. Si ce n'est pas Dzerji qui a commandité l'assassinat d'Ulia, qui est derrière le complot? Car il y eu complot. Le meurtrier n'a pas agi de son propre chef, tout était préparé, et très minutieusement. Et je ne peux pas croire que Dzerji n'était pas au courant.

— Je n'ai jamais prétendu que Dzerji n'était pas l'instigateur de l'attentat. Au contraire, cette manière de procéder lui ressemble tout à fait. Je t'ai dit qu'il n'avait aucun intérêt à supprimer Ulia. Je suis persuadé que l'assassin a frappé très précisément, de façon à ce que les blessures ne soient pas fatales. Ulia survivra, sois-en certaine. Mais il ne sera plus comme avant.

De nouveau, j'étais perdue. Quel était donc le plan de Dzerji?

— Après la mort d'Uris, a continué Peshko, Dzerji pensait qu'Ulia lui laisserait toute latitude pour faire

régner la Terreur, dont il est l'instigateur. Mais Ulia a re-
fusé. Il a semblé effrayé lui-même par l'ampleur des
représailles déclenchées par l'assassinat d'Uris. Ulia est
un monstre, certes, mais il y a encore un côté humain
chez lui. En montant ce faux complot, Dzerji a tout
simplement espéré que son chef, pris de panique face à
sa propre mort, lui donnerait carte blanche. Je ne crois
pas qu'il se soit trompé.

Peshko s'est renversé dans son fauteuil, l'air abattu. Il
a passé sa main sur ses yeux.

— Tu verras ce que je te dis, mon garçon, a-t-il murmuré. Dès demain, la Terreur rouge ne connaîtra plus
de limites.

VINGT

Je suis restée quelques jours chez Peshko, le temps que mes douleurs à la nuque disparaissent et que je retrouve enfin mon équilibre.

Mon hôte a été très correct avec moi, il m'a nourrie et soignée sans me poser trop de questions, mais je n'ai pas jugé bon de lui dévoiler mon identité, ni même mon sexe. Il me prenait toujours pour un jeune Damné de Siwr, un peu naïf sans doute, ignorant et désireux d'apprendre.

Il m'a également donné des montagnes de renseignements sur les Boleshs et leur histoire, ainsi que sur la façon dont ils s'étaient organisés au fil du temps. J'avais longtemps travaillé avec eux – pour eux, plus exactement – mais j'avais toujours vu cette puissante machine de l'intérieur et n'en connaissais finalement que ce qu'on m'en avait laissé voir.

Peshko était un extraordinaire conteur et l'histoire des Damnés de Vermillon devenait, à travers ses récits, une épopée triste et poignante dans laquelle je me reconnaissais parfaitement. Je comprenais l'admiration que Tcherny éprouvait pour lui.

Ses prédictions se sont malheureusement réalisées. Ulia avait survécu. Les deux premiers coups de couteau, je l'avais déjà remarqué, avaient été sans gravité. Le troisième, qui avait atteint le cou, avait été spectaculaire et il avait provoqué d'intenses saignements, mais les médecins d'Ulia les avaient rapidement endigués et ce dernier s'était promptement remis.

Cependant, ainsi que Peshko l'avait prévu, l'attitude d'Ulia vis-à-vis de la répression avait changé. Dès le lendemain de l'attentat, le Glaive avait arrêté et pendu sommairement plusieurs centaines d'otages pris au hasard parmi les Meneshs ou leurs sympathisants encore en liberté.

Non seulement Ulia avait fermé les yeux, mais il avait lui-même recommandé à Dzerji la plus grande fermeté dans la chasse aux « traîtres » et aux « déviants », sans préciser davantage ce qu'il désignait par ces deux termes. Oser proférer la moindre parole contre lui était tout simplement devenu un crime passible de mort…

Ulia ne sortait plus de la Citadelle et il était devenu pratiquement impossible de l'approcher. Lui-même ainsi que Dzerji et Terzio bénéficiaient d'une garde personnelle et renforcée habilitée à exécuter au moindre soupçon tout individu suspect s'approchant de leur chef.

Pour ma part, d'ailleurs, il était hors de question d'y penser. Dans la mesure où j'étais « morte », ce qui était officiellement vrai puisqu'on avait publié mon nom et mon arrêt de mort dans des journaux et des proclamations envoyées aux quatre coins du pays, je n'étais plus qu'un inconnu que personne n'irait plaindre ou défendre si la dague d'un glaiviste ou d'un soldat rouge se plantait dans mon cœur.

— Cette Garance est devenue en quelques jours une des personnes les plus détestées du pays, m'a confié Peshko le deuxième jour, alors qu'il rentrait d'une longue course dans les rues de Mossburg où il était allé aux nouvelles. Dzerji a bien fait les choses. On en a fait une traîtresse infecte, déterminée à ruiner le pays entier et à massacrer celui qui en a été le sauveur bien-aimé. Si elle n'avait pas été brûlée vive, mille couteaux se présenteraient spontanément pour l'égorger sur-le-champ.

Je me suis mordu les lèvres pour ne pas répondre. Non seulement j'étais morte, mais on m'avait érigée en symbole d'ignominie. Pour parvenir à ses fins, Dzerji avait détruit ma vie, ma mémoire, mon nom. Qui, à présent, parmi mes anciens amis, accepterait de m'aider? Les Boleshs avaient fait de moi un fantôme qui ne pouvait plus qu'errer indéfiniment dans les ténèbres.

J'étais pourtant suffisamment remise à présent pour être autonome, hormis un goût amer et métallique dans la bouche dont je ne parvenais pas à me défaire, et des vomissements persistants qui me prenaient surtout le matin.

Peshko attribuait ces nausées aux séquelles du coup que j'avais reçu dans la rue et qui m'avait privée de mon équilibre pendant plusieurs jours. Je n'ai pas voulu – ni pu! – le détromper, mais je savais parfaitement quelle en était l'origine. J'étais de nouveau enceinte!

Lorsque je l'ai compris, j'ai d'abord éprouvé un immense sentiment de détresse. Quelle vie avais-je à offrir à un enfant à naître? Quelle pitoyable existence dans un monde régi par la trahison, le mensonge et l'oppression que, loin d'éliminer, Ulia et les Boleshs n'avaient fait que rendre plus violente et plus implacable?…

Et puis, une fois encore, mon désespoir s'est mué en rage. Puisque je n'existais plus, puisqu'on m'avait tout volé, ma vie et même ma mort, l'enfant que je portais serait ma revanche. Jamais je n'avais capitulé, et j'avais aujourd'hui une raison supplémentaire de ne pas le faire. Dzerji avait cru me broyer, m'envoyer au néant, mais c'était moi qui, à présent, étais porteuse d'avenir.

J'ai caché la vérité à Peshko, mais je ne me sentais plus capable de rester chez lui, malgré sa bienveillance à mon égard. J'avais l'impression de le tromper et il ne méritait pas ça.

Un soir qu'il était sorti pour rencontrer, avait-il prétendu, des amis qu'il devait voir seul, je me suis arrangé les cheveux devant un miroir avec un vieux rasoir dont il se servait pour couper son papier, et j'ai entouré de bandes de tissu ma poitrine qui, presque inexistante alors à cause de ma sous-alimentation chronique, finirait bien par gonfler vu mon état.

Je suis partie après lui avoir laissé un bref billet le remerciant pour son aide et lui expliquant que je retournais à Siwr, d'où je lui avais dit que j'étais originaire.

Ma décision était prise. Je m'en retournais dans la Lompe. C'était le seul endroit au monde qui pouvait convenir à une déshéritée intégrale comme moi. Et c'était là, surtout, que m'attendait le père de mon enfant. J'avais échoué dans ma mission, comme j'avais échoué dans tout ce que j'avais entrepris jusqu'à ce jour, mais il me restait, j'osais le croire, l'amour de Tcherny. Et cela, ni rien ni personne ne m'en priverait.

Je me suis glissée dans les rues sombres, armée de mon seul vieux couteau de pierre, lame en apparence dérisoire mais qui ne m'avait cependant jamais failli.

Je connaissais encore mal les rues de Mossburg et je ne savais trop comment me diriger. Petra se trouvait au nord, je le savais, mais le ciel nocturne était couvert et je ne pouvais pas m'orienter grâce aux étoiles. De plus, il était hors de question pour moi d'utiliser les services de la guilde des caravaniers. J'avais trop peur que, malgré mon travestissement, un glaiviste me reconnaisse.

J'errais donc un peu au hasard, me fiant vaguement à l'état plus ou moins lépreux des façades pour déterminer la direction du nord. Au bout d'un moment, il m'a semblé reconnaître les lieux. Je me suis rapidement rendu compte que j'étais tout près de la Loubiaka.

La rue dans laquelle je me trouvais débouchait dans l'avenue conduisant à la place où s'élevait l'édifice. J'ai ralenti le pas, redoublant de prudence, retirant mes socques et les attachant autour de mon cou pour éviter leur claquement sur le pavé.

La raison me commandait de m'éloigner au plus vite de ce lieu maudit mais, étrangement, je me sentais comme hypnotisée par l'infâme bâtisse. En fait, je savais que dans ses caves croupissaient nombre de Meneshs et d'opposants au régime de terreur d'Ulia, et je me sentais presque honteuse d'être en liberté alors qu'ils étaient probablement en train de subir ces traitements répugnants auxquels se plaisaient les tortionnaires du Glaive.

J'aurais voulu me précipiter sur la porte en hurlant, autant pour exprimer ma colère que pour me faire entendre de ces malheureux qui ne reverraient sans doute plus le soleil. Folie, bien sûr… Je ne pouvais rien faire sinon disparaître et ne plus jamais mettre les pieds dans cette ville.

Et pourtant… Qui sait si un ami en détresse n'était pas enfermé là, tout près, auquel un simple signe de ma part redonnerait un peu de courage avant de mourir?

La nuit était épaisse et une bruine pénétrante et glacée s'était mise à tomber. La blouse de Fania ne suffisait pas à m'en protéger. J'ai frissonné. Plaquée contre le mur, dans un renfoncement sombre, je n'arrivais pas à me décider à fuir. Il me semblait entendre les plaintes des prisonniers émanant des murs de la prison. Illusion. Ces murs ne laissaient rien filtrer, pas même le moindre son. Je ne le savais que trop bien.

Tout à coup, j'ai sursauté. Du coin de l'œil, je venais de percevoir un mouvement dans la nuit. Je me suis renfoncée davantage dans ma cachette. Puis un bruit de pas léger s'est fait entendre. J'ai tendu l'oreille. Ce n'était pas une patrouille. Quelqu'un s'avançait, de l'autre côté de la rue, avec des précautions qui dénonçaient le clandestin.

J'ai légèrement avancé le visage. La silhouette obscure d'un Damné rasant les murs d'en face a surgi sur ma gauche, se détachant à peine sur la grisaille des façades. Un désespéré, ai-je pensé. Comme moi…

L'inconnu progressait lentement et se retournait souvent, s'immobilisait, repartait. Cette démarche… Elle me disait quelque chose.

Le Damné est passé en face de moi, toujours de son pas circonspect. Il était pieds nus. Il est bientôt arrivé à l'extrémité de la rue. De là, il devait apercevoir la Loubiaka. Après s'être assuré que personne ne l'avait remarqué – je n'étais pas sortie de l'ombre de ma cachette – il a fait un signe de la main. Aussitôt, deux autres personnages sont apparus et se sont hâtés de le rejoindre.

Les trois se sont fondus dans l'obscurité, au bout de la rue. Le temps a passé, dans un silence que ponctuait à peine la pluie légère et froide qui faisait maintenant briller le pavé. J'étais transie, mais j'avais décidé de ne pas bouger avant de savoir ce qui se tramait.

Un grincement métallique a retenti au loin. Les grilles de la Loubiaka! Le pas lourd de chevaux traînant un chariot s'est fait entendre. De nouveau, j'ai avancé la tête. Au bout de la rue, les trois Damnés étaient invisibles, mais toute leur attention devait être tournée vers la prison. J'ai soudainement compris ce qui se passait! Sans plus réfléchir, je me suis lancée sous la pluie.

Mes pieds nus étaient gelés, mais ils ne faisaient pas le moindre bruit. Comme une ombre, je suis arrivée à quelques pas des trois Damnés au moment où l'attelage traversait le carrefour.

À part le cocher, quatre gardes-chiourme du Glaive formaient une escorte, deux précédant le chariot couvert, deux le suivant. Les trois Damnés les ont laissés passer, puis ils se sont précipités sur les deux cavaliers de l'arrière.

Sans un bruit, ils leur ont sauté à la gorge et les ont désarçonnés. Deux d'entre eux ont pris leur place à cheval tandis que le troisième, celui qu'il me semblait connaître, courait derrière la charrette dont le vacarme sur les pavés avait couvert les cris étouffés des victimes.

Je me suis lancée à leur suite. Les deux cavaliers ont doublé la charrette tandis que leur complice parvenait à s'accrocher aux montants arrière et, de là, à grimper sur le marchepied.

Tandis que les Damnés à cheval réglaient leur compte aux deux gardes restants, l'autre a atteint le siège du cocher, à qui il a planté sa dague dans le ventre. Il a pris sa place et, fouettant l'attelage, il l'a lancé dans la nuit.

Le chariot, pendant les quelques secondes qu'avait duré l'opération, avait suffisamment ralenti pour que je puisse le rattraper à mon tour et me hisser à l'arrière.

L'attelage, lourd, lent et bruyant, n'est pas allé très loin. Après l'avoir fait tourner dans une ruelle, le conducteur l'a immobilisé et a sauté à terre pour en ouvrir les portes, qui étaient fermées de l'extérieur. C'est alors que je l'ai reconnu. Valenko!

Je n'ai pu retenir un cri. Aussitôt, Valenko s'est retourné vers moi et il a immédiatement repris sa dague.

— Qui es-tu? a-t-il fait d'un ton dur.

Mais déjà les occupants du chariot sortaient, portant des chaînes aux pieds et aux poignets et s'interposant sans le vouloir entre lui et moi. Ils étaient trois, dont une femme vêtue de noir, extrêmement maigre, et reconnaissable entre mille à cause de son nez brisé. Je n'en croyais pas mes yeux. Spiridova!

— Qui es-tu? a repris Valenko en faisant signe aux prisonniers de passer derrière lui pour lui laisser le champ libre.

— Tu ne me reconnais pas, Valenko? ai-je murmuré, tremblant à l'idée qu'il me considère, ainsi que Varna l'avait fait, comme une espionne du Glaive.

L'air incrédule, Valenko s'est mis à me dévisager en dépit de l'obscurité, tandis que Spiridova me considérait gravement.

— Garance? a-t-il fini par émettre. Mais tu n'es pas...?

— Nous ne pouvons pas rester ici, a dit Spiridova sans me donner le temps de répondre. Mais qui que soit cette fille, il est hors de question de la laisser aller à présent. Nous la questionnerons ensuite.

Valenko a acquiescé sans mot dire. Il m'a saisie par le bras et m'a entraînée avec lui, ne sachant manifestement pas s'il devait se réjouir de me voir ou se méfier de ma soudaine apparition.

Nous étions sept Damnés faméliques, pieds nus sur les pavés inégaux, longeant les murs en silence. Leurs chaînes interdisaient aux prisonniers de faire de grands pas. Spiridova nous avait interdit de parler et Valenko me semblait mal à l'aise. Cependant, comme je ne faisais aucun bruit susceptible d'attirer l'attention et que je ne cherchais pas à me dégager de sa poigne puissante, il a peu à peu relâché son étreinte.

Nous avons parcouru plusieurs ruelles, changeant fréquemment de direction, sans nous éloigner beaucoup, me semblait-il en fin de compte, du quartier de la Loubiaka. La pluie, fort heureusement, était devenue plus forte. Non seulement elle décourageait les éventuels passants, mais elle faisait comme un écran autour de nous, ce qui me soulageait.

Bientôt, nous avons pénétré dans la cour d'un ancien bâtiment désaffecté, envahie d'herbes et de détritus.

L'entrée d'une cave, dans un coin de la cour disparaissait à demi sous un amas de débris. Un des Damnés a ouvert le vieux battant de bois et nous nous sommes engouffrés à sa suite dans un boyau obscur et étroit.

Après une volée de marches glissantes et froides, nous nous sommes retrouvés dans une sorte de crypte voûtée plongée dans des ténèbres que dissipait à peine un lumignon posé sur un tonneau. L'épouvantable odeur de madogue qui imprégnait les lieux suggérait que l'endroit avait dû être une cave appartenant à un trafiquant.

Deux Damnées se sont approchées de nous avec des couvertures, qu'elles nous ont offertes, à Spiridova et à moi. Nous les avons refusées toutes les deux, par orgueil peut-être, peut-être aussi pour signifier que nous étions les égales des hommes présents et que nous n'acceptions aucun privilège.

Nous nous sommes cependant assises. Tandis qu'un des amis de Valenko entreprenait de couper les chaînes des ex-détenus avec une cisaille, mon regard est tombé sur les mains de Spiridova. Elles portaient les marques des nombreuses tortures qu'elle avait endurées à la Loubiaka, et je n'osais imaginer à quoi devait ressembler le reste de son corps. Cependant, ainsi que je l'apprendrais par la suite, elle ne se plaignait jamais de ses souffrances et elle refusait généralement de parler d'elle-même. C'est cependant elle qui, finalement, a rompu le silence.

— Les sbires de Dzerji ne nous chercheront pas si près de leur repaire, mais nous ne sommes pas à l'abri pour autant. Les trahisons sont toujours possibles. Il faut rejoindre la campagne le plus tôt possible. Les

Meneshs ont encore beaucoup de soutien là-bas. Mais nous devrons partir isolément pour ne pas nous faire remarquer.

Puis elle s'est tournée vers moi et m'a demandé qui j'étais. Elle avait planté ses yeux dans les miens, des yeux dans lesquels je lisais une immense compassion mais aussi une volonté inébranlable, que ni l'exil, ni la prison ni la torture n'avaient jamais entamée.

J'ai jeté un coup d'œil à Valenko, me demandant s'il savait ce qui était arrivé à Varna. Il y avait de la tristesse dans son regard, mais pas de désespoir. J'en ai conclu qu'il ne savait pas... Je me suis donc bornée à raconter en quelques mots ce qui m'était arrivé depuis la prise du palais d'hiver, en n'omettant que ma visite à Varna et son assassinat par Douz. J'en informerais Valenko plus tard, en privé, si cela était possible.

Mon récit terminé, Valenko l'a complété brièvement en évoquant les liens qui nous avaient unis au début de la rébellion et mon exil à Siwr.

Spiridova n'a pas fait un geste, ses traits n'ont pas trahi le moindre sentiment. Elle me regardait de ses yeux noirs et profonds, le visage immobile. Puis elle a demandé :

— Et maintenant, de quel côté es-tu?

J'ai hésité avant de répondre. Je me souvenais de la remarque que Kollona avait faite à Tcherny lorsque celui-ci lui avait annoncé qu'il était prêt à rejoindre Spiridova dans sa lutte contre la tyrannie grandissante d'Ulia : comment pouvait-il être sûr, lui avait-elle demandé, que le comportement de la dirigeante menesh serait différent si celle-ci se retrouvait à son tour en position d'exercer le pouvoir, dans la mesure où c'était le pouvoir lui-même qui corrompait ceux qui le détenaient?

Lui déclarer que j'étais avec elle était par trop grossier. J'ai choisi de lui dire la vérité.

— Je suis du côté des Damnés, ai-je murmuré d'une voix lasse. Et contre ceux qui veulent les écraser, même s'ils se prétendent leurs défenseurs.

Spiridova a hoché la tête, puis elle a souri légèrement.

— Ce n'est sans doute pas le choix de la victoire, a-t-elle laissé tomber avec ironie, mais c'est celui de l'honnêteté. C'est aussi le plus difficile, celui qui te conduira peut-être à l'exil ou à la mort. Mais si tu as besoin d'aide, je serai là.

Puis elle s'est retournée vers Valenko.

— Merci pour tout ce que tu as fait, Valenko. Je dois disparaître, tu le sais. Ma vie ne vaut plus rien, à Mossburg comme à Petra. Je poursuivrai la lutte auprès des Damnés de Siwr, qui résistent encore aux diktats d'Ulia. Tu sais où me retrouver.

Valenko a hoché la tête sans répondre. Spiridova s'est levée et, rapidement, elle s'est dépouillée de ses hardes de prison pour revêtir une grossière robe de paysanne et une sorte de capuchon aux couleurs indistinctes. Elle avait l'air d'une de ces vieilles Damnées sans âge comme il y en avait dans mon village.

Elle a longuement embrassé ses deux compagnons de geôle, ainsi que Valenko, les Damnés qui l'avaient aidée à préparer l'évasion et les deux vieilles qui nous avaient reçus ici. Puis elle m'a tendu la main, a serré la mienne avec chaleur et, sans un mot, elle s'est dirigée vers l'escalier de pierre où elle a été avalée par les ténèbres.

Le silence a longtemps régné après son départ. Tout le monde semblait épuisé et nerveux. Puis, ses compagnons étant allés se coucher, Valenko s'est approché de moi et il s'est assis, l'air gêné. Je savais très bien ce qu'il souhaitait me demander. Pourquoi le faire languir?

— Avant de quitter Vibor, ai-je fait d'une voix brisée par l'émotion, je suis allée voir Varna.

Valenko a poussé un long soupir, puis il a plongé sa tête entre ses énormes mains.

— Je n'ai pu lui donner aucune nouvelle, a-t-il dit d'une voix qui tremblait légèrement. Quand ces ordures du Glaive m'ont pris, à Vibor, j'ai immédiatement été mis au secret. Ils m'ont torturé, bien sûr, pour savoir où se cachaient les compagnons. Ils en avaient particulièrement après Tcherny, qui leur échappait constamment.

« Puis les Boleshs ont établi leur quartier général à Mossburg et j'ai été transféré là-bas moi aussi. Je savais que Spiridova s'y trouvait déjà, emprisonnée à la Loubiaka. Heureusement, je suis parvenu à m'échapper au cours du voyage, mais je ne suis pas revenu à Vibor. Nous étions déjà presque arrivés à Mossburg et j'ai pensé qu'il était plus urgent de faire évader Spiridova, d'autant plus que j'avais des compagnons sûrs au Conseil des Damnés de Mossburg.

« Les gardiens de la Loubiaka sont tellement corrompus que nous avons été capables d'acheter des complicités à l'intérieur de la prison, grâce au trésor de guerre des Meneshs. Nous avons ainsi appris que Spiridova et deux autres Meneshs devaient être envoyés en exil cette nuit même. D'où notre attaque. Mais, à présent que l'évasion a réussi, j'ai hâte de retourner à Vibor et de revoir Varna. Comment va-t-elle? »

Ma gorge était tellement nouée que je n'ai pas pu répondre tout de suite.

— Nous pourrions faire route ensemble jusqu'à Vibor, a-t-il dit sans se rendre compte du désarroi qui me rendait muette.

Comme je ne disais toujours rien, il a relevé la tête et s'est tourné vers moi. Il a vite compris. Je ne pouvais plus reculer.

— Tu ne reverras plus Varna, Valenko. Douz l'a…

J'ai eu l'impression qu'il se liquéfiait en même temps que moi. Alors je me suis mise à parler. Je lui ai tout raconté, à voix basse, au milieu des ronflements de ses compagnons harassés. Lorsque je me suis tue, Valenko était blême. Ses poings étaient tellement serrés que ses jointures étaient blanches.

— Je tuerai Dzerji, a-t-il proféré après un long silence. Je le tuerai de mes mains.

— Et il sera aussitôt remplacé par un autre, Valenko, tu le sais bien. La violence est un tonneau sans fond. Ta plus belle revanche, ce serait que les Damnés se débarrassent une fois pour toutes de leurs oppresseurs. Il vaut mieux penser aux vivants qu'aux morts.

J'avais beau jeu de lui faire la remarque alors que j'avais moi-même tenté de tuer Ulia. Moi qui savais que Tcherny m'attendait. Au moins, je n'avais pas tout perdu, comme Valenko.

En tout cas, c'était ce que je croyais…

VINGT ET UN

En attendant l'aube, nous avons partagé nos souvenirs. Je sentais que Valenko avait besoin de parler pour
ne pas sombrer dans le désespoir. Nous avons évoqué
ceux que nous aimions, ceux avec qui nous avions
espéré, ceux qui luttaient encore, chacun à sa façon.

Spiridova, bien sûr, dont le courage effrayait parfois
même ses plus proches amis, mais aussi Kollona et
Gavril, qui avaient choisi de demeurer parmi les Boleshs
pour tenter d'enrayer la dérive totalitaire d'Ulia et de
conserver aux Damnés le maigre contre-pouvoir qui
leur restait encore au sein des conseils de Damnés.

Puis nous avons parlé de Tcherny.

— Trop humain pour faire un bon rebelle, a commenté Valenko avec un faible sourire. Sa compassion
pour ceux qu'il défend est considérée comme une faiblesse par les doctrinaires comme Ulia ou Terzio. Et je
ne te parle pas de Dzerji.

— C'est seulement aujourd'hui que je le comprends,
ai-je soupiré. Moi aussi, j'ai pris ce trait de caractère
pour de la pusillanimité. Sotte que j'étais! Je n'étais
qu'une brute...

Valenko a hoché la tête avant de reprendre :

— Lorsqu'il est revenu de Petra, après avoir tenté de discuter avec Dzerji et s'être querellé avec Djouga à propos de la fermeture des imprimeries des Meneshs, il en a longuement discuté avec moi et d'autres compagnons. Malgré l'avis de Kollona, il pensait qu'il était temps de comprendre nos erreurs et de rejoindre les Meneshs. Plusieurs de nos amis l'ont approuvé. Malheureusement, il y avait un traître parmi nous. Un homme de Dzerji.

« Au cours des jours suivants, plusieurs compagnons, qui avaient connu les luttes du temps de Roman et de son père, ont été exécutés froidement. Tcherny a senti le danger et il a disparu. Quant à moi, j'ai été pris le lendemain. Si on ne m'a pas tué, c'est parce qu'on espérait me faire parler, je pense. »

Je n'ai pas osé lui demander si on l'avait torturé. Je craignais qu'il ne considère cela comme de la curiosité malsaine. Je lui ai quand même posé une question d'ordre plus général.

Je ne comprenais pas pourquoi les Boleshs déployaient tous leurs efforts pour traquer et éliminer les Meneshs et même les Boleshs plus ou moins dissidents alors qu'ils laissaient libres la plupart des anciens suppôts du régime de Roman, ses officiers, ses banquiers, ses fonctionnaires et tous ces petits trafiquants dont les bandes plus ou moins armées volaient, violaient et pillaient tant les caravanes de la guilde que les paysans eux-mêmes.

— La raison en est simple, a fait Valenko avec tristesse. Les Escadrons rouges sont incapables d'assurer le ravitaillement des grandes villes car les réquisitions ordonnées par Ulia déchaînent la colère des paysans, qui préfèrent cacher leurs denrées plutôt que de s'en voir dépouillés. Mais si ces villes meurent de faim, les Boleshs y perdront tout leur soutien. Ces derniers préfèrent donc laisser opérer les trafiquants, qui au moins assurent l'approvisionnement de Petra et de Mossburg. Sans eux, les ouvriers affamés se révolteraient et les Boleshs seraient balayés comme des fétus de paille.

« Quant à la haine qu'éprouve Ulia envers les Meneshs, elle est du genre qu'on éprouve envers ceux qui nous ressemblent et dont on craint qu'ils ne prennent notre place. Le pouvoir d'Ulia ne se partage pas. En revanche, ce pouvoir, pour pouvoir s'exercer, a besoin d'une structure solide et bien implantée à l'échelle du pays.

« Cette structure existe : c'est le système administratif mis en place au cours des siècles par Roman et ses ancêtres. Un système efficace, omniprésent. Lourd mais inébranlable. Ulia n'avait pas les moyens de le remplacer, il préfère donc tenter de le récupérer. »

J'étais sidérée. Ainsi, pour pouvoir régner, Ulia s'appuyait sur le système du tyran qu'il avait abattu, mais il exterminait tous ceux qui l'avaient aidé à renverser ce dernier. C'était aberrant. Lutter, dans ces conditions, était une farce. Une farce à la fois grotesque et tragique. Peut-être était-ce Kollona qui avait raison : le pouvoir d'Ulia ne pouvait être miné que de l'intérieur.

Cette solution m'était cependant interdite puisque, officiellement, je n'*existais* plus. Quant à conserver l'apparence d'un garçon jusqu'à la fin de mes jours, il n'en était pas question. D'ailleurs, dans quelques mois, mon ventre ne me permettrait plus d'utiliser ce subterfuge. Il ne me restait qu'une possibilité : rejoindre Tcherny.

Pour leur part, Valenko et ses compagnons ont choisi de gagner les zones où la résistance à Ulia était encore vivace. Les villes comme Mossburg ou Petra, totalement aux mains du Glaive et truffées d'espions et de délateurs, étaient devenues trop dangereuses.

Certains d'entre eux ont opté pour l'ouest. Ils voulaient se joindre à un chef rebelle nommé Makno, qui avait établi un État indépendant dans les Marches de l'Ouest.

À la tête d'une cavalerie à demi sauvage, Makno tenait tête à la fois aux Escadrons rouges – auxquels il s'alliait parfois, cependant, lorsqu'il s'agissait de repousser les attaques venues du sud, menées par les anciens fidèles de l'empereur – et aux restes de l'armée de Willem, que la paix désastreuse négociée par Terzio au nom des Boleshs, après des mois de discussions interminables, avait contrainte au brigandage dans cette zone tampon.

Valenko, de son côté, souhaitait partir en direction de la Barrière de l'Ours pour se rapprocher de Spiridova, qui incarnait pour lui la seule solution honorable. Il se méfiait de Makno, dont il craignait qu'il ne cède à la tentation du pouvoir absolu si jamais il réussissait à vaincre ses ennemis.

Quant à moi, je ne savais plus laquelle des factions en présence représentait le « bon » côté des choses, et qui se trouvait du « mauvais ». Peut-être, comme Tcherny me l'avait dit au lendemain même de la prise du palais d'hiver, n'y avait-il de vérité que dans l'opposition. En tout cas, je commençais à le croire.

Une seule chose était certaine pour moi, mon désir de retrouver Tcherny. Une fois ensemble, nous aviserions.

La cachette dans laquelle nous avions trouvé asile après la libération des prisonniers ne resterait pas long-temps inconnue des espions du Glaive. La nuit sui-vante, après avoir fait mes adieux à Valenko, je quittais donc Mossburg. Seule.

Le voyage durerait plus d'une semaine, certaine-ment, car je voulais éviter de me montrer de jour. Je cheminerais donc du coucher au lever du soleil. Avant tout, il fallait impérativement que j'aie quitté la ville avant l'aube.

Je me glissais donc silencieusement dans les rues, sans trop hésiter car Valenko m'avait brossé une des-cription assez précise des lieux que je devais traverser. J'avais laissé la cachette des Meneshs après minuit et il tombait une pluie froide et drue. Les glaivistes devaient se tenir au chaud, entre le madogue et les pri-sonnières dont je savais parfaitement le sort qu'ils leur réservaient…

Je suis donc arrivée sans encombre dans les fau-bourgs nord de la ville. Parmi les rares passants que j'avais rencontrés, ombres fugaces, personne n'avait prêté attention à moi. Je n'étais qu'un de ces innom-brables orphelins jetés sur les routes de Vermillon par les années de misère.

Lorsque le ciel a blanchi à l'est, je me trouvais déjà dans des champs détrempés et déserts, pataugeant dans la boue, à la recherche d'un abri où passer la journée. Ne trouvant rien d'autre que des fossés à demi inondés, j'ai continué de marcher dans le petit matin humide et glacé.

Une des Meneshs de Mossburg m'avait donné une pelisse en peau de chèvre pour me protéger du froid, mais mes pieds, nus dans mes socques de bois, étaient rouges et douloureux. Cependant, ce n'était pas là le principal de mes soucis. Un autre problème, bien plus grave, n'allait pas tarder à se poser à moi : il allait falloir manger!

Mon ventre me rappelait déjà à l'ordre. De plus, mes nausées me reprenaient parfois et ajoutaient à ma fatigue. Je devais m'arrêter, l'estomac à la gorge, en attendant que le malaise disparaisse. Mais, chaque fois que le découragement s'abattait sur moi, je pensais à cet enfant à naître et je me disais que, si je ne croyais plus guère à ce monde pour moi-même, je voulais au moins y croire pour lui.

Finalement, je me suis rendu compte qu'il était totalement illusoire de voyager de nuit. Bien sûr, je risquais moins de faire des rencontres fâcheuses, mais je n'avais aucune chance de trouver de quoi manger. J'avais bien vu quelques granges, dans lesquelles j'avais pénétré discrètement avant que le soleil ne soit trop haut, mais, si j'avais pu y dormir dans une certaine tranquillité, je n'y avais rien découvert de comestible.

Parfois, aussi, j'apercevais quelque chemineau dans mon genre – très jeune en général – mais je préférais alors me cacher. Ces vagabonds errant de ville en ville, loin de m'offrir une aide au nom de la solidarité des Damnés, m'auraient peut-être vendue pour une bouchée de pain, la famine n'étant pas propice aux sentiments, pour peu qu'ils découvrent mon sexe. J'étais capable de me défendre, mais je ne voulais pas prendre de risque inutile ni attirer l'attention.

Le troisième jour, l'estomac criant famine, je me suis risquée à marcher sans attendre la nuit. Il tombait en permanence une pluie fine qui avait fini par traverser ma pelisse. Vers le milieu de la journée, une fumée lointaine, vers le nord, m'a indiqué une présence humaine. J'ai ressenti un mélange de crainte et de joie sauvage. J'avais vraiment trop faim... Abandonnant toute prudence, j'ai hâté le pas.

Bien avant d'arriver, j'ai compris que la fumée que j'avais aperçue ne provenait pas de cheminées où mijotaient des soupes de rêve, mais des toits incendiés de fermes. Frissonnant, j'ai revu mon village en flammes, tel que je l'avais quitté. Je me suis immobilisée. J'ai soudainement eu l'impression que le temps était revenu en arrière, que rien n'avait changé depuis ma fuite de chez moi, que tout le reste n'avait été qu'un hideux cauchemar.

C'était la faim qui me faisait délirer. J'étais redevenue une louve, gouvernée par mes instincts, par les besoins du ventre.

Des silhouettes frénétiques s'agitaient là-bas entre les flammes, comme en transe. Peu importait qui avait mis le feu à ces masures, une chose était sûre : les incendiaires se feraient un plaisir de m'ajouter au bûcher si je les surprenais dans leur barbarie. La rage au corps, je me suis jetée dans un fossé et j'ai décidé d'attendre la nuit.

Il fallait moins de temps à un hameau de croquants pour flamber jusqu'au dernier fétu de paille qu'à un manoir de maître construit en pierre. La nuit était à peine tombée que déjà ne s'échappait plus des vestiges désolés qu'une épaisse fumée âcre et noire. Aucun

mouvement ne se manifestait dans les ruines. Je suis
sortie de mon fossé, tout ankylosée et le ventre en feu,
et je me suis dirigée vers les maisons.

Il n'y avait plus âme qui vive. Je m'en doutais. Le
hameau, en fait, était formé de trois grosses maisons de
paysans et de plusieurs granges et greniers. Des traces
de roues, laissées par de lourds chariots, s'éloignaient
vers le nord. Ce qui restait des bâtiments était éventré,
brisé, vidé. Les pillards, Escadrons rouges dévoyés ou
trafiquants à peine dissimulés, avaient tout raflé.

J'avançais prudemment, m'attendant à tout moment
à voir surgir un survivant d'une des masures calcinées.
Il n'en restait pourtant aucun. Les villageois avaient dû
essayer de résister… C'est devant un ancien sanctuaire
dédié à Rus, aux murs noircis par les flammes, que j'ai
finalement retrouvé leurs cadavres.

Ils étaient entassés devant la construction en ruine,
sanglants sous la lueur blafarde de la lune, parfois les
yeux arrachés, les mains brisées. Femmes et jeunes
filles étaient à demi dénudées, leurs jambes maculées
de traînées rouges étant restées ouvertes. L'une d'elles,
toute jeune, avait été éventrée.

Peut-on s'habituer à l'horreur jusqu'à y être indif-
férent? Ce n'est que plus tard que je me suis posé la
question. Sur le moment, le cerveau en lambeaux et
le ventre impérieux, je me suis contentée de contour-
ner l'édifice religieux et d'aller en examiner l'arrière.
Je savais ce que je cherchais, je savais aussi où le
trouver.

Je connaissais mes congénères. Leur vie, parfois,
leur importait moins que leurs possessions, si maigres
soient-elles, et ils étaient capables de perdre celle-

là pour préserver celles-ci. J'étais persuadée que les pillards n'avaient pas trouvé toutes les réserves…

En effet, quelques instants plus tard, armée d'une houe que je venais de ramasser par terre, j'ai exhumé d'une tranchée récemment recouverte de terre meuble une série de sacs qui contenaient, outre du grain en quantité assez importante, du lard et du fromage. Je me suis jetée dessus comme une bête.

Une fois repue, j'ai ressenti une vive honte à n'avoir eu aucune pensée pour ces gens qui étaient inutilement morts pour cette nourriture que je venais d'avaler. Mais existait-il encore une pensée? En massacrant les paysans, les pillards coupaient la branche sur laquelle ils étaient assis : les champs ne s'ensemençaient pas tout seuls et les récoltes n'apparaissaient pas par miracle.

Les paysans, pour leur part, contrairement à ce que professait Spiridova, n'étaient guère enclins à sauver les villes de la famine sans contrepartie. Le chaos était partout, chacun ne cherchant qu'à survivre le temps d'un mois, d'une saison, même si, pour cela, il devait exécuter celui qui le nourrissait ou le protégeait. Où était la solution?

J'ai dormi toute la nuit d'un sommeil agité et entrecoupé de cauchemars. Rivières de sang, incendies, charniers, arbres immenses portant des pendus de tous âges en guise de fruits, telle m'apparaissait la nouvelle géographie du pays qui m'avait donné le jour. Nouvelle? Non, en fait. Vermillon avait toujours ressemblé à ça, même en dehors de mes cauchemars. Il ne ressemblerait jamais à autre chose. Ce pays était maudit.

Et pourtant, je portais un enfant dans mon ventre. Et je m'en allais rejoindre son père… Étais-je donc folle?

Les questions tourbillonnaient dans ma tête, mais je n'avais aucune réponse. C'est mon corps qui a répondu pour moi. Au petit matin, je me suis levée et me suis remise en marche vers le nord. Vers Vibor. Quelle énergie désespérée et incontrôlable me possédait et me poussait à continuer en dépit de l'évidence?

Avant de quitter le hameau, j'ai ramassé une besace dans une des granges incendiées et je l'ai remplie d'un maximum de victuailles. Puis j'ai rebouché le trou, sans trop savoir pourquoi. L'idée confuse, peut-être, que cette nourriture ne devait pas être offerte au premier venu mais qu'il fallait la mériter. Oui, à cette époque, je suis passée tout près de la folie…

J'ai marché longtemps, comme un spectre. L'horreur de tout ce que j'avais vu me faisait miroiter la Lompe comme un havre de paix dans lequel je connaîtrais enfin le repos. Je revoyais le corps de Tcherny, j'essayais de me souvenir du contact de sa peau nue sur la mienne, de sa voix apaisante, et je crois que, à plusieurs reprises, je me suis laissée aller à sourire, tout en marchant d'une façon mécanique…

Il m'a semblé, à un moment de la journée, apercevoir au loin de la fumée. J'ai frémi. Mais ma besace était bien garnie et le moindre signe de vie était maintenant pour moi une menace que je ne tenais plus à affronter. J'ai quitté la route et me suis roulée en boule au milieu des hautes herbes jusqu'au soir. De nouveau, je ne voyagerais plus que la nuit.

Sept jours plus tard, aux premières lueurs de l'aube, j'apercevais les coupoles et les dômes luisants sous la pluie de Petra. J'ai poussé un soupir de soulagement.

Ma besace était vide à présent, et je l'ai jetée dans un fourré. Quiconque, ici, avait seulement *l'air* de posséder quelque chose était en danger… Ne représentant aucun intérêt pour personne, je pourrais en principe traverser la ville dans une sécurité relative.

Pour rejoindre la Lompe, je devais d'abord y entrer, puis passer le pont – pas celui de Vibor, mais celui que nous avions emprunté avec Sverdi lors de notre voyage à Ekateri. Les souvenirs se bousculaient en moi, mais la ville me paraissait immensément triste.

Petra devait trembler sous le joug de Kouzma, qui y faisait régner la Terreur rouge à sa manière, avec la bénédiction tacite de Dzerji. Pour lui, heureusement, et pour tout le monde ici, j'avais été exécutée à Mossburg, et j'avais d'autant moins à le craindre qu'il ne s'intéressait guère aux garçons – sauf pour des raisons politiques.

Cependant, la folie meurtrière du Glaive et son obsession morbide du complot étaient telles qu'il se purgeait lui-même de tout élément qui lui semblait déviant ou douteux. Dzerji ne répugnait pas à s'entourer de criminels sans foi ni loi tant qu'il parvenait à les contrôler et que ceux-ci se contentaient d'obéir aveuglément, mais il se défiait des éléments factieux – manipulés par les Meneshs? – qui risquaient d'infiltrer l'organisation et de le dépouiller de sa propre création ou de la retourner contre lui.

Il en résultait que les glaivistes recrutaient constamment, selon des critères au demeurant assez obscurs. Leur choix se portait de préférence sur les jeunes désœuvrés qui erraient dans la ville en quête de pain, chassés par la famine des campagnes ou des faubourgs, dont les ateliers fermaient les uns après les autres.

Leur offre était la plupart du temps difficile à refuser pour qui n'était pas trop regardant sur ce qu'on allait lui demander : les membres du Glaive, en effet, de même que ceux des Escadrons rouges, étaient prioritaires en ce qui concernait la nourriture, et l'entrée dans l'organisation signifiait la fin de la misère, ainsi que, souvent, l'espoir de partager une miette de son immense pouvoir et de l'impunité qui en découlait.

La crainte, pour moi, n'était donc pas qu'on me dépouille – de quoi? – ou qu'on me reconnaisse, mais qu'une patrouille en manque d'effectifs se mette en tête de m'embrigader.

Vigilante, je me suis mise en route vers Somolny, qui se trouvait à deux pas du pont. Les rares passants que je croisais, à cette heure aussi matinale, tentaient plutôt de m'éviter. La pluie avait cessé mais l'ambiance n'en était pas moins lugubre. Une atmosphère de peur imprégnait les rues désertes.

Sur les murs, à plusieurs reprises, j'ai remarqué ces placards dont Peshko m'avait parlé à Mossburg : on y lisait la nouvelle de mon exécution, approuvée par le peuple indigné des Damnés, à la suite de l'attaque misérable au cours de laquelle j'avais attenté à la vie d'Ulia. Mon nom était écrit en grosses lettres rouges et mal formées, comme pour mieux dire mon ignominie. J'ai détourné les yeux et j'ai accéléré le pas.

Tout à coup, alors que j'arrivais en vue du fleuve, deux glaivistes ont surgi devant moi, venant d'une des rues qui conduisaient à l'ancien couvent. Ils ont eu l'air aussi surpris que moi. Nous nous sommes dévisagés un bref instant, chacun restant sur ses gardes, quand soudain j'ai cru que mon cœur allait me lâcher.

Le plus petit des deux, je le connaissais. C'était ce nabot qui m'avait tourné autour à la Loubiaka, avant mon départ pour la Citadelle, lorsque j'attendais mes ordres de Dzerji. C'était lui qui, sous mes yeux, avait frappé Ulia de trois coups de poignard!

Son indécision n'a pas été longue. Le regard noir et rempli de haine qu'il m'a jeté ne laissait nulle place au doute : lui aussi, il m'avait reconnue…

VINGT-DEUX

J'étais pétrifiée. J'avais les mains dans les poches, à cause du froid du matin, et ma posture n'avait rien de menaçant. Mais je serrais dans mon poing le manche de mon couteau, que j'avais appris à ne jamais lâcher lorsque je me déplaçais ainsi dans les rues.

Ils étaient deux, dont l'un plus grand que moi. Mais je savais que le petit, auteur de l'attentat contre Ulia, était un tireur de couteau de premier ordre puisqu'il avait été capable de planter sa lame exactement où il le voulait en un clin d'œil, dans l'intention de blesser Ulia gravement sans le tuer.

Face à ces égorgeurs professionnels, je ne donnais pas cher de ma peau si je ne trouvais pas une ruse pour m'en sortir. Fuir était impensable : le pavé était mouillé et mes socques de bois ne me permettaient pas de courir très vite. J'imaginais, d'ailleurs, qu'au moindre cri, toute une meute de leurs semblables rappliqueraient en vitesse pour prendre part à la curée.

À la réflexion, cependant, quelque chose me disait qu'ils ne donneraient pas l'alarme. Si mon identité était dévoilée, cela signifierait que le petit tueur avait menti à Dzerji en affirmant qu'il m'avait exécutée le jour même de l'attentat. Et mentir à Dzerji, cela pouvait signifier la fin du parcours pour un glaiviste. Une fin aussi atroce, souvent, que celle qu'il avait infligée à ses victimes. Il le savait. Il n'appellerait donc pas de renforts.

En ce qui le concernait plus particulièrement, ni les larmes ni les supplications ne seraient du moindre effet, bien au contraire. Ce genre de bourreau se délectait de l'humiliation de ses proies, il en jouissait. En revanche, je savais comment l'atteindre. Cet être chétif et laid, confit dans une haine immémoriale contre le monde entier et représentant une organisation toute-puissante, ne pouvait avoir qu'un seul point faible : l'orgueil.

Alors qu'il s'attendait peut-être à me voir implorer ou fuir, et qu'il savourait à l'avance la partie de chasse qui s'offrait à lui, je lui ai décoché un sourire sarcastique et je lui ai lancé :

— Tu croyais m'avoir perdue, demi-portion ? J'aimerais voir la tête de Dzerji s'il te voyait en ce moment. Je crois qu'il te raccourcirait encore…

J'avais touché juste. Le tueur a craché un juron et, sortant une longue lame de sa ceinture, il s'est jeté sur moi. J'ai alors feint de m'enfuir mais, au moment précis où il me rattrapait et allait me saisir par le collet, je me suis laissée tomber à terre en faisant volte-face.

Mon poursuivant a trébuché sur moi et, sans même sortir la main de ma poche, je lui ai enfoncé mon couteau dans le ventre à travers ma pelisse. Je savais que le coup ne serait pas mortel car il avait été atténué par la peau de chèvre et, de plus, j'avais manqué de force et de précision. Mais il était blessé et je devais profiter de l'avantage.

Le glaiviste a poussé un hurlement de rage et de douleur en se recroquevillant sur les pavés. Déjà son acolyte se précipitait sur moi. Sans me relever, j'ai ramené les genoux sur la poitrine et, d'un seul coup, j'ai détendu les jambes. Il a reçu mes socques de bois dans le bas-ventre et s'est plié en deux avec un cri étouffé.

Je me suis redressée tandis qu'il s'écroulait près de moi et, cette fois, mon couteau a été fatal. Sa lame a disparu jusqu'au manche dans son cou et un long jet de sang a jailli. L'autre, pendant ce temps, avait retrouvé ses esprits et, s'étant remis debout, une main crispée sur le côté et sa dague dans l'autre, il me faisait face de nouveau.

Je l'avais atteint à l'aine et il perdait du sang. Son visage était déformé par la haine et la douleur. Il était coincé, ne pouvant ni fuir dans cet état ni appeler à l'aide. Il en était conscient. Je l'ai regardé droit dans les yeux en souriant. Un sourire qui le frappait plus sûrement qu'une insulte.

Aveuglé par la fureur, il s'est de nouveau rué sur moi. Mais cette fois, affaibli par sa blessure, il a titubé et je l'ai esquivé sans difficulté. Me jetant au sol et prenant vivement appui sur mes mains, j'ai fait pivoter tout mon corps à l'horizontale et imprimé un large mouvement circulaire à mes jambes. Je l'ai fauché net par l'arrière et il est lourdement tombé sur le dos. Je l'ai alors attrapé par les cheveux et je lui ai mis la lame de mon couteau sous la gorge.

— J'espère qu'il existe un enfer! ai-je murmuré.

Et, d'un seul coup, je lui ai tranché la gorge d'une oreille à l'autre.

Le soleil était levé à présent, et les rues n'allaient pas tarder à se remplir. J'ai remis mon couteau dans ma poche, je me suis enveloppée dans ma pelisse et je me suis hâtée vers le pont tout proche.

Je marchais vite, sans me retourner. Qui donc allait me suivre dans ce lieu de mort lente qu'était l'immense marécage? La route du sud, sur laquelle débouchait le pont, était tellement boueuse qu'elle en était impraticable. Un chariot embourbé jusqu'aux essieux avait même été abandonné là. Il ressemblait à un squelette : toutes ses ferrures et toute sa toile avaient été dérobées. J'ai quitté la route et me suis enfoncée dans les marais.

Comme pour donner davantage de tristesse encore à ce panorama désolé, la pluie s'est remise à tomber. Une pluie drue et froide. Il n'y avait plus ni ciel ni horizon. J'avais l'impression de me trouver dans une poche cotonneuse et funèbre, séparée du monde, première étape vers le lent ensevelissement dans l'enfer de la Lompe.

Très rapidement, j'ai perdu un socque, puis l'autre. La boue les avait aspirés. Peu m'importait. Ici, au royaume de la fange, les souliers n'étaient d'aucune utilité. Curieusement, d'ailleurs, la boue semblait avoir conservé un peu de la chaleur de l'été et j'éprouvais presque du plaisir à sentir sa succion tiède sur ma peau crevassée.

La Lompe semblait déserte. Elle pouvait le paraître en tout temps pour un œil non exercé, bien sûr, mais j'avais appris à me méfier du moindre mouvement des roseaux, du moindre frémissement de l'eau. Cependant, le clapotis permanent de la pluie sur la surface liquide et le rideau qu'elle formait tout autour de moi rendaient toute perception impossible.

Pour autant, je n'étais pas certaine d'être passée moi-même inaperçue. Je restais donc sur mes gardes, le poing crispé sur mon couteau, avançant pas à pas, attentive aux trous invisibles et aux enchevêtrements d'herbes aquatiques et coupantes comme des rasoirs.

J'aurais pu crier, appeler Tcherny, qui devait se consumer dans l'attente de mon retour, mais un sombre pressentiment – ou une sorte de superstition, peut-être – m'interdisait de produire le plus léger son. Les cris, dans la Lompe, étaient généralement des cris d'agonie, comme si le bruit, ici, ne pouvait appeler que la mort…

J'ai erré longtemps avant de retrouver la hutte de Tcherny, mais j'y suis enfin parvenue. Nous devions être aux environs de midi, car une tache jaunâtre et diffuse marquait le milieu du ciel. Le temps s'était un peu éclairci. La cabane était silencieuse. Je me suis accroupie dans les roseaux et j'ai lancé un léger sif-flement.

Aucune réponse ne m'est parvenue. Tcherny dor-mait-il, ou était-il sorti? Ou bien… Je me suis enhardie et me suis approchée, redoublant de précautions, puis j'ai enfin pénétré dans la hutte.

Il y régnait une pénombre douce, mais aussi une odeur épouvantable. Odeur de pourriture et d'excré-ments, odeur de mort… Que s'était-il passé ici? Je me suis avancée vers la paillasse. C'était de là que venait la puanteur atroce qui m'avait accueillie.

Une forme était allongée sur la couche de joncs séchés. J'ai retenu un cri et me suis précipitée. Quel soulagement! La créature qui gisait là n'était pas Tcherny. C'était une vieille Damnée, enveloppée de haillons informes et puants. C'était elle qui dégageait cette odeur de putréfaction. Depuis combien de temps était-elle donc morte? Depuis combien de temps Tcherny n'était-il pas venu ici?

Je me suis redressée et je m'apprêtais à sortir lorsqu'un léger râle m'a fait me retourner. Je suis revenue vers le cadavre de la vieille. Ce n'était pas un cadavre! Ses lèvres remuaient faiblement.

C'est alors que je l'ai reconnue. Moins à ses traits, complètement abîmés par l'âge ou la maladie, qu'à cause d'un lambeau de soie rouge qu'elle portait au cou et que j'aurais reconnu entre mille : un ancien foulard déguenillé que Tcherny lui avait donné alors qu'elle soignait sa plaie, lorsqu'il s'était coupé la main.

M'avait-elle jamais dit son nom? Je ne crois pas. Les gens, ici, n'avaient plus de nom depuis longtemps. Je me suis agenouillée près d'elle. Une de ses paupières s'était entrouverte sur un œil chassieux. Un œil sans regard, blanchâtre. Des insectes minuscules semblaient y fourmiller, comme si la vermine avait déjà commencé à faire disparaître ce qui avait été son corps.

Le râle a repris, plus net. La vieille a tourné la tête vers moi, dans un mouvement à peine perceptible. Son œil vitreux s'est posé sur moi. Son cou s'est légèrement gonflé. Elle essayait de parler. J'ai approché mon oreille tout près de sa bouche.

Son haleine était impitoyable, elle devait déjà être pourrie de l'intérieur. Je ne comprenais pas un mot de ce qu'elle tentait d'articuler malgré des efforts qui, vu son état, devaient être horriblement douloureux.

— Calme-toi, grand-mère, ai-je chuchoté. Ne bouge pas, je vais aller te chercher de l'eau.

Une sorte de chuintement est sorti de sa gorge, tandis que ses épaules étaient secouées d'une sorte de tremblement convulsif. J'ai cru un instant que sa dernière seconde était arrivée, puis j'ai enfin compris. Elle riait!

— Bouger? Non, pas bouger... a-t-elle éructé en gloussant.

Puis elle a bredouillé des mots sans suite, parmi lesquels il m'a semblé reconnaître mon nom. Mon nom! Tcherny le lui avait donc appris? Avait-elle reconnu ma voix? De nouveau, j'ai approché mon oreille de sa bouche.

— Le manchot... a-t-elle bégayé. Parti... Fou... Fou de douleur... Garance morte...

Je me suis redressée d'un seul coup. Que me racontait-elle là? Tcherny parti? Mais comment avait-il pu apprendre ma mort? La Lompe était coupée du reste du monde, c'était impossible!

La vieille a saisi le bord de ma pelisse de sa main décharnée.

— La Terreur... a-t-elle repris d'une voix mourante. La Terreur rouge, partout... Tous s'enfuient... échouent ici...

Elle était à bout de forces. Elle avait vaguement relevé la tête pour prononcer ces derniers mots, mais elle s'est affaissée en marmonnant quelques phrases à peine intelligibles. Sa tête a basculé sur le côté et sa bouche a émis un infâme gargouillis, puis a craché un filet de jus noirâtre qui lui a coulé sur le menton. Son œil est devenu fixe et terne. C'était fini.

Les échos de la Terreur rouge étaient donc parvenus jusqu'ici. D'après ce que j'avais compris, la population de la Lompe s'était grossie, ces derniers jours, d'un nouveau contingent de fuyards désespérés qui tentaient d'échapper au Glaive et n'avaient su trouver d'autre refuge que le marécage.

Sans doute l'un d'eux avait-il rencontré Tcherny et il l'avait informé de l'attentat contre Ulia, qui avait déchaîné la plus formidable répression qu'ait jamais connue Vermillon. Les détails – inventés par Dzerji et ses sbires – étaient connus de tous par les affiches et les publications dont les glaivistes avaient inondé villes et campagnes pour justifier leur barbarie. Ainsi Tcherny avait-il appris à la fois mon échec et ma mort.

Fou de douleur, avait dit la vieille. Oui, je le comprenais. Il avait tout perdu. Où et pourquoi était-il parti? Je m'en doutais, dans le fond. Il était retourné à Petra pour se venger. Pour y mourir, plus exactement. Mourir en crevant pour la dernière fois un de ces maudits glaivistes…

Il n'avait aucune chance. Traqué par tous et privé de sa main droite, il était même probablement déjà mort à cette heure, brûlé, noyé ou dépecé par ceux-là mêmes dont il avait tant travaillé à la libération.

Les yeux pleins de larmes, j'ai regardé la vieille une dernière fois. À quelles misères avait-elle survécu avant de venir mourir ici? Je ne le savais que trop. Peut-être n'était-elle pas réellement vieille, d'ailleurs, mais simplement brisée, vaincue, détruite. Et moi-même, que pouvaient valoir mes quinze ans, dans ce lieu de suprême désolation?

Après un long moment, durant lequel je suis restée prostrée en silence, je me suis relevée et, attrapant le cadavre par les épaules, je l'ai traîné à l'extérieur. Je l'ai péniblement fait basculer dans l'eau boueuse, où il a disparu avec un glouglou sinistre. Puis j'ai jeté la paillasse, dont l'odeur était affreuse, et je me suis roulée en boule au milieu de la hutte, dans l'attente de la nuit.

Le matin même, j'avais tué la seule personne qui savait qu'une certaine Garance n'était pas morte à la suite de l'attentat contre Ulia. Pour mes ennemis autant que pour mes amis – si toutefois j'en avais encore! –, j'étais donc définitivement rayée du monde des vivants.

Soudain, une forte nausée m'a pliée en deux. J'ai alors brutalement pris conscience que pour moi, rien n'était terminé. Je n'étais pas seule : je portais la vie en moi et je n'y renoncerais pas.

Je ne mourrais pas ici, pas maintenant, et l'enfant de Tcherny vivrait, j'en faisais la promesse.

TABLE DES MATIÈRES